吉林全書

著述編

⑥

吉林文史出版社

圖書在版編目（CIP）數據

宋小濂集 /（清）宋小濂著 . -- 長春 : 吉林文史出版社 , 2024. 12. --（吉林全書）. -- ISBN 978-7-5752-0830-7

Ⅰ. I214.92

中國國家版本館 CIP 數據核字第 2024FJ4236 號

SONG XIAOLIAN JI

宋 小 濂 集

著　　者　[清] 宋小濂
出 版 人　張　强
責任編輯　于　涉　吴　楓
封面設計　溯成設計工作室
出版發行　吉林文史出版社
地　　址　長春市福祉大路5788號
郵　　編　130117
電　　話　0431-81629356
印　　刷　吉林省吉廣國際廣告股份有限公司
印　　張　37.25
字　　數　120千字
開　　本　787mm × 1092mm　1/16
版　　次　2024年12月第1版
印　　次　2024年12月第1次印刷
書　　號　ISBN 978-7-5752-0830-7
定　　價　190.00圓

《吉林全書》編纂委員會

總主編 曹路寶

著述編主編 胡維革 李德山 劉立强

《吉林全書》學術顧問委員會

學術顧問（按姓氏音序排列）

邴　正　陳紅彦　程章燦　杜澤遜　關樹東　黃愛平　黃顯功　江慶柏

姜偉東　姜小青　李花子　李書源　李　岩　李治亭　厲　聲　劉厚生

劉文鵬　全　勤　王　鍔　韋　力　姚伯岳　衣長春　張福有　張志清

總序

『長白雄東北，嵯峨俯塞州。』吉林省地處中國東北中心區域，是中華民族世代生存融合的重要地域，素有『白山松水』之地的美譽。歷史上，華夏、濊貊、肅慎和東胡族系先民很早就在這片土地上繁衍生息，高句麗、渤海國等中國東北少數民族政權在白山松水間長期存在，以契丹族、女真族、蒙古族、滿族融合漢族在内的多民族形成的遼、金、元、清四個朝代，共同賦予吉林歷史文化悠久獨特的優勢和魅力，決定了吉林文化不可替代的特色與價值，具有緊密呼應中華文化整體而又與衆不同的生命力量，見證了中華民族共同體的融鑄和我國統一多民族國家的形成與發展。

提到吉林，自古多以千里冰封的寒冷氣候爲人所知，一度是中原人士望而生畏的苦寒之地，一派肅殺之氣。再加上吉林文化在自身發展過程中存在着多次斷裂，致使衆多文獻湮没、典籍無徵，一時多少歷史文化精粹『明珠蒙塵』，因此，形成了一種吉林缺少歷史積澱，文化不若中原地區那般繁盛的偏見。實際上，在數千年的漫長歲月中，吉林大地上從未停止過文化創造，自青銅文明起，從先秦到秦漢，再到隋唐直至明清，吉林地區不僅文化上不輸中原地區，還對中華文化産生了深遠的影響，爲後人留下了衆多優秀古籍，涵養着吉林文化的根脉，猶如璀璨星辰，在歷史的浩瀚星空中閃耀着奪目光輝，標注着地方記憶的傳承與中華文明的賡續。我們需要站在新的歷史高度，用另一種眼光去重新審視吉林文化的深邃與廣闊，通過豐富的歷史文獻典籍去閱讀吉林文化的傳奇與輝煌。

吉林歷史文獻典籍之豐富，源自其歷代先民的興衰更替、生生不息。吉林文化是一個博大精深的體系，從左家山文化的『中華第一龍』，到西團山文化的青銅時代遺址，再到二龍湖遺址的燕國邊城，都見證了吉林大地的文明在中國歷史長河中的肆意奔流。早在兩千餘年前，高句麗人的《黄鳥歌》《人參贊》以及《留記》等文史作品就已在吉林誕生，成爲吉林地區文學和歷史作品的早期代表作。高句麗文人之《新集》，渤海國人『疆理雖重海，車書本一家』之詩篇，金代海陵王詩詞中的『一咏一吟，冠絶當時』，再到金代文學的『華實相扶，骨力遒上』，皆凸顯出吉林不遜文教、獨具風雅之本色。

吉林歷史文獻典籍之豐富，源自其地勢四達并流、山水環繞。吉林土地遼闊而肥沃，山河壯美而令人神往，吉林大地可耕可牧、可漁可獵，無門庭之限，亦無山河之隔，進出便捷，四通八達。沈兆褆在《吉林紀事詩》中寫道，『肅慎先徵孔氏書』，印證了東北邊疆與中原交往之久遠。早在夏代，居住於長白山脚下的肅慎族就與中原建立了聯係。一部《吉林通志》，『考四千年之沿革，挈領提綱；綜五千里之方輿，辨方正位』，從時間和空間兩個維度，寫盡吉林文化之淵源深長。

吉林歷史文獻典籍之豐富，源自其民風剛勁、民俗絢麗。《長白徵存録》寫道，『日在深山大澤之中，伍鹿豕、耦虎豹，非素嫻技藝，無以自衛』，描繪了吉林民風的剛勁無畏，爲吉林文化平添了幾分豪放之感。清代藏書家張金吾也在《金文最》中評議，『知北地之堅强，絶勝江南之柔弱』，足可見，吉林大地與生俱來的豪健英杰之氣。同時，與中原文化的交流互通，也使邊疆民俗與中原民俗相互影響、不斷融合，既體現出敢於拼搏、鋭意進取的開拓精神，又兼具脚踏實地、穩中求實的堅韌品格。

吉林歷史文獻典籍之豐富，源自其諸多名人志士、文化先賢。自古以來，吉林就是文化的交流彙聚之地，從遼、金、元到明、清，每一個時代的文人墨客都在這片土地留下了濃墨重彩的文化印記。特别是，清代東北流人的私塾和詩社，爲吉林注入了新的文化血液，用中原的文化因素教化和影響了東北的人文氣質和文化形態；至近代以『吉林三杰』宋小濂、徐鼐霖、成多禄爲代表的地方名賢，以及寓居吉林的吴大澂、金毓黻、劉建封等文化名家，將吉林文化提升到了一個全新的高度，他們的思想、詩歌、書法作品中無一不體現着吉林大地粗狂豪放、質樸豪爽的民族氣質和品格，滋養了孜孜矻矻的歷代後人。

盛世修典，以文化人，是中華民族延續至今的優良傳統。我們在歷史文獻典籍中尋找探究有價值、有意義的歷史文化遺産，於無聲中見證了中華文明的傳承與發展。吉林省歷來重視地方古籍與檔案文獻的整理出版。自二十世紀八十年代以來，李澍田教授組織編撰的《長白叢書》，開啓了系統性整理、組織化研究吉林文獻典籍的先河，贏得了『北有長白，南有嶺南』的美譽；進入新時代以來，鄭毅教授主編的《長白文庫》叢書，繼續肩負了保護、整理吉林地方傳統文化典籍，弘揚民族精神的歷史使命，從大文化的角度折射出吉林文化的繽紛异彩。隨着《中國東北史》和《吉林通史》等一大批歷史文化學術著作的問世，形成了獨具吉林特色的歷史文化研究學術體系和話語體系，對融通古今、賡續文脉發揮了十分重要的作用。正是擁有一代又一代富有鄉邦情懷的吉林文化人的辛勤付出和豐碩成果，使我們具備了進一步完整呈現吉林歷史文化發展全貌，淬煉吉林地域文化之魂的堅實基礎和堅定信心。

當前，吉林振興發展正處在滚石上山、爬坡過坎的關鍵時期，機遇與挑戰并存，困難與希望同在。站在這樣的歷史節點，迫切需要我們堅持高度的歷史自覺和人文情懷，以文獻典籍爲載體，全方位梳理和展示吉林政治、經濟、社會、文化發展的歷史脉絡，讓更多人瞭解吉林歷史文化的厚度和深度，感受這片土地獨有的文化基因和精神氣質。

鑒於此，吉林省委、省政府作出了實施《吉林全書》編纂文化傳承工程的重大文化戰略部署，這不僅是深入學習貫徹習近平文化思想、認真落實黨中央關於推進新時代古籍工作要求的務實之舉，也是推進吉林優秀傳統文化保護傳承、建設文化强省的重要舉措。歷史文獻典籍是中華文明歷經滄桑留下的最寶貴的東西，是吉林優秀歷史文化『物』的載體，彙聚了古人思想的寶藏、先賢智慧的結晶。對歷史最好的繼承，就是創造新的歷史。傳承延續好這些寶貴的民族記憶，就是要通過深入挖掘古籍蘊含的哲學思想、人文精神、價值理念、道德規範，推動中華優秀傳統文化創造性轉化、創新性發展，作用于當下以及未來的經濟社會發展，更好地用歷史映照現實、遠觀未來。這是我們這代人的使命，也是歷史和時代的要求。

從《長白叢書》的分散收集，到《長白文庫》的萃取收録，再到《吉林全書》的全面整理，以歷史原貌和文化全景的角度，進一步闡釋了吉林地方文明在中華文明多元一體進程中的地位作用，講述了吉林人民在不同歷史階段爲全國政治、經濟、文化繁榮所作的突出貢獻，勾勒出吉林文化的質實貞剛和吉林精神的雄健磊落、慷慨激昂，引導全省廣大幹部群衆更好地瞭解歷史、瞭解吉林，挺起文化脊梁、樹立文化自信，不斷增强砥礪奮進的恒心、韌勁和定力，持續激發創新創造活力，提振幹事創業的精氣神，爲吉林高品質發展明顯進位、全面振興取得新突破提供有力文化支撑，彙聚强大精神力量。

爲扎實推進《吉林全書》編纂文化傳承工程，我們組建了以吉林東北亞出版傳媒集團爲主體，涵蓋高等院校、研究院所、新聞出版、圖書館、博物館等多個領域專業人員的《吉林全書》編纂委員會，并吸收國内知名清史、民族史、遼金史、東北史、古典文獻學、古籍保護、數字技術等領域專家學者組成顧問委員會，經過認真調研、反復論證，形成了《〈吉林全書〉編纂文化傳承工程實施方案》，確定了『收集要全、整理要細、研究要深、出版要精』的工作原則，明確提出在編纂過程中不選編、不新創，尊重原本、致力全编，力求全方位展現吉林文化的多元性和完整性。在做好充分準備的基礎上，《吉林全書》編纂文化傳承工程於二〇二四年五月正式啓動。

爲高質量完成編纂工作，編委會對吉林古籍文獻進行了空前的彙集，廣泛聯絡國内衆多館藏單位，尋訪民間收藏人士，重點以吉林省方志館、東北師範大學圖書館、長春師範大學圖書館、吉林省社科院爲收集源頭開展了全面的挖掘、整理和集納；同時，還與國家圖書館、上海圖書館、南京圖書館、遼寧省圖書館、吉林省圖書館、吉林市圖書館等館藏單位及各地藏書家進行對接洽談，獲取了充分而精准的文獻信息。同時，專家學者們也通過各界友人廣徵稀見，在法國國家圖書館、日本國立國會圖書館、韓國國立中央圖書館等海外館藏機構搜集到諸多珍貴文獻。在此基礎上，我們以審慎的態度對收集的書目進行甄别、分類、整理和研究，形成了擬收録的典藏文獻名録，分爲著述編、史料編、雜集编和特編四個類别。此次編纂工程不同於以往之處，在於充分考慮吉林的地理位置和歷史變遷，將散落海内外的日文、朝鮮文、俄文、英文等不同文字的相關文獻典籍一并集納收録，并以原文搭配譯文的形式收於特編之中。截至目前，我們已陸續對一批底本最善、價值較高的珍稀古籍進行影印出版，爲館藏單位、科研機構、高校院所以及歷史文化研究者、愛好者提供參考和借鑒。

『周雖舊邦，其命維新』，文獻典籍最重要的價值在於活化利用。編纂《吉林全書》并不意味着把古籍束之高閣，而是要在『整理古籍、複印古書』的基礎上，加强對歷史文化發展脉絡的前後貫通、左右印證，更好地服務於對吉林歷史文化的深入挖掘研究。爲此，我們同步啓動實施了『吉林文脉傳承工程』，旨在通過『研究古籍、出版新書』，讓相關學術研究成果以新編新創的形式著述出版，借助歷史智慧和文化滋養，通過創造性轉化、創新性發展，探尋當前和未來的發展之路，以守正創新的正氣和鋭氣，賡續歷史文脉、譜寫當代華章。

做好《吉林全書》編纂文化傳承工程是一項『汲古潤今，澤惠後世』的文化事業，責任重大、使命光榮。我們將秉持敬畏歷史、敬畏文化之心，以精益求精、止於至善的工作信念，上下求索、耕耘不輟，爲實現文化種子『藏之名山，傳之後世』的美好願景作出貢獻。

《吉林全書》編纂委員會

二〇二四年十二月

凡例

一、《吉林全書》（以下簡稱《全書》）旨在全面系統收集整理和保護利用吉林歷史文獻典籍，傳播弘揚吉林歷史文化，推動中華優秀傳統文化傳承發展。

二、《全書》收録文獻地域範圍，首先依據吉林省當前行政區劃，然後上溯至清代吉林將軍、寧古塔將軍所轄區域内的各類文獻。

三、《全書》收録文獻的時間範圍，分爲三個歷史時段，即一九一一年以前，一九一二至一九四九年，一九四九年以後。每個歷史時段的收録原則不同，即一九一一年以前的重要歷史文獻，收集要『全』；一九一二至一九四九年間的重要典籍文獻，收集要『精』；一九四九年以後的著述豐富多彩，收集要『精益求精』。

四、《全書》所收文獻以『吉林』爲核心，着重收録歷代吉林籍作者的代表性著述，流寓吉林的學人著述，以及其他以吉林爲研究對象的專門著述。

五、《全書》立足於已有文獻典籍的梳理、研究，不新編、新著、新創。出版方式是重印、重刻。

六、《全書》按收録文獻内容，分爲著述編、史料編、雜集編和特編四類。

著述編收録吉林籍官員、學者、文人的代表性著作，亦包括非吉林籍人士流寓吉林期間創作的著作。作品主要爲個人文集，如詩集、文集、詞集、書畫集等。

史料編以歷史時間爲軸，收録一九四九年以前的歷史檔案、史料、著述，包含吉林的考古、歷史、地理資料等；收録吉林歷代方志，包括省志、府縣志、專志、鄉村村約、碑銘格言、家訓家譜等。

雜集編收録關於吉林的政治、經濟、文化、教育、社會生活、人物典故、風物人情的著述。

特編收録就吉林特定選題而研究編著的特殊體例形式的著述。重點研究認定『滿鐵』文史研究資料和東北亞各民族不同語言文字的典籍等。關於特殊歷史時期，比如，東北淪陷時期日本人以日文編寫的『滿鐵』資料作爲專題進行研究，以書目形式留存，或進行數字化處理。開展對滿文、蒙古文，高句麗史、渤海史、遼金史的研究，對國外研究東北地區史和高句麗史、渤海史、遼金史的研究成果，先作爲資料留存。

七、《全書》出版形式以影印爲主，影印古籍的字體版式與文獻底本基本保持一致。

八、《全書》整體設計以正十六開開本爲主，對於部分特殊内容，如，考古資料等書籍采用一比一的比例還原呈現。

九、《全書》影印文獻每種均撰寫提要或出版説明，介紹作者生平、文獻内容、版本源流、文獻價值等情況。影印底本原有批校、題跋、印鑒等，均予保留。底本有漫漶不清或缺頁者，酌情予以配補。

十、《全書》所收文獻根據篇幅編排分册，篇幅適中者單獨成册，篇幅較大者分爲序號相連的若干册，篇幅較小者按類型相近或著作歸屬原則數種合編一册。數種文獻合編一册以及一種文獻分成若干册的，頁碼均單排。若一本書中收録兩種及以上的文獻，將設置目録。各册按所在各編下屬細類及全書編目順序編排序號，全書總序號則根據出版時間的先後順序排列。

宋小濂集

宋小濂 著

提要

宋小濂（一八六〇至一九二六），字鐵梅，又字友梅，號更生，晚號止園。吉林省雙陽人。曾官呼倫兵備道、黑龍江省民政使、巡撫。民國任黑龍江省都督兼民政長、參議院參政、總統府顧問、中東鐵路督辦。熟諳邊事，能詩文，被譽爲邊塞詩人，『吉林三杰』之一。

本文集收録其著述六種：《晚學齋詩草》一卷，詩集。係從一九四一年《永吉縣志·藝文志四·晚學齋詩草》中輯出。《邊聲》詩一卷，附文一卷。一八八八年冬至黑龍江後二十三年間詩二十八題，附文六篇。一九一一年石印本。《東道集》一卷，詩集。集一九二〇年夏至一九二二年初任東省鐵路督辦期内詩作六十首。一九二二年石印本。《巡閲東省鐵路紀略》一卷。記述作者以東省鐵路督辦身份於一九二一年十至十二月巡閲東省鐵路全綫情況及應興應革事項。一九二二年鉛印本。《呼倫貝爾邊務調查報告書》一卷。記述一九〇九年夏秋時節實地視察呼倫貝爾全境之地理、政治、經濟情況，旨在爲屯墾實邊，鞏固邊防做準備。一九〇九年鉛印本。《改訂俄約調查綱目表》，一九一〇年作者以呼倫兵備道身份，爲修訂《中俄陸路通商條約》，擬定《改訂俄約調查綱目表》。

爲盡可能保存古籍底本原貌，本書做影印出版，因此，書中個别特定歷史背景下的作者觀點及表述内容，不代表編者的學術觀點和編纂原則。

目録

晚學齋詩草

晚學齋詩草

宋小濂

飢鵠行

黃鵠之飢飢未已自知雞鶩爭食恥冲天一舉九萬里翔翔四海擇所止四海波濤洶湧來魚龍百怪爭喧豗日月無光天爲霾排雲下視空低徊將欲止乎東海東方壺圓嶠蓬萊宮不見童男童女蹤但聞蜃蛤吹腥風將欲止乎西海西光明世界炫琉璃爭奇鬭巧神乎機網羅四布安可棲將欲止乎南海南珊瑚翡翠珠樹閙炎天毒熱不可堪非我族類心何甘將欲止乎北海北扶搖大展垂天翼

沙寒水黑渺無極荒凉滿目多荊棘愁雲黯黯天無門長鯨直欲八荒吞歷盡滄溟倦翮翻攫身依舊回中原中原已回歲已晚稻粱收盡冰霜滿漫天虐雪隨風衰危巢何處棲能穩憶昔方當春夏時淩波浴日恣酣嬉紅蓮碧芡實離離飛鳴飲啄適其宜飢鵠飢鵠爾莫哀會見大地陽曦回迅雷力震重陰開快隨萬物登春臺

書懷

又從荒徼逐奔波十載光陰一刹那詩共江山爭莽盪心從冰雪轉溫和杜陵入世淸時少庾信平生客感多報道

邊城新歲至但聞鼓角不聞歌
世上何人不愛閒吟詩把酒總開顏風塵易下憂時淚哀
怨空呼造物慳擬買荒園安眷屬細將小景寫溪山阮公
痛哭江淹恨此意從今一例删

松花江行一名混同

兩岸平原一江水渾澎蒼莽五千里南通長白北興安西
帶遼源東海涘憶昔國家開創時一城一旅奮東鄙烏蘇
敖嫩拓邊疆窮髮鄂倫勤紀理遠人服屬勾驪先約束嚴
明羅刹始震且威靈二百年華夷向化同倫軌承平日久

人恬嬉內政淩遲邊備弛海國窺伺發難端東征失律藩籬毀眈眈虎視來雄鄰乘隙甘言持術詭謂建征輅助我邦赴機迅速如風駛中權直據松花江水陸貫穿心腹裏鐙火樓臺哈爾濱儼成重鎮孰與比勢去方知不可爲內廷倡亂紅巾起虜兵壓境墮名城磔肉幾同太與豕反客爲主形早成剝牀切膚痛胡已枕戈待旦孰同仇擊楫中流空灑涕無限江山無限情坐令破碎誰爲此

呼倫貝爾紀事

興安嶺西北斗北臚朐河外邈無極黃沙滿地雪滿天胡

兒三萬服威德憶昔國家全盛時約束異類隨鞭箠河上豐碑界已定康熙二十八年平定羅刹與俄羅斯定約在格爾必其河額爾古訥河兩處立界碑山頭鄂博石難移陸路分界在山上堆石爲之蒙古語謂之鄂博至今尚存此疆彼界各嚴守誰敢試越鴻溝走一草一木戴兵威碧眼赤髯皆縮手牛羊遍野駝馬鳴千廬萬落騰歡聲沐日浴月二百載四境從無烽燧驚世界風雲變倏忽約書一紙來羅刹光緒丙申與俄羅斯訂中東鐵路之約毁垣入戶建飛軺穴山跨江通修轍藩籬自撤窺國防黃巾召禍虜騎猖庚子拳匪變起俄兵藉口入據憑陵蹴踏等螻蟻八年俯首飽豺狼自庚子之變俄兵入據至丁未始撤即今亂定

脫刀匕電蛇笑看飆輪駛部落星居自曉昏山川甌脫誰疆理我武生愧李將軍我才遠遜趙翁孫巖疆權鎮作都護籌防拮据營邊屯千五百里渺人迹山高谿深岩如壁陸無道路水無舟到此仰天長太息仰天太息空疑猶何如且爲尺寸謀裹糧分道據天險開榛闢莽勤綢繆營巢漸見初基植河干徧樹黃龍幟鄰族驚呼吉代來俄人呼華人爲吉代斯按即契丹之轉音官民相戒無妄肆余蒞呼倫貝爾於沿邊與屯置塘以固邊圉俄人芻牧一遵約束回頭切切語我蒙尙武無妄前代風有馬可騎羊可食同仇共憤圖邊功魯陽揮戈日爲返補牢莫恨亡羊

晚吁嗟乎亡羊補牢雖已晚餘羊尚在庶幾免

送程雪樓中丞移撫江蘇

舊政滿關東（公宦蹟遍東三省上年四月來撫奉天）經年撫鎬豐維今根本計有古大臣風濟變紓籌策同寅婉協恭雍容孚異類篤棐契宸衷聲溢九州隘恩承雙闕隆粵區匽聖慮生佛畀吳中節鉞綸音促雲霓衆望同歡迎遼瀋路（命下之日吳中紳民電屬旅奉同鄉開會歡迎）游記館娃宮（公前年以養痾故曾遊吳中）道是人才藪由來財賦充傳聞民力竭課治簿書工但侈文明進甯憐杼軸空哀鳴鴻在野響應雀歸叢見說盧循輩潛扇李特雄蕭

牆憂正急環海勢尤洶此豈朝廷意其如鼓吹訌滔滔誰與易默默詎云忠卓識排羣議封章達帝聽艱難回世運消弭仗吾公定紓蒼生困羞趨晚近功江山完半壁册府載新庸遠道欣馳送危言幸俯從相關情脈脈不惜別恩恩莫北龍沙隔天南雁帛通邊荒多故吏延頸祝無窮

滿洲里

羣山鬱蒼莽沙草迷天荒寒日淡迴野邊風嚴清商乘鄣絕斥堠游牧無牛羊百年拚棄置誰知籌國防陰謀善蹈隙突起强鄰强於此通萬國軌道闢周行輿安鑿混沌松

嫩失汪洋上游據形勢入境扼我吭市廛平地起鐙火通宵張虎狼恣跳盪意氣何揚揚曰維滿洲里第一停車場中外豔稱說都會相頡頏譬如寒村女被以時世妝王嫱與西子環珮遂鏘鏘豈知世界史此名從未彰經營在人力天意終杳茫我遂不自量振策淩冰霜當車奮螳臂謂可全危疆三年苦撑拄尺土期保障中央有奇策謙讓實不遑精神日以瘁軀幹日以僵四肢任屠割痛癢心早忘登高一悵望涕下徒霑裳

登阿巴哈依圖嶺審視國界阿巴哈依圖一名阿巴該圖又名阿巴海圖

羣山西來行迤迤一山突兀餘陂陀昂頭駐瞰平野闊草青沙白亂流多下馬策杖淩絕頂憑臨萬象爭紛羅東來長蛇海拉爾蜿蜒奔赴山足過地形中高南北下審視水勢一一可縷覼小渠南溢乃是達蘭鄂洛木中流北轉曰維額爾古訥河以手遞物作磬折（額爾古訥蒙古語以手遞物也海拉爾流至此轉折其形似之故同河異名）循名求實無差訛鄂博喀倫於此立形勢最易分中俄箭頭凸出最高處譯文雖異意靡他（中俄界約漢文於此處譯爲最高處凸出之處俄文則謂爲箭頭岡實皆高之意也）乃知當年兩國使臣具卓識界點豈容後人訶雖有辯士之辯不能易位置即以

愚公之愚詎可移巖阿云何黠胡奮智力崢嶸山勢平揉搓更棄今水尋古水茫茫陸地生風波（俄勘界員謂箭頭岡係在箭頭地方之岡是將立體形易爲平面形又以今之海拉爾河係改流遍尋舊海拉爾河）中外國勢有强弱世界公理無偏頗噫吁巇世界公理無偏頗三韓眼見幷於和大海天塹可奈何

寄興東道徐敬貽觀察

君在興東我在西四千里外意無暌園林漸失中原鹿風雨同聽五夜雞絶徼河山餘夕照空江冰雪眩荒蹊艱難時局英雄志忍見須臾悔噬臍

寄想園燕集幕友在黑江督署內

休從逝水問年華何處園林是故家萬疊雲濤沈陸海九邊笳鼓挾風沙奇懷共盡三杯酒入座同分一顆瓜卻喜昨宵夢歸去四山看徧自由花

東湖別墅落成卜奎城外

蓼花風起嫩涼生半頃湖田近接城到此便饒農圃意東臨農事試驗場與誰同結鷺鷗盟歌興勑勒邊雲暗圖繪豳風野館成好倚夕陽秋色裏攜朋來聽讀書聲墅之東北即全省中學校

歸吉林

客裏光陰廿五年歸來鬚髮兩蕭然封疆幸脱千鈞擔家計從無半畝田笑挈妻孥權賃廡閒尋親友好談天人生最是還鄉樂況有江山繞宅邊

冒雨遊龍潭山

四山飛雨下龍潭簑笠清游興倍酣三十年來無此樂故應拍手笑江南

杜工部

萬斛牢愁一卷詩正逢朝野亂離時賈生痛哭原忠愛屈子行吟託怨咨社稷空懷諸將在安危獨有小臣知最憐

蜀道崎嶇外棲息纔容借一枝

讀陶淵明集 三首

我最愛陶令翛然無所憂不因五斗米而貽平生羞有酒且同醉忘機常獨游人生行樂耳此外將焉求

寥寥天地外何處有桃源不見虎狼迹但聞雞犬喧春秋忘紀歷歲月樂羲軒可許移家住相逢笑語溫

淵明有三徑我乃一椽無骨肉客途寄田園何處蕪知還慚倦鳥求食類飢烏風雪滿天地啞啞荒野呼

過土門子 在吉林城西三十里爲驛路所必經

憑誰神力健鑿得此門成路轉峰都出車行石有聲問人前路近回首暮雲橫定有息蹤處炊煙谷口生

壽敬宜五十四生辰

莫恨論交晚聞聲早寫誠籌邊參幕府傾蓋結心盟臭味幽蘭契襟懷淡水清久要堅一日合座集羣英報國期無負和衷與有成艱難從不畏憂患幾曾更絕塞天荒闢頻年宿莽平疆圻吾乍領桑海變堪驚世亂同支拄時危共死生挺身當大難決策懾姦萌正喜妖氛靖無端虜氣橫失辭非自我尋釁竟何名時庫倫交涉正棘俄領因小故藉端以兵相脅詎肯鄰

交破都緣國體爭倉皇攜手去曲直任人評朝市權借隱鄉園約耦耕十年忘舊夢萬古發奇情大地江河下中流砥柱撑風姿看爽颯神骨屹崢嶸嶽降逢嘉會松齡祝壽貞介眉無别物伐木賦嚶鳴

奉邀趙次公徐敬宜等食熊掌白魚

魚我所欲也熊掌亦我欲漁於松花江獵自長白麓鄉味二得兼此樂詎容獨折柬邀嘉賓戒庖陳水陸趙周我長官紆降不嫌瀆略分而言情爲叨知己辱林馬我師友拳拳膺久服芝蘭臭味同萬里接芳躅涂成徐三君患難交

彌篤共我履顛危扶持如骨肉今日良宴會夏正敦遺俗醉飽恣歡嬉不假絲與竹清談情愈眞咀嚼有餘馥懷葛皆天民禮疏意乃足

二月天氣寒甚約成澹堪徐敬一爲近郊之游

仲春天轉寒嚴風更加冽解凍已多時連宵冰復結瑟縮不敢出有類蟲潛穴今朝忽晴暖恰逢上巳節哀時百慮交久思一湔雪晨起約良朋遊觀期共悅四郊芳草鮮到眼風光別綠水漾清波祓濯除不潔萬端如意難臨事每牽掣方欲出門行山妻猝病熱深情肯暫離遊興爲中輟

祇候詎無人那如我體貼佳辰後正多何必太操切作詩謝兩君得毋笑老鐵

得雲陽中丞書感賦寄此

欲談往事更何堪世局艱難幾負擔故吏空懷知己感中情寧有異人諳平生心跡澄潭月末路英雄古佛龕（來書謂近頗參禪以自懺）悟徹三乘玄奧旨人天歡喜願同參

呈天門周少樸中丞

冰雪奇荒共歲寒歸來暫憩作沈觀（公額其齋曰沈觀）一年又得參同列（上年公出任平政院長余適於是時爲參政院參政）小極纔聞便挂冠世局

相循如轉轂時正有人立會鼓吹帝制故公託疾求去人生最樂是休官泊園深處春長在故吏追隨或不難公得某將軍故宅內有園亭境甚幽邃加以繕治名曰泊園

邊聲

多祿署

宣統辛亥十月黑龍江民政司署石印

余於詩道無得也少孤孝早遭世
多艱接事戎時孫有所作庚子
歲　北堂棄養銜恤禁聲起復
從戎効力邊荒歲々鮮暇茲事久
廢光緒丁未冬權鎮呼倫貝爾越
二年接篆籌邊事稍就緒值

世變益亟復有巡邊妙畧之行悲憤所集不能自已己酉庚戌所作文彙裒而錄之詩若干附文若干篇石印成冊命曰邊聲意取絕塞它年當也宋小濂識

邊聲

吉林宋小濂鐵楳

己酉元旦紀年

雄心空著祖生鞭，回首忽忽五十年。勳業自慚君馬齒，橋山何處挽龍髯。翻新世界浮雲幻，盪碎波濤旭日妍。萬里微臣思報國，白頭不惜在寒邊。

宋鐵楳五十以後所作

求李佑軒作興安立馬圖以詩代柬

興安嶺北西安西，二十年來栖復栖。老樹連雲絕沙漠，亂山積雪迷荒蹊。憑高駐馬西風急，曠野無人落照低。到此不堪搔首問，穴空誰塞一丸泥。

我亦人中之一人，何須狀貌太求真。但能寫出胸懷意，便是傳來阿堵神。

萬里邊荒憂國恨，一鞭風雪壯遊身。即今齒髮小疇昔，猶望翁孫逐後塵。

呼倫貝爾紀事

興安嶺西北斗北，臚朐河外邈無極。黃沙滿地雪滿天，胡兒三萬服威德。憶昔國家全盛時，約束異類隨鞭箠。河上豐碑界已定康熙二十八年平定羅剎與俄羅斯定約在額爾古納河立界碑，山頭鄂博石難移（陰路分界封堆以石爲之蒙古語謂之鄂博至今尚存）此疆彼域無嚴守誰敢試越鴻溝之一草一木戴無賊碧眼赤髯皆縮手牛羊遍野駝馬鳴千廬萬落騰歡聲沐日浴月二百載四境從無烽燧驚世界風雲變倏忽約書一紙來羅刹（光緒丙申與俄羅斯訂中東鐵路之約）毀垣入戶建屯輪穿山跨江通

脩轍藩籬自撤墮國防黃巾肇禍虜騎猖（庚子奉匪變起俄兵藉口入據）憑陵蹴踏等螻蟻八年俯首飽豺狼（自庚子之變俄兵入據至丁未始撤）即今亂定脫刀俎電蛇笑看飆輪駛部落星居自曉昏山川甌脫誰經理我武生愧李將軍我才遠遜趙翁孫嚴疆權鎮作都護籌防拮据營邊屯千五百里渺人迹山

高谿深岩如劈陡無道路水無舟到此仰天長太息仰天太息空疑猶何如且爲尺寸謀裹糧分道據天險開榛闢莽勤綢繆營巢漸見初基植何干遍樹黃龍幟隣族驚呼吉代來俄人呼華人爲吉代斯按即契丹之轉音官民相誡無妄肆田頭切切語我家爲武無忘先代風有馬可騎羊可食同仇共

憤圖邊功急暑陽揮戈日為返補牢莫
恨亡羊晚吁嗟手亡羊補牢雖已晚
餘年尚在應幾免

將去呼倫貝爾留別司局諸僚屬

我本無官情況躋崇高位我本無吏才
況屑專閫寄風塵二十年吞吐營衣
食乃遇雲陽公謬說才出類黑龍江將軍雲陽程公德全專

（指麾保障為生類之才）幕府作元僚庶政採芻議魚水
感恩知遂奮激昂義每有興革端肩
任無顧忌時會方艱難四郊屯虜騎命
我謁樞廷痛陳折衝計冒險西入都歷〻
諸奏記公謂績致彰艱鉅已明試一鶚薦
九重比歲還不次東海仗節來（東三省總督天津徐公世昌）
公謂堪任使表我攝邊符責我籌

邊事驚馬致馳驅勉奮千里志行盡路
巉巖騰踔忘顛躋四首望平原蹀躞多
良驥胡爲汗血斑自蹈危機地
憶昔游滇河屢出興安道前年來嶺西
恭綜牧政考（副都統所轄皆游牧蒙旂）生本是庸才合向
邊庭老沙草遍地荒風雪彌天攪爲欲
啓羣蒙垂譯勞聲曉每思固吾圉繰

籌措冥香輒作無米炊勉逞貧婦巧況復世路艱人事橫牽撓前被言官彈劾交東督查辦熱心憂患多何如知機早到此方經年鬚鬢半已皓屢上求退書無靈空祀禱誰知默〻中轉圜出意表屢請開缺未允近以改副都統為兵備道改奏以毛某試署天若憫我勞放我歸來好行樂宜及時不見塵棲草山嶺与水涯榮枝窮幽討衡茅三棲遲

布粟易溫飽。嚴伏望太平，庶幾餘年保。
昔我方來時，瞻瞻冰雪姿。今我將去日，依依
楊柳枝。中閱歲兩改，世變紛如碁。撫心每
自問，良久安所為。蒙旂垂修牧，生計實
在茲。可能致蕃息，比戶無凍餒。其次在
邏盜，保衛同安綏。可能制寇賊，無敢越
雷池。時有俄匪越界劫掠。邊蒙俗僿野，教育良所宜。

可能謀善及經誦遍荒陲為武李權習此風今已衰可能振頹靡還我軍人資四者皆要政愧未兼顧施靦顏踞高位徒貽人擾疵官民怨我拙疾苦謂我知陸歧尚戀戀餞我酒一卮報絃飯危酒殷勤垂致詞風潮四面逼世界危乎危況我處邊徼時有強鄰窺其旁奮智力萬衆營

藩籬

豈平制羌虜筞畫屯田留貴皇鎮西蜀乃築籌邊樓古人垂遠略戰勝必先爲不可勝、、脩豫籌我才愧継指安思追壯猷諸君輩同志攜手秉衷懷衷懷何所有榛莽連雲稠經年臥冰雪辛苦勞綢繆瘃情詎敢恤艱阻何足憂據險足屯

堡伐彼侵軼謀突闌我將去壯士額爲愁
笑語二三子别淚無輕流乘除有定數疲
敝應歸休安知後來者不較前人優況
復際素會旭日昕金甌萬國仰
新主負扆咸朝周綱紀一清肅國勢爭
上游
皇威懋遐服荒漠皆田疇

帝曰允汝績芝遠知誰奏其名慎終始努

力懋前修

欲歸不得作此書懷

准備欲歸歸未得登樓長嘯對胡天一

春心事成絕影千里邊荒結風緣豈果

前生遺眾譴不應今日脫羈牽江山故

國空惆悵影送風塵二十年

冠蓋徒矜意氣雄，那堪回首故園中。松楸未卜人將老，畎畝長懷事轉空。身世賢愚憎愛口，名場進退往來風。男兒到底成何用，欲問青天竟啞聾。

文章勳業兩無成，自顧昂藏愧此生。四海雲濤紛詭譎，九衢荊棘任縱横。飽嘗世變憂何濟，暫領邊符悔自輕。畢竟不

如歸去好甘心無補作蚩氓

和多竹山見懷原韻

半生心事在籌邊黑水黄沙二十年擬
築金城懷漢將願標銅柱限蠻天雲垂瀚
海迷殘照嶺斷鋒車曳遠煙對此祇
應低首愧敢將勳業問前賢
際望風雲攀匡歐玉門關於老班侯荒

陸路戍開生面幕府清才憶舊游胥肘羞懸新印綬（時新改試署呼倫兵備道）夢魂常繞大刀頭松花江上兼葭水一棹煙波泛晚秋

懷多竹山

吳山楚水浙江潮燕趙悲歌宋衛郊千古興亡都在眼一時豪傑半論交歸來

幕府華〻空借問共爾簪句漫敲知否呼倫
湖畔月有人相對憶追〻

五十自壽有序

日月逝矣風雲變與言念生平不
勝感喟作自壽十首聊用寫懷不
自知其言之長也

天地風雲鬱莽蒼邊城冰雪正荒涼〻年

在此逢初度孤夢何時達
帝鄉鏡裏生涯雙鬢影窗中滋味
半生嘗衛杯試懷懸弧日慚愧堂前說
弄璋
細數當筵錦瑟絃尚能一一記從前乾坤
戰伐兒童日海宇澄清少壯年投筆無
同班仲歎著鞭常恐祖生先誰知一入

人間世雪虐風饕塞外天

踏遍風沙路正艱寄懷直欲破天墜窮

探鄂嫩河源水能看興安嶺表山銅柱

擬尋荒徼外珠崖誰棄海中間（指甲午臺灣事）天 十一

涯風抱豈時顛莫笑書生骨力孱

一鞭緩入玉門關脫却征衫舉室歡海水

陸驚飛大陸車塵何處望長安朝廷有

黨終成禍天地無情恐太殘不是敦槃勞
上相覆巢誰信卵猶完
亂後生涯劫後身麻衣泣斷北堂春埋
頭已分山林老憂國還同道路親幸遇荊
州劉刺史長懷隴右趙將軍平生感激
馳驅意肯爲淹遲讓古人
收拾河山破碎餘兩年長共角粮居力

輕雞解鄉鄰鬥（指日俄戰事）事急親馳羽檄
書一路瘡痍爭戰後兩楹樽俎折衝初
補牢自是吾曹事敢謂亡羊計太疏
都護安西竟若何祇將歲月付蹉跎匈
奴未滅英雄老蜀道曾經坎窞多蜃氣
樓臺新世界龍沙榛莽舊山河滿腔熱
血渾無著灑向天風發浩歌

今日纔知伯玉非少年意氣欲橫飛世間
慷慨無難事眼底須臾盡變機拔地終
慚才力薄銘山早與壯心違滿庭風雪一
杯酒笑取天花定指揮

靜對梅花悟夙緣千林雪滿一枝妍冰
霜骨格寒猶健鐵石心腸老更堅萬國
車書供睥睨一生富貴等雲煙妻孥

笑說歸來好領略湖山二十年
十首新詩當百觥自斟自酌祝長生蓬
萊水闊終清淺荊棘春深漸長成海
底有天雞共問桃源無地可躬耕緘
書寄與良朋道留取他年證舊盟

前詩意有未盡補作二首

苦將籃篳闢荒陲精毀銷餘瘦骨知且

欽才華赴期會時庶政繁興調查豫備期會甚迫每讀時事愧鬚眉虛名漸盛終為累結習難忘尚有詩部護監司俱達官忍圖老健付頑癡余先署呼倫貝爾副都統本年改道復東令試署新知舊學兩茫然空對流光歎逝川瘦影詎甘沈黑水壽盡只合讓青年瞻言粟里尋元亮準傳香山逐樂天獨有憂

時心未死一匡猶望出英賢

呼倫元旦

雄鷄一鳴天下曉光華復旦曜八表千門萬户騰歡慶道是今年春至早（年前十二月二十六日立春）我從前年來絶垠歲歲迎春不見春萬山冰雪三竿日四海風濤一粟身壯懷安得旋坤軸立化寒門作暘谷元

氣熱血蒸枯槎千林開遍紅梅花

五十一歲紀年

隔夜尚五十曉來忽加一豈果形貌改人心
異昨日譬彼石火光起滅一何疾願此血肉軀
金石非其質競爭能幾時毀譽銷名實
所以古之人曠懷忘得失
隨地無為人傑然萬物表造化雖無心

此恩已非小浮生幾須臾聞道苦不早
去日不可回來日誰能保井墜忽天淵
貴賤何草草眼前好景光所爭在分秒
胡弗急起追研精探至寶不必登明堂
自可慰幽抱携此歸太虛天地共荒老

自題五十歲小照

靜對梅花悟夙緣前生只合是臞仙無端

謫墮人間世氷雪荒寒五十年
忽從對面見真吾一笑相逢便欲呼風骨
崚嶒多依舊衹添霜雪上頭顱
爽颯丰姿灑落神半生冠帶雜胡塵憑
高獨立蒼茫甚萬里風雲一葉身
閱盡滄桑正歲寒萬方憂樂上眉端不應
直向邊荒老無限江山袖手看

送多竹山隨程中丞赴蘇至溝幫車站下車作別俄頃遂發余亦倉卒隨東行汽車而還賦此却寄

笑言未竟駐飆輪閃到溝幫忽愴神纔向車前道珍重天南地北一時分

獅林朋輩憶前游佳句名園石上留前年竹山

游吳曾題詩網師園刻石

今日重來時節好，金閶門外鬬龍舟。東南杼軸萬家空，恐有盧循結李雄。好寫時艱入詩句，天涯莫忘寄郵筒。世局如斯已可知，相期努力待清時。吳宮花草胡天月，莫向樽前悵別離。

送程雪樓中丞移撫江蘇五言

二十四韻

舊政滿關東公宦績遍東三省上年四月來接奉天經年接鎬豐

維今根本計有古大臣風濟變紆籌策

同寅婉協恭雅容孚異類篤棐契

宸衷孝溢九州隘

恩承雙闕隆奧區廑

聖慮生佛畀美中節鉞

綸音使雲霓衆望同歡迎遮濤路命下之日吳中紳民電參旅寓同鄉開會歡迎
游記館娃宮公前年以養疴坂曾游吳中道是人才藪
由來財賦充傳聞民力竭課治簿書工
但修文明進甯恃杼軸空哀鳴鴻在野
響應雀歸叢見說盧循輩潛扇李特雄
蕭墻憂正急環海勢尤洶此豈
朝廷意其如鼓吹訌治〻誰與易默〻詎云

忠阜識排羣議封章達
帝聰雖罷田丞運銷弭仗吾公定經蒼
生困羞趨晚近功江山完半壁冊府載
新庸遠道欣馳送危言辜俯從相關
情脈脈不惜別匆匆漢北龍沙隔天南雁帛
通邊荒多故吏延頸祝無窮

六月十六日晚將赴邊勘界別亡妻繼
室莊夫人柩

往日出門揮手去今朝臨去別卿難捨棺
慟哭卿知否萬種情懷一味酸

暑雨淋浪夜色迷一棺淒寂署垣西九原

憶我雛尋覓休向邊荒逐馬蹄

滿洲里

羣山鬱蒼莽沙草迷天荒寒日淡迴醒
邊風嚴濤商乘鄣絶斥堠游牧無牛羊
百年拚棄置誰知嚴國防陰謀以善蹈隙
突起强鄰强於此蒲道萬國軌道瀾周行與
安鑿混沌抒嘆失汪洋上游據形勢入境

挹我阬市廛平地起燈火通宵張帝狼慾
跳盪豪氣何揚揚曰維滿洲里第一停車場
中外艷稱說都邑相頡頏譬如寒村女被以時
世妝王嬙與西子環珮遂鏘鏘豈知世界史此
名從未彰經營在人力天意終微茫我遂不
自量振策凌冰霜當車奮螳臂謂可
全危疆三年苦擔柱尺土誰保障中央

有奇榮謙讓實不遑精神日以瘁軀幹日以僵四肢任屠割痛癢心早忘登高一悵望淚下徒霑裳

哀哉行

毒蛇在前猛虎在後腥風四起天地昏黝進則飽蛇腹退亦入虎口哀哉乃無險可走閉道東鄰被蛇吞磨牙吮血無人

問章逃一二拳空舊東鄰之飽腹蛇意猶不足掉尾邀雷來分遮總攫撲西隣空望東鄰哭安得猛士磨利劍斬蛇剃帚如埽電乾坤從此慶清晏嗚呼乾坤從此慶清晏老我暮中或一見

登阿巴哈依圖嶺寨觀中俄國界
阿巴哈依圖一名阿巴該圖又名阿巴海圖

羣山西來行逶迤，一山突兀餘陂陀。昂頭駐瞰平疇闊，草青沙白亂流多。下馬策杖凌絕頂，憑臨萬象爭紛羅。東來長蛇海拉爾，蜿蜒奔赴山足過。地形中高南北下，審觀水勢一一可縷覼。小渠南溢乃呈達蘭鄂洛，木中流北轉回維額爾古訥。河以手撝物作磬折（額爾古訥蒙古語以手遮物也，海拉爾流至此轉折，其形似之，故同河異名），循名求實無差訛，鄂博喀倫於此立。形勢最易分，中俄箭頭凸出最高處。譯文雖異議靡他，中俄界約漢文於此處譯爲最高處凸之處，俄文則譯爲箭頭，岡實皆高之意也。乃知當年兩國使臣具卓識，界點豈容後人訶。雖有辯士之辯不能易位置，即以愚公之愚詎可移巖阿。云何黠胡奮智力，崢嶸山勢平撩搓。更棄令水尋古水，花花陸地生風波俄勘界員謂箭頭岡係在箭頭地方之岡是將立體形易為平面形又以今之海拉爾河係故混通尋舊海拉爾河中外國勢有強弱世界公理無偏私

嘘吁嚱世界公理無偏私三韓眼見并於和

大海天塹可奈何

阿巴該圖俄屯

阿拉公河上額爾古訥俄人名阿拉公俄人第一屯額爾古訥河西岸俄喀倫於此屯起

防邊初置堠詢之俄屯叟老謂此屯原係喀倫歲久生聚遂成村落聚落漸成村

賓塞營田意資生，牧畜山南田首望（俄嚨倫在山南，嚨倫以外皆荒睈也）。沙草湯平原。

達賚晚行（土人名呼倫湖之野爲達賚）

平原衰草接天荒，覓絕人煙見雁行。湖氣遠涵斜日淡，邊愁秋挾朔風涼（是晚北風初起，勁甚）。舟室犍懷雄略，飲馬臚朐有戰場。今古興衰難豫料，停車欲話暮蒼茫。

額爾古訥河岸野宿

山蒼蒼河洋洋連天沙草落日黄牛鳴馬嘯人在野氊廬布帳須臾張鑿坎架甑爨晚食折蒿爇火燒羔羊抽刀割肉恣飽啖笑談驚鷲歸鴻翔飯罷吏士藉草臥鼾聲齊入黑甜鄉嗟余平生慣行役冰霜雨雪無弗嘗卽今筋骨漸衰老無論意氣

猶飛揚，令日巡邊按斥堠，草肥馬健爭騰驤。正好野鹽趁秋暖，五更夢到黑水旁。危途峣岩不能阻，精神直欲周遊荒，豈知何從不採意，傳書法令徒周章。二三奇傑善謀國，揖讓謂可擒佛狼。人生縱意在八表，安能縮首偃息就帷房，坐銷壯志負昂藏。

曉渡松河

北風一夜冰稜起，征人曉渡松河水。昨日尚暖今朝寒，邊庭氣候竟如此。松河之水清且漣，與安西下開長川。松河發源興安嶺，西流數百里，至此入額爾古訥河。臨流可置萬家邑，闢地豈惟千頃田。曰有故城宏吉拉，松河北岸有古城，相傳爲宏吉拉氏所築。蓬蒿瓦礫相雜皆。當年雄略起邊陲，今日英風猶爽颯。朝陽回首望中原，山河大地皇輿尊懸頓乾坤，協萬國，區區荒徼何足論。區區荒徼何足論，時有豺狼來窺門。

放歌行巡邊途中作

寒雲黯黯山蒼蒼，邊風浩浩雪茫茫。中途攬轡試極目，憑高矯首臨八荒。八荒大陸漸淪陷，海波軒輊日月黃。撫身欲飛無羽翼，臨流欲渡無舟梁。胃中悲憤向寥廓，一聲仰嘯

秋天長世問富貴我何有天下英雄誰可
嘗漢武唐文不復作鄭儒富鄉將安望儒
生俗士昧時務文明頑錮徒分張國家大勢如
纍卵奮身疇與爭存亡諸公方自廓權力
寒金碎玉集中央丈夫報國貴達道安
能隨處附影寒翱翔不如掛冠拂袖入巖
靈覃精研思攄衷腸取彼萬古未有之

世間發爲千秋不滅之文章書成瀝血和墨寫錮以鐵匣名山藏此身可沒心不沒靈魂呵護無敢傷天晴晝晦起雷電光精耿耿騰光芒覘望氣發取進天子鑿匣展視驚廟堂要言玉計契神聖嘗發立斷絶徬徨小用大用各有效憊者復安弱者强政本不搖九州奠黎民

於變四表光大開明堂受朝賀協和萬國來冠裳協和萬國來冠裳傳之萬代蒙休

昌山蒼蒼雪茫茫吁嗟此願何時償

額爾古納河

石大興安東海濱氈衣窮髮皆王臣威稜遠極不毛地立碑界首期常遵

康熙二十八年平定羅刹定約立碑將流入黑龍江之額爾納即烏倫穆相近格爾必齊河為界循此河上流不毛之地有石大興安嶺以至於海凡嶺南一帶流入黑龍江之溪河盡屬

我界

承平日久邊備弛，乘危抵隙窺強鄰。咸豐四年俄人乘我東南多故，乘勢東侵

約書一紙棄天險，八年在愛琿立約，由黑龍江分界，無端棄地數千里

黑龍江水來平分，西北山河餘一角。額爾古訥長能存，康熙二十八年定約，將流入黑龍江之額爾古訥河爲界，河之南岸爲我屬，北岸爲俄屬，至今未改

千五百里嚴舊界。紫髯碧眼猶逡巡，綿蕞勿失在人力。前車之覆無相循，亡羊補牢或未晚。三年拮据籌邊屯，進蘇爲牧守約束

殊俗為知
聖武尊山靈六抱憂國熱西風禾稼堆黃
雲本年邊境秋收甚豐乘鄣秋深按斥堠風清日暖車
無塵有人有土理不易荒蕪詎可圖長存側
聞下詔減繁費偕困實塞籌移民小臣報
國乏奇榮務農積穀尊前聞願鈔古今中
外拓殖史一一條列陳吾君

哭亡弟繼室莊蘩箴 有序

悲至則作，不擇好音，有作即錄之，無詮次。後有所得仍當賡續書之，亦以寫抒吾哀焉云爾。

萬古難填恨海平，身多憂患爲多情。傷心一掬哀時淚，正哭蒼生又哭卿。

世上誰爲同命鳥，人間真有可憐蟲。頻年

往事何堪憶都付匆匆一夢中
哀哉人間有幾多一時都到寸心窩吞聲
欲說無從說獨向青天喚奈何
早知萬事總成空花落花開轉瞬中到
底情魔揮不去夜闌燈灺雨兼風
萬喚千呼道我來多情猶為眼垂開料
應憐我悲懷切一笑無言撒手歸 業筠病危時
余由滿洲里回

握手亟呼我玉叢，錡轉目視余微笑，終不能言

不愛青年愛老成，卿能知我我知卿。如何羨滿稱嘉耦，不許終諧白首盟。叢錡嘗謂任嫁老夫，不願嫁無知少年

尚憶初諧鳳侶占，笑看夫壻鬢鬑鬑。未容三日為新婦，便向廚頭數米鹽。

千里于歸鼓瑟琴，兒殞女病費沉吟。於今

女嫁兒知學都是恩勤教育心葉鶴由吉林來歸

朝朝退食歸來後常恐官廚清適口難精得

新蔬親手熱擎來含笑勸加餐

三年荒徼飽憂患積毀方知世更艱杯酒

憶卿相慰藉清談未竟已開顏

荊布齏鹽有素心每談時俗鄙驕淫不妨

鄉里嗤貧宦淡泊何須暮夜金

每商偕隱有同情，結屋溪山萬慮清。君作
農夫我農婦，垂楊陰裏餉春畊。
人間萬事難如願，一夕無端夢臼炊。他日田
園賦歸去，農夫是我餉耕誰。
鼙鼓猶知思將帥，況卿再造室家人。若從
門內論勳閥，合是中興社稷臣。
最多哀樂是中年，幸得卿來愛我偏從

此人間皆苦境老懷無著更誰憐

粧臺鏡對綺窗開曾共多情照影來白髮蕭〻依舊在紅顏何處泣泉臺

枝〻葉〻滿窗軒都是我培灌溉恩花亦有情緣故主落紅無語泣黃昏

欲開遺篋淚先傾襪履衣裳事〻精尤憶窗前終日坐不停鍼綫聽機聲蓁筠性勤敏日〻以機針縫作雖

勸之弗
息也

每向燈前索贈詩竟無一語悔何追而今和
淚連篇寫焚與卿看知不知

自分終無再見緣短垣咫尺隔人天却從
夢裏來相覓執手無言但渺然蘩筠歿後整
停於道署西
偏六月十四夜天將曉時夢蘩筠來
至並坐方執手纔言倏焉已逝

尋常小別怨孤零冷雨幽窗睡正醒今日夜

臺誰作伴一天風露看雙星七夕

共苦同甘祇六年怡聞賓從說卿賢我無福分卿無命如此夫妻劇可憐

嗟年年此夕對清光楚敲軒聽共舉觴今日卿已我行役一般情景祇淒涼中秋

半輪曉月出天東野草清霜望不窮正是撩人無限感一聲天外叫孤鴻秋邊早行

憶從攜手度與安三載荒城共歲寒底事
同來不同去孤衾風雪夜漫漫
也算人間了一生可憐地下闕深情他生
縱有相逢處恐昧前因認不清
生涯有盡心無盡卅二年華萬古情造物
忌卿卿識否多緣性格忒聰明蘂筠故時甫三十二歲
怕讀親朋慰藉辭曠觀作達漫相貽同

心惟有綏陽守不勸忘情祗寫悲（綏陽守謂多竹山也）

今日是卿卒哭日嗟余四壯尚騑騑天涯行役

有時返地下精魂何日歸（慕鞠坡後百日時余在勘界行次）

黃泉碧落渺難窮不隔精誠默默通安得

須臾成幻象仙山樓閣五雲中

情緣生恨愛生苦種種皆成自造因揮淚

祝卿卿記取他生休作女兒身

我莫哀卿卿莫悲，卿知今日是何時。釜魚幕燕須臾事，死別猶應勝亂離。

到底無人識病名，人生修短竟何憑。豈真羊刃妻宮垂定數，難同造物爭。蓁蒨之病，醫者有云傷寒，有云瘟疫，迄無定論。星命家謂余有三層羊刃及應剋三妻，今適符此數，豈信也與

以詩代柬寄多竹山祕書

昨接魁三書，道君甚戀結。置書反覆思

令人欲悶絶謂主人不賢於君久折節況復
受恩知臭味無差別抑爲寶珠方水土賓
恙勞君乃游江南佳麗區怡悅（時多在江蘇按幕）超
曠神清君淡泊志高潔得失不罣胷富貴
甯容贅有詩可寫憂聰明淨冰雪有友
可談心抵掌多英傑得一一自豪錫其兩無缺云
何為寡歡此中必有說我爲試揣量深情

應若揭世局日益危禍機日益烈朝野羣昏昏沈醉文明血謗言國勢弛遑恤民力竭中原亂兆形滄海橫流決君性雖沖夷素抱愛國熱睹之與歲傷日夕心惙惙西首望故鄉故鄉隣霈穴苟活在須臾朝暮愆搏鬣欲起殄羣兇手無尺寸鐵困是憤填膺中懷益迫切我亦抱殷憂同之

目眥裂衆鄣羅鴉邊荒頻年手空括頗
君早歸來無多久離別相與入深山著
書爭口舌義必固存已葑菲傳采擷用
則撓時艱或可冀危軀不用貽後人庶無
笑我拙縱使付淪胥形滅心不滅持此歸
太君亦足謝遺子頓首再拜　言心照兩
無泄

寄興東道徐敬貽觀察鼐霖

君在興東我在西四千里外意無睽園林漸失中原鹿風雨同聽五夜鷄絕徼河山餘夕照空江冰雪暗荒蹊踉蹌時局英雄志忍見須臾悔噬臍

題莊蘂錡夫人遺照

開簾忽見亭亭立對面相看的的真歡喜

喚卿卿不應近前始悟影中人
端凝風度劉琨志誤向人間作女兒倘把冠
纓易巾幗丰神應不愧鬚眉
六年靜好在閨門嘉耦良朋誼若敦從此人
天成默契不妨相對總無言
死生契闊傷無嗟意靜神閒稱六珈留取平
生真色相歲寒風雪伴梅花

呼倫貝爾邊務調查報告序

治邊之道不貴能戰而貴能守漢鼂錯論備邊務徙民實塞使屯戍益省輸將益寡趙充國鎮金城首策屯田奏凡三上其便宜十二事亦不外貴謀賤戰先爲不可勝以待敵之可勝旨哉言乎旨哉言乎後之談邊防者其孰能外之近世以來五洲棣通

列強競進不憚探險拓地以爲領土所謂好勤遠略矣然每得一地必實行其殖民政策誠以有人有土非修言廣漢所能坐守無古今中外其道一也我 朝龍興東土首先征服東海窩集路薩哈連諸部康熙二十八年復征服羅刹於雅克薩城定尼布楚額爾古訥河界約自外興安嶺以

達於庫頁島無遠無近悉主悉臣自時厥後垂二百年無一將一卒之守而邊境安於磐石固由盛德遐邇大小畏懷中外時勢未移得以晏然無事也迨咸豐季年俄人乘我無備進據黑龍江左及烏蘇里江以東至海濱之地定璦琿北京兩約坐失外興安嶺天險東北邊界遂無一不關

垂要呼倫貝尔居東北邊累上游西北迤東處處與俄為隣西南控制喀尔喀外蒙古東南屏蔽黑龍江省城東清鐵路自西邊入境貫穿黑龍江吉林腹地又經庚子之變客主易情籌防火急光緒丁未冬小濂奉命權鎮斯土目睹殘破之餘熟計防維之要以為行政次第首在邊務而籌邊必先實

邊實邊必資屯墾明年春因請　省署
東於　始變通卡倫章程以守以耕通力
合作務使戍卒堅久安之志後來無失斯之
屢擧畫綢繆規擬畧具顧邊荒寥落憑
藉毫無絕塞孤懸隃度極易百聞不如一
見知已大責知彼自能實地視察何以施
措咸宜洎夏時和凍解水陸可通檄令調

查員揀選知縣齊守謙測繪員巡檢趙春芳將弁高等生曲觀海差遣員府經歷慶祿等分道詳勘自五月至十月凡六閱月蒇事五百里陸行則叠嶂森林道路未闢水行則荒谿絕澗舟楫難施以至炎暑蚊虻秋風雨雪靡險弗履無苦不嘗乃隨行隨記隨記隨圖歸而參互鈎稽詳繪編輯又踰五月之

吟川

力而竣事計分篇二十有一而括以十三門首國家疆域也次河流次山脈形勢也次地質次氣候明土宜也次物產著地利也次部族重屬人也皆就國有者言之也至欲保其國有而謀所以布置之則不能無事於人焉故次之以卡倫以植屯墾之基次之以治所以立遠大之規次之以交通以謀轉輸之利次

之以稅務以收利權之失次之以兵防以備侵軼之萌而後繼之以俄屯以見彼族經營之實籌我國制禦之方取則不遠於伐柯補牢猶及其未晚既條分而縷晰庶本末之兼賅復附益以圖表發明其現狀既詳既實秩如臚如擘而行之推而利之此其依據矣鍾甡理論者事實之母才智者幹濟之資天下

哼文

事言之紀綱行之維綱行矣而廉不有初鮮克有終古人於此尚兢兢焉則小濂之庸駑無似可與圖成功計久遠安俊之君子洞觀時勢熟權利害尚有以補救而廓張之幸甚

宣統紀元閏二月既望特護呼倫貝爾副都統學部二等諮議官花翎二品銜 軍機

處存記道宋小濂序

呼8

呼倫貝爾壽寧寺市場記

索岳興安而北（索岳爾濟山興安嶺在甘珠寺南）呼倫鄂遜之南（呼倫湖鄂爾遜河在甘珠寺北）沙草荒涼人烟寥落忽開一大市場爲人則索倫額魯特布特哈新舊巴爾虎各旗喀爾喀蒙古各部內而燕晋分而俄羅斯各商以萬計畜則駝馬牛羊以數十萬計貨則金玉錦繡布帛菽

栗輪輿鞍轡凡蒙旗日用器物之屬無弗備氊廬環繞煙火上騰周數十里支帳於野連車為營偕婦子以共處者彌望皆蒙言漢語駝哺牛鳴車馳馬走之聲徹日夜不絕於耳大觀哉市在呼倫貝爾副都統署西南三百二十里布彥圖布爾都之野壽寧寺北八里壽寧寺者新巴爾虎左右

呼一

兩翼八旗於乾隆四十八年爲國以建之福壽道場也蒙古語謂之甘珠爾寺甘珠爾即壽寧之意地於各旗爲適中而喀爾喀各部及京師察哈爾多倫諾爾之來倫者亦以此爲孔道歲八月七日喇嘛咸集諷唄遠近瞻禮者相屬即於期前乘秋高馬肥之際開市貿易副都統必親臨巡閱所以重民生振商

務察物產之豐耗也其市法必以八月朔日爲始未及期雖集不得擅開集者肆者必於市内不得在外交易防漏税也市作大環形闢南北爲二門南門兩翼爲東市諸布特哈及本屬索倫所造土人謂之羅之車輕而易駕惟不堅門之東迤北爲倫市及齊齊哈爾名商門之西迤北爲京師多倫諾爾奉天名商北門分列

為一衢以處俄商其中央則副都統衙幕及税課司在焉來市者夥而入暮而出五方雜處無爭鬪攘奪之虞雖有領隊官兵巡察不過具形式而已市以銀近我雜以俄鈔無所謂銀銅各幣蒙古旗族終歲所需均於此時購備往往以物相交換為多如集者七八日始各散歸古所謂日中而市交

易而退名詩其所者庶幾近之世風氣之樸生計之裕於此可見一班夫蒙旗各部固古所謂强族也今則稍稍弱矣而又值文明競爭時代僻居荒野蔽於錮習論者遂屏諸不可復用之列然愚竊嘗謂北邊數千里處處與强為隣彼族肆其雄圖難保無烽燧之警一旦有事欲徵兵調餉於數千

萬里之內地，徵論饋運不繼，饑疲爲患，而野居食肉，日僅一餐，而視內地習於溫飽之人所可任？況平原曠野，利於騎，蒙旗童子皆善騎馬，馳騁如飛。倘能寬以歲月，紓其生計之裕，以啟其文明；奪其風氣之樸，以振其武勇。吾知圖圍載遠，仍不出韋鞲毳幕、膻肉酪漿之倫也。惟詢諸土人，今歲牲畜價値又乘春雪過盛饑凍倒斃之餘市況為之一蔽然亦遠近商情牽率不過一時之消長無關久遠之盛衰庸何害所惜者小濂才力薄弱坐擁數千里邊荒二三蒙旗族懷攬轡馳驅之志之乘時振靡之方挽弱為強長駕遠馭豈不能不望於當代之賢豪矣光緒三十四年戊申八月初三日權鎮呼倫貝爾等處副都

呼四

統花翎二品銜軍機處存記道吉林宋小濂
記於壽寧寺市場行幕

孚五

送程中丞引疾歸里序

中丞程公涖江之四年戊申三月以疾請歸報可寅僚治筵以餞焉小濂為詞以祝公小濂從公久知公深雖不敏何敢辭公以諸生從戎塞上遍歷東三省十餘年間蒙殊恩建節鉞由副都統而將軍而巡撫何其榮也尚多病然而以善病者當以來東三省

時三省故完善可以為　國家根本形勢物產均占優勝特以邊備不修荒蕪未闢致事事落人後著忠憤所結思有以開通而籌布之而事權不屬籌之以公聽鼓於皖江者數年歲已亥原任黑龍江副都統壽公治軍愛揮素知以調襄戎幕明年壽以擢將軍以隨至省任要差似可稍稍展布矣

乃適丁庚子之變禍起滔天西望神京潸然
雪涕維止敵人礮火之焚以保會城卻強虜
萑苻之擾以秉臣節公之志行昭然之事已
集頭爛額處不可復為之勢且又為忌者所
擠倉猝引避其贄之如故也光緒二十九年
先用長忠請以薦以直隸州知州入覲
召對稱 旨 兩宮又素聞公賢擢道

賞加副都統銜前署齊齊哈爾副都統命辦黑龍江墾務善後三十年二月到任未幾署將軍薩以回族歸

朝旨命阿勒楚喀副都統達以桂權軍篆達曰敦與以善至是相得益彰通事和衷商榷而閒風景從之士如鄭國華多祿徐鼐霖及小濂等亦多歸之當是時日俄事起江省當東清鐵

路之衝俄兵過境者日不絕強橫驛騷不可理喻奸民乘間嘯聚搶行掠奪餉絀兵單粹難勦辦以興達以分籌中立內理庶政外拾驅設官均乘間興辦具有規模次年四月達以奉
召入都
旨仍以署將軍江省以荒儌之區當殘破之後外兵壓境鐵路交涉急在肘腋以因應對待無不出以苦心

故語僚屬曰遭世艱虞受恩深重淑急不可敷衍不可含忍辱負重精進不已別無權挽救之法諸君其共圖之是年冬以日俄戰結束因小濂赴都備外務部議約顧問詣通謁樞府諸公皆嘉以成績贊歎不置屬特致以君力爲之毋顧慮以於是東改旗制新齊齊哈爾呼蘭通肯布特哈四副都統去旗

署把持之積弊，開化除滿漢之先聲，延攬賢豪，來者益衆。逾年，學堂、巡警諸新政亦相繼並興，通肯、巴拜、湯旺河、恭聶、布特哈及三蒙名荒地領户開風爭集，次第開放，設官分治。而愛琿一城前經俄兵佔據，亦於三十二年夏間收回，副都統得率旗屬官兵復業。其名屬馬賊之肆擾者以淑靡，將士整頓疲卒漸

次勤平數千里窮荒一無憑藉得此良非易

易以常人論之洵以躊躇滿志時矣然而仍

鬱之者荒地雖放而未闢新政雖舉而未成馬

賊雖平仍未淨絕根株旗米雖改尚待籌維

生計加以時艱之棘迫邊境之空虛外累之風

潮地方之羅掘無日不往來於胸中凡此皆以

疾之所由致也上年春 朝廷以三省務偏

两強應速經畫

諮政行省以民政部尚書徐公總督東三省駐奉天改公署黑龍江巡撫徐公以公在江久習邊事素重公事必馳書咨公而行省之設又公未逮之志也得時乘勢尚何不達之隱不遂之爲乃以憂勞益甚若時有不如意事張者蓋公性沈厚忠勤日坐公廳治事々無巨細必集僚屬反覆討

論有來謁者必見之必深詢委曲詳其雖終日不厭其待僚屬也務積誠相感以故人皆用命或事有不如意者無疾言厲色必沈思以究其所以然往往中宵不寐甚至失眠僚屬勸以節勞以笑頷之而勤劬如故至是公謂

朝廷改行省凡事宜更始圖新吾無奇才異能豈偃息優游所能爲理雖勞

何敢恤以之疾自此作矣以鍾疾而以之治事如故也秋九月請於朝貴假一月調理漸見輕利然猶時愈時發今年二月以不欲以病軀誤國家事陳請入闕就醫比得允僚屬及遠近知之者多以以詩送桑時遽引疾去為可惜而小濂猶為以賀夫人生精力幾何華時事憂危於一

心負責任艱鉅於一身昕夕焦勞無晷刻曠歉不病詩乎今日毅然歸去溯長江歷巫峽逸興豪情豁人胸臆而且舞萊衣於堂上話故舊於鄉閭家庭族戚之歡尤足頤養天和消除勞積吾知以後將不醫而自瘉能然以國未嘗須臾忘江省也側聞新帥蓋世賢者必能益擴遠圖吾輩其

名發乃心竭乃力贊佐新帥以竟以未竟之志俾以閱之而喜曰功固不必自我成也喜則庶必速療庶療　朝廷必名以出堅凝矍鑠宏濟艱難其所以扶持世運者必遠且大豈僅在目前一日江省一隅也哉至以之政績事業昭昭在人耳目有識者類能知之無俟贅及特述以庶所由起與其

所以愈者以諗同僚同僚曰子知以以質以
以示曰子鑒知我
今年春三月小濂晉省送
以同僚屬為之序時人事大忙未及脫稿回
偏後賡續成之小濂不文不足以表揚
以余強竊以為皆實錄無庸詞也時光緒三十
四年四月十有八日宋小濂謨書並識於呼倫

貝尔副都统署中

送涂子厚序

天下實難得者人才，得矣而不竟其用之矣，而不久其時，於事終無濟也。綜理呼倫貝爾文案黑龍江候補知府蜀東涂君子厚與余共事之三年。宣統紀元己酉八月，呼倫既裁副都統，改設兵備道，屈於新章，佐治僚吏多所更定，無一席以處子

厚展布地而操幕諸公亦相與馳書延
攬乃送子厚入操軍幕府爲秘書官
於世將行也及子厚同人無蒙漢無新
舊罔不齊聲歎惜走相告曰偏政新造
非才莫舉所需於子厚正多以數年
百計搜羅而得之者一旦爲省署拔其
尤以去徼特呼偏爲之失色將以後繼

雖紛糾誰與籌理而提挈之鄉惟余躬變匡助一朝如失左右手又有不能已於言者歟子厚之來江也當光緒三十三年正月余方按辦哈爾濱鐵路交涉事前任主者先一年去局事棼如案牘塵積幾於不可爬梳前署黑龍江將軍今奉天巡撫雲陽程公薦子厚為主文牘子

厚隱田間來惆悵無華人多易之乃不數月而精練孜核尋端竟委棼者積者以次清理察其所為類非才敏者不及余心識其能是年冬奉命錯權呼倫貝爾副都統畧於省僚與俱西呼倫懸處興安嶺外為黑龍江西北邊要內而蒙旗游牧文化未興外而邊

備空虛強鄰偪處不揣駑下思有以開通而充實之而創造經營一無憑藉乃與子厚反覆商榷詳籌本末訂為章制釐然井然次年春學堂巡警邊墾次第成立年餘以來繼以事多牽率未能遽臻完善而初基已植政道分治實皆權輿於是蓋非子厚計畫之功不及此嘗謂

時至今日人才之難不難於英華發越而難於篤實精勤每見當世號稱開明之士方其建一議立一説非不綱羅八表震盪一世而究其終極或過高而不可行或虛張而無實致不則撏撦新政摭拾名詞務以塗飾耳目尚利一身風會所趨大都類是今子厚獨能以堅守之質運沈毅之思

凡所規畫皆有績效可睹宜同人之齊聲念惱而余之不能已於言也今三省益危迫矣黑龍江爲三省西北之衝其關於邊局尤大子學留心邊事識得置身要地借箸統籌以竟其用而久其時利於黑龍江即利於呼倫貝爾也豈必規規焉爲一隅計乎子學勉乎哉同人勉乎哉前署呼倫貝

東副都統試署呼倫兵備道宋小濂贈書

送四

澹庵詩序

余耳澹庵詩名久而緣亦慳晚憶光緒癸未余應童子試冠軍澹庵適隽選拔同出新陽朱研生先生門嘗一見之長身玉立翩翩佳公子也心慕之而未及接洽後余奔走四方與澹庵不相見者二十年然偶遇鄉人士言及吉林英俊之能詩者必曰多竹山多竹

山竹山者滄庵字也且恒於友好間見滄庵所爲書心益慕之歲甲辰余佐黑龍軍幕適獲與滄庵共事傾蓋如故把臂深談始知二十年來滄庵之慕余亦如余之慕滄庵也千里神交一朝合併時促膝研究當世事以相劘厲暇索其詩則謂康子遭亂稿失閒憶數首寫讀如康子塞上諸作

蒼涼然感不減放翁頗從以軍書旁午困於料量漚庵旋復出守綏化余亦于役都門不獲多晤多寫書以是答漚庵之懶戊申余權鎮呼倫貝爾漚庵方棄綏化守偕雲陽中丞程以之上海以其間徧遊吳越惟山水與東南名宿相論議今年春程以被召入都旋擢奉天漚庵猶繼以之東府屬

一處於詩有作必附書寄余之讀而異之因歎滄庵此游得於山川之助友朋之益與夫世變之感以增長其識力者為不少也然終以未睹其全為憾冬十月滄庵自奉天越吉林黑龍江渡興安嶺來訪笑言未竟遽啓篋手數冊出曰君嘗督我懶不多寫詩作破一月工苦搜舊作寫成來矣能為

我一刪定乎余受讀一過其惓懷家國之心敦篤師友之誼時時見於篇章因以公暇爲之參訂去取乃知滄庵之詩之雅在乎原本性情而山川之助友朋之益與夫世變之跡不過壯其波瀾藉抒懷抱爲吾吉僻處東陲文化開發晚二百年未有以詩鳴者滄庵獨能孤懷遠邁逸響橫飛抗衡

中原未遑多讓洵足壯江山之色增吾黨之光矣雖往時事日艱東局又迫正賴一二有志之士相與栖皇奔走挽救於萬一余與澹庵生於斯長於斯夙昔所研究而劇原者又無不注重於斯將為所逃而卸其責耶吾願澹庵毋徒澄心杳慮刻月鏤雲以詩人自命也可

宣統紀元己酉小雪後五日同

懷冗宋小濂序於呼倫兵備道署

卷四

程中丞奏疏書牘序

古今志事之雖成竟如此哉竟如此哉有其才無其位則不成有其位無其運則不成有才有位亦有運矣而時勢牽所施爲所建樹輙不能如其意之所出雖旁觀視之若得此已甚易之當局者苦心獨喻則仍以爲一無成也故以諸葛武侯之

隆中決策坐定三分魚水君臣竭忠盡智卒能佐先主創帝業而庶竭駑鈍興復漢室還於舊都之志終未獲踐無他時為之也勢為之也前署黑龍江將軍今奉天巡撫雲陽程公以嵩光緒中葉以諸生從戎塞上轉側黑龍江奉天即時以綢繆邊計維持根本為心及遭庚子之變以死自矢忠

誠敵人黑龍江省城賴以無恙事聞
於廷垂之由直隸州驟擢副都統旋署將
軍改設行省復署巡撫以當大亂之後誠
特達之知力圖振飭一切外交內政軍事邊
防旗務墾務圖維詳籌奈未期以素所蘊
蓄一一見之實行時小濂方以州牧佐以幕
府凡所設施悉與贊畫見以憂勞蒿棐風

夜不遑有所條陳無不立邀
俞允以為不世之功可操左券既乃觀世所
就與其所規畫者哉僅得半焉哉僅得一
二焉哉竟毫無績效且適得其反焉世間
紛紛乘迕旁掣潛撓往往出人意計之外
公嘗太息謂僚屬曰大丈夫受
國厚恩惟有盡力所可為為之而已成敗

利鈍能豫計耶讀公奏疏書牘可以知其概矣嗟乎以公之才之位之遇而時勢一不副遂致廢黜終老古今志事之難成竟如此哉竟如此哉庚戌春公幕中僚佐徐鼐霖敬貽多福竹山李肇慶李舒高廷楨屏周馳書商榷將編纂公在江時奏疏書牘刊印流布並以小濂從公久知公深屬為之序之

四君者皆當時黑龍江軍幕舊人相與共
艱難助籌策者也區區不敏誼何敢辭因為
揭以之用心約略書之讀以書者其亦勘知
人論世之肆與
宣統二年庚戌二月既望吉林宋小濂謹序於
呼倫兵備道署中

晚学齋詩之一

東巡集

宋小濂署

宋督辦六十三歲小照

東道集小序

余性嗜詩，平生經歷往〻見之吟咏。康居六載，所作尤多，已將六十以前詩編成十二卷，藏之篋衍。自来东路，時危勢迫，勇与心違，促〻寡歡，此事久廢。偶有感觸，急不擇言，言〻義當。辭職得請

檢點海裝拾而錄之起庚申四月訖壬
戌正月得六十首名曰東道集屬鄧子龍
軒書付景印以紀行蹤蘇長公詩云
人生到處知何似應似飛鴻踏雪泥泥
上偶然留指爪鴻飛那復計東西余
之東道集亦此意也夫

夏曆壬戌二月朔吉林宋小濂書於哈爾濱秦家岡行館

東道集 庚申至壬戌

吉林宋小濂鐵梅

以事之奉天出山海關

六年久未出關東，今日重經感不窮。地擁全遼嚴保障，天連渤海起雄風。是日大風故鄉漸近雲山隔，壯志常懷軌物同。此去若能融水乳，相期努力共圖功。

過柳河溝

野水分流兩岸荒平沙風起白茫茫田廬滿地歸何處一片斜陽柳數行

偕魁星階徐敬宜姜雨田謁清太宗

昭陵

野徑棠梨到闕宫陵垣之外棠黎花最多尚餘松柏鬱葱葱神功聖德瞻隆業陵前有亭内為康熙所立神功聖德之碑陵山名隆業遠脈長源溯大東陵脈來自長白山迤邐西行千餘里名曰老龍岡一代山陵成往蹟幾人車

騎騁游蹤我來不盡興之感特掬寒泉奠

晚風

奉令督辦東省鐵路留別都門諸老

各友

六年人海潛幸絕宦情擾補讀未完書閒

道悔不早興來時詠詩聊以抒懷抱每遇

素心人共聯文酒好性愛山水游佳境恣

幽討望古寄遐思天民自皞皞閒中樂事

多耽此欲終老胡乃誤虛名韋入大東道半世苦勞生白頭債未了況歌蜀道難蛇虎肆騰掉何術濟艱虞憂心實悄悄長安開别筵萬里邊荒渺良會有前期諸公善自保乘時各努力不變强哉矯

五月十九日大雨志喜

盛夏久暵乾亢龍不知悔彌望田苗枯吾民憂凍餒蘊隆鬱不開何處訴真宰轉捩

運神機立聲旱魃罪破空迅雷震徧地甘
霖灑詰旦散晴暉芃芃禾黍起炎威頓已
消人意色然喜刼運尚能回亂機何所底

出都

鼙鼓聲中正出都故人握手各相吁貪狼
瘈猘乘風起社鼠城狐據地呼倉猝離亭
雙闕迴徬徨繞屋一人孤諸公漫作旁觀
客大廈將傾要共扶

秦王島

莽莽秦王島，征軺瞬息過。東南滄海闊，西壯亂山多。絶世雄風渺，連天巨浪磨。幾多消暑客，沉醉水雲窩。京師貴游及各國駐華公使每當盛夏皆來此避暑

歸吉林

久卧京華絶官游，誰令强起到東陲。非誇晝錦還鄉里，好關通途貫亞歐。父老多情

争笑迓江山無恙為人留誰憐閭左彫殘甚餓虎将軍尚在不

謁墓

垂老客京華六載松楸別時變感人心春秋霜露節蓬蒿山徑荒祭掃儀常缺今日得還鄉匆匆來展謁九原如有靈看兒淌頭雪兄嫂與妻子幽明久隔絶念此骨肉情能勿悲懷切慟哭不能言墳前一滴血

長春謁胡鳳樓師師名雲藻為長春宿學老於諸生鄉人敬之

不見吾師又六年，白頭相視各淒然。傳經最列門牆久余受教十年，結契深兼故舊偏太夫子與父交契。先恩誼銘心盟白水師與余恩家厚，文章憎命老青氈。人生窮達何須論，贏得鄉閭共說賢。

重到哈爾濱

十四年前此折衝，爭回侵地挫雄鋒。中權綰轂游蹤認，東道停車舊雨逢。歐亞交通方阻絶，乾坤罅漏孰彌縫。當時驕虜今僚佐，統屬華夷罔弗容。

以事入都喜晤諸故人

京華小别四星期（近仿西俗以七日爲一星期），攬轡重來又一時。野火風烟真轉瞬，世途荆棘更多歧。朋儕把晤欣無恙，家國承平問孰知。

收拾煩憂付杯酒偷閒且共恣酣嬉

周公泊園六十一歲初度書扇寄祝

時公在天津

年時此日集芳園曾逐羣賢獻壽言奉名我今來上國避人公適駐津門棋枰世局真如戲風雨雞鳴欲共論一曲新歌遥寄祝開天甲子正回元公以庚申生今又庚申

別京師諸友

忽來忽往竟何為此意惟應我友知如入寶山空手去余來都陳請政府各事皆不得要領賸看荒野使心悲畿輔大旱滿目荒田兵凶萬姓填溝壑直皖忿爭畿輔慘遭兵劫繼以凶年鼓吹羣雄耀節麾相向無言揮手別一聲珍重待明時

旅京戲作

無端優孟又登場袍笏鬚眉亦自傷急管繁絃難合拍揚旗擊鼓不成行一時腳色

矜流靡舉世觀聽厭大方爲語棃園老供奉當筵何苦譜宫商

第二庚申生日

海水無端化作塵一生能得幾庚申天心幸有回元日我意欣同再降辰葭琯飛灰催令節適值冬至前一日梅花破雪笑先春漫嗟蜀道崎嶇甚珍重尊前健在身

歲暮懷人

失計悔為東道主，無端拋卻北京游。師資友誼分明在，歲暮天寒獨倚樓。

靈境年年謁帝師，一時老輩共論詩。光風霽月人倫鑑，犀向螺江進酒卮。陳弢庵太保

關東都督早歸來，談笑生風老不衰。一代勳名都忘卻，儘容故吏脫形骸。趙次珊都督

十年不見程雲陽，都下相逢喜欲狂。公遽南歸我向北，纔容一面太倉皇。程雪樓都督

雍容有古大臣風，人海沈觀號泊翁。兩月長安纔小別，幾番轉轂夢周公。周泊園院長

每向斜街来問字，新城一老氣清華。文章賈董詩韓李，南灶公推著作家。王晉卿方伯

草莽微臣戀故君，文心畫理兩通神。五年京國論交誼，不采聲華見性真。林崑廬孝廉

城南荒寺卜幽居，閉戶覃精自著書。省識吾家老芝鈍，梅花幾樹伴蘧廬。宋芝田太史

莫敎鋒鍔逼人寒贈別殷勤得家難今日羨君蕭寺裏靜中滋味夢䰟安成澹堪太守

直道難行古已然更從何處問青天願傾東海汪洋水好滌胸中萬慮蠲徐敬宜省長

東路西邊同患難京華五載倍纏綿如何遠道輕離別憂亂懷人各一天涂子厚參議

到此方知行路難虎狼荊棘朔風寒何當便脫羈絆去好逐羣賢拾墮歡

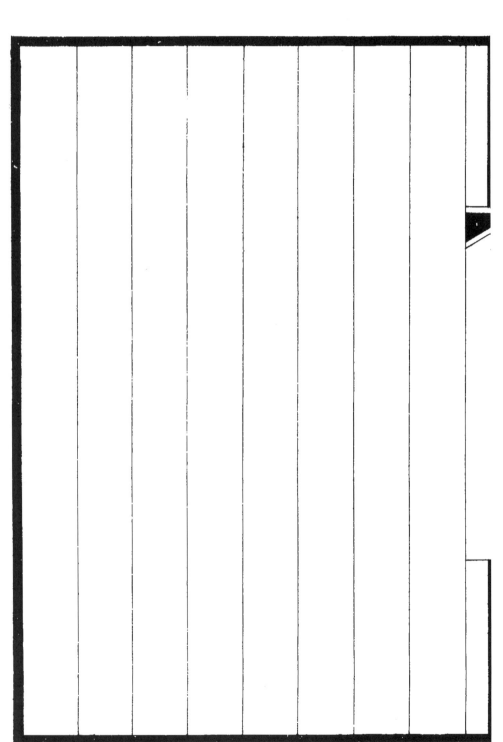

長春之大連道中

曠望平原曠望秋，年来無此快心游。嘉禾滿地香風起，一路行行聽野謳。

雨中過遼陽

見説遼東古今來雨霧雰破空出白塔城中有古塔帀地擁黃雲秋禾正熟豪飲情何暢徽吟

意共欣與袁潔珊同行潔珊善飲能詩千山遥在望不盡

氣氤氳

山行

纔過千山又萬山萬山深處路灣環巉岩

歷盡開平陸天海茫茫接大連

星浦游讌即席有作海内有大石屹立數處如一山冲斷者然

游旅順雞冠山觀俄羅斯廢戰壘
此處從來戰蹟多是非成敗竟如何世人
莫漫矜天險駭浪驚濤付逝波中日及日俄均於旅
順戰鏖

重九日致遠亭落成有序

余於哈爾濱東省鐵路公司督辦行館後園建亭名曰致遠亭成適在重陽時候置酒名客詩以落之

省識爲亭意，常懷致遠心。種松期作棟，栽柳早成陰。（前植松柳）軌轍通歐亞，乾坤立古今。無邊秋色裏，曠望試登臨。

大好重陽節，同登木末亭。秋晴天作美，霜晚樹留青。把酒詩懷壯，看花菊味馨。（適園丁送來新菊已開）眼前無限樂，更祝夕陽停。

和張壯牆九日邀集樓登高原韻

未能握手共登樓，悵望京華萬里秋。此日

亦曾開勝會（余於行館後園建致遠亭九日落成宴集）撫時一樣動離愁故園松菊荒三徑環海風雲大九州寄語犀公高著眼奈何天外更昂頭

祝林畏廬七十壽

我識君差晚知君謬謂深每談當世事同抱古人心一代師儒表千秋著作林門墻羅俊傑經史蘊深湛志節雲天薄神明屋漏臨平生敦素履早歲謝華簪游藝工詩

畫高懷託水岑家駒多逸足老鳳有清音
鸛壽不知紀兕觥聊代斟百言遥寄祝含
笑撚髭吟

憶昔有序

秋冬之交自哈爾濱之滿洲里巡
閱鐵路經過舊游慨然有作名曰
憶昔

憶昔度興安書生初擁節籌邊攄壯猷淩

霜蒸熱血光緒丁未奉命署理呼倫貝爾副都統時正初冬為寫立馬圖曾寫興安立馬圖欲追古奇傑志事未得酬倏見國維裂今日我重過萬山惟積雪經營望後賢無使付荒絕

重度興安嶺

憶昔鎮呼倫相將三四載恩信洽胡兒畜牧無驚駭去此十三年今來人事改叛服何所為我心憐爾騃撫茲喪亂餘回憶得毋悔獨有西山松呼倫貝爾城西山老松最多青青

猶宛在

重到呼倫貝爾

憶昔理疆界清宣統庚戌辛亥間俄人倡言滿洲里在彼界内余與會勘重分卒得保全無失久駐滿洲里勘界之役往來於滿洲里者經年侵軼杜強鄰不辭冰雪履窮探古訥源中俄舊界水路自額爾古訥河源起細辨鄂博址中俄舊界陸路以鄂博為識鄂博者蒙古語石堆也蒙人祭神亦為之邊圉幸保存國勢忽披靡清宣統三年辛亥八月革命國變今朝巡路來遠馭飆輪駛安得竟全功異域車同軌重

到滿洲里

憶昔督龍沙，受任際倉皇。余以辛亥十二月署黑龍江巡撫，正值國變最急之時，明年三月改任都督。艱難苦支拄，鎮定綏四方。無端起橫逆，民國二年俄人以細故尋衅，不可理喻，余遂奉命去江以全國土。避地全危疆。邊氓俗敦樸，感孚積日長。前後二十載，相習成家鄉。去此閱八稔，積懷兩不忘。頃為東道主，今適巡周行。舊疆喜重到，父老迎復將。殷勤說往

事涕下為沾裳時迫即須別語焉不可詳

聞得賢長官視民真如傷時吳興權督軍兼省長勵精圖治其各體茲意共襄治道昌重到黑龍江省城

巡路行辛酉冬巡閱東省鐵路作

江山莽盪三千里水陸橫穿貫鐵軌為憶雄隣脅約時寧知世事變如此自清光緒丙申年俄羅斯與我訂約建造東省鐵路藉圖侵畧令甫二十餘年以歐戰俄亂東路竟歸我管始料所不及也我今適來督東路余以民國九年七月奉命

（督辦東路）還我國權胡不早，仗節周巡歷兩邊。三冬冰雪敢辭老，林巒重疊疑無路。怪石危岩行旅怖，懸道盤回鑿空過（西綫興安嶺東綫磨刀石等處皆有隧道），宛如巨壑驚蛇赴。蓬沙滿目迷夕陽（西綫自海拉爾至滿洲里邊界驛錢路所經半多沙磧），樹海彌天亘大荒（東綫自一面坡至綏芬河邊界驛錢路繞行萬山中森林茂密向稱樹海）。轍跡直通森彼得（俄都名森彼得堡錢路直達其地），轉輸遙接太平洋（錢路東達海參崴海口）。諾尼（即嫩江滿洲語本呼諾尼松阿即松花江滿洲語奔呼松阿里曳長虹嫩江松花江橋工甚鉅鉅野平疇衝遠風馭氣奔雷赤手幹居然人巧奪天工當時自謂神威赫域外橫行騁遠蹠碧眼赤髯絡繹来成都成邑剗榛闢霸圖未已民心叛羣起亡秦不可逭西曆一千九百十七年俄人革命事起帝制遂亡至今亂猶未已廿載空勞拓殖謀一朝忽啟兵戎亂主人棄勢續前盟政府與道勝銀行續訂管理東路合同代替俄國政府各項職

權力去渠魁息黨爭（俄人以新舊黨爭危及東路前管理局局長霍爾瓦特為舊黨黨魁挾錢路之勢組織遠東政府東路損失甚鉅幾至停運我國力為屏去黨爭始息路務乃得整理）收拾彫殘勤補綴協和中外苦經營國家鄉土忍輕遺險阻艱難誰與知牖戶綢繆輪奐美異將磐石培根基停車聯步上興安指點從人眼放寬此處當年曾立馬（余為呼倫貝爾副都統時曾作興安立馬圖）諸君莫作等閒看

六十二歲生日

後甲匆匆年復年，不須往事問從前。重来冰雪荒寒地，慣見風雲黯淡天。絶軌周巡方税駕，近日巡視東省錢路一周介眉循例又開筵。尊前莫歎吾衰也，大好乾坤共轉旋。

辭免東省鐵路公司督辦留别中俄諸同人

昔来督東路，邊雲正莽盪。幾經殘破餘，王

道失平蕩人視畏途去我如懸索上桑土事綢繆風塵勞鞅掌拮据寧肯辭寒暑已周兩九年七月任事十一年一月辭職中外幸交孚公司中俄人員推誠相與共濟時艱技能欣足仗俄技師柏里斯瓦西里耶維赤沃斯特羅烏莫夫錢路專家精敏幹練十年二月物色來哈任為局長督勵各員工未及一年振衰起廢頓改舊觀艱難謀轉輸商旅競趨嚮譬如積衰邦中興新氣象又如敗大家再造式鄉黨一國繫安危列强思攫攘太平洋會

東道集　十七

議美國倡言共管東路（小字）政樞屢變遷，五易交通長。余自九年七月接任東路督辦，至十年十二月交通部長已五易矣。（小字）涸轍苦支持，壯懷空倔彊。羣饕環境窺，何術屢分饟。霜雪滿頭顱，山林多魍魎。顧茲衰薄躬，奚為慨當慷。避地讓賢才，濟時事或儻。收身人海藏，天壽靜中養。作詩勗僚友，臨歧毋悵惘。同心佐後來，懋績邁疇曩。

辭免東省鐵路公司督辦留別哈爾

濱諸友

兩年綰轂在危疆險阻艱難已備嘗環海
列強爭虎視負嵎羣盜肆鴟張幸看王道
恢平蕩遑恤流言故謗傷獨抱生成松柏
性歲寒氷雪自蒼蒼

今日方知九折艱何妨退步讓時賢好憑
忠信行蠻陌拚取功名付等閒人海藏身
依壯闕鷲峯覓句上西山臨歧笑語朋儕

道訪我雲林水石閒
辭免東省鐵路公司督辦曾以一詩
留别旅承董事會監察局管理局
諸同人在鐵路俱樂部盛筵祖餞
將之以品物申之以頌詞情深文
明感慨係之因復賦詩志謝張之
壁閒以貽後來永存紀念
人生離别多聚散何艸艸悲歡隨境遷情

至安能矯昔我初来時東路方擾擾今日我将去喜見康莊道遠邇易觀聽夐哉出意表策力仗羣才豈在匪躬眇公誠謀見推中外式相好愛戴久彌殷翕然無譎狡時勢遽難容邈焉歸思浩依依不忍離舍涕色為愀和同開祖筵四座共傾倒酒饌羅芳鮮勸酬洽醉飽歌音宛轉清舞態娉婷裊将意貽珍奇摛辭善頌禱對茲良宴

會感惠何時了潭水桃花深江雲春樹繞
臨歧更贈言尚其繫懷抱世道正艱虞諸
君求自保好樂慎勿荒所爭在分秒紀念
日非遥親參我到早（今年七月夲路舉行二十五年紀念）

壽張令頗上將軍八十生辰

卅年舊績在遼東婦孺知名仰德風躍馬
横戈銷敵燄當筵擊鉢擅詩雄精神潞國
文丞相貴壽汾陽郭令公笑看堂前老萊

子編斕舞綵拜而翁公子師黄今已六十生辰後公一日

早識人間有鳳麟，一時耆宿望天民。當年號我爲三硬公嘗笑謂余作硬詩寫硬字行硬事號爲三硬先生，今日欣公慶八旬。過眼浮雲看富貴，息心得地遠風塵公退居後久住天津。自慚將退仍難退，可許樽前去問津余辭東省錢路督辦已報可命有替人以他故不能即來苦難脫卸。

辭職報可他故稽延欲罷不能作此

自遣

求進固非易，求退亦良難。大海舞長鯨，彌望波漫漫。下帆急回棹，擬尋来路還。幸云離險境，差可心神安。斜風忽牽引，回旋迷淺灘。欲行乏途徑，將飛無羽翰。人生多困厄，富貴寧相干。長安在何處，拊膺空浩歎。留別有新詩，祖餞摛妙辭。歸裝亦已整，決去復奚疑。世變紛何極，我心喜可知。脫身遠魑魅入寥尋皇羲良友二三子歡言晨夕追乾坤恣俯仰山水同游嬉好學不知老任天隨所宜即兹良自足此外無稀奇造化故弄人將與復靳之人生滿意少一笑付希夷

東道集編成書後

經年心事兩相違浪説歸来不得歸檢點一編東道集此行出處是耶非

鐵某先生東道集既編次成帙命程正書將付石印顧程於詩律外道也不敢有所許隲然以先生爲有真性情之人故其詩爲有真性情之詩雖寥寥寥僅數十篇而興觀羣怨之旨於是乎畢具以視夫世之弄嘯風月留連光景者其相去爲何如哉壬戌仲春上浣蒲城郭雲程拜讀並書

補遺

題雲陽程公雪樓以身禦難碑陰

勒將一片燕然石，留作千秋峴首碑。他日諾尼江上過，摩挲如見奮身時。

將去東路登廼眷樓遠眺

廼眷樓頭望遠天，長安西去路三千。人生苦被多情累，回首園亭意黯然。

去東路臨發驛亭走筆

東道集　終

一樽别酒悵離筵相對無言各黯然珍重
一聲人去也莫将往事憶從前

巡閲東省鐵路紀略

宋督辦六十三歲小照

呈　大總統爲巡閱東路完竣報告全路狀況由

呈爲巡閱東省鐵路完竣報告全路狀況仰祈

鈞鑒事竊小濂於上年十月至十二月分期出巡東路沿綫各站迭將啓程及回哈日期先後電報在案查本路西自滿洲里起東至綏芬交界站爲幹綫自哈爾濱以南至長春站止爲支綫西接俄之後貝加爾路東接俄之烏蘇里路南與南滿鐵路緊相銜接橫亘吉黑兩省延長三千二百三十六華里其間規模之宏大資產之豐富實爲他路所罕有揆諸當年締造經營其遠略雄心可以概見嗣因歐戰俄亂盧布暴落營業頹敗秩序蕩然小濂任事之初正值事變迭乘羣情惶急百端紛擾待理棊殷每以路務艱難關繫重大時與中央及三省當事商搉往來僕僕道途不遑啓處又因兩次召集股東會議駐京數月以致本路全綫未遑周歷所幸年餘以來組織新董事會更換管理局長督勵實行羣才思奮補偏救弊日起有功然遙度何似親臨百聞不如一見自非實

地視察何以施措咸宜直至上年冬間諸務稍爲就緒始獲蹈暇出行按站巡閲見夫軌道車輛站臺票房工廠貨廠村市街衢無不修繕完備煥然一新沿綫職工亦皆勤勉將事詢之商旅僉謂運輸便利秩序整齊爲建造東路以來所未有亦實非小濂始念所敢望惟以彫殘之後非一時所可復元困敝之餘非鉅欵不能救濟就所聞見其間應行整理之處尚多均經隨時指示促其進行並飭隨行各員於車務機務工務商務諸大端以視察所得各具條陳冀收集思廣益之效至鐵路警察關乎維持安甯保護財産當如何整飭如何分布亦經詳察通籌飭令另行規畫以期改良除將巡閲紀略暨採擇各員條陳以及關於本路事項各種圖表彙齊編輯令行管理局參酌辦理外理合檢同紀略條陳圖表各件一併呈請

鑒核再此項報告早經彙齊付印祇以連値華俄年節工人放假休息未能及時刊刷是以具報稽遲合併陳明謹呈

大總統

計呈巡閱東路紀略並隨員條陳一册圖表一册另圖　紙

督辦東省鐵路公司事宜宋小濂

巡閲東省鐵路自哈爾濱至滿洲里沿綫各站紀略

十月二十九日晚八時四十五分啓行至哈爾濱總車站隨行者爲劉會辦董事職員管理局局長職員公所職員路警處處長職員等文有技術部法美兩國代表公司監察局長職員當即集合車站候車室當衆宣言曰本督辦衰年寡學聞見迂疏此次巡閲路綫良欲以實地眞確之考求謀路務警察之整頓隨行諸君或躬負責任或夙賴贊襄於鐵路利弊警察良窳應興應革諸端務各以視察所得隨時紀錄回哈繕陳以備彙核採擇共策進行不勝禱切宣畢於九時十分開車

三十日早五時至齊齊哈爾站亦名昂昂溪黑龍江吳興權督軍率屬來站相迓當即下車到食堂早餐五時十五分開車天明後在車中隨視軌路均覆沙石甚爲整潔八時至碾子山局長持地圖呈閲並言各站皆有地圖將來尚擬譯成華文以便閲覽歷視站上食堂候車室各辦公室站長宿舍路員

宿舍均甚整潔又視護路軍隊駐紮營房當謂俄國營房每人一床皆各分離頗合衛生之道中國營房兵士床鋪相連一處接觸薰蒸最易發生傳染病嗣後亟應改善又到臨時警察駐所視察房屋甚小僅容數人據該站人言將來尚須遷移察畢八時二十分開車路循牙魯河行天氣晴暖九時至成吉思漢到站內巡視一週謂本站名成吉思漢係沿用歷史上之名辭今站台標識爲陳其思漢易滋疑誤應即改正五分開車十時至扎蘭屯按圖歷視站上食堂候車室各辦公室學校醫院機車庫司機車隊工人宿舍俱樂部護路軍營路警住所等處均尚適宜此站爲西路有名勝境樹林茂密山水清佳街市舍宇均甚整潔十一時十分開車見牙魯河兩岸柳皆紅色自此至興安嶺皆循牙魯河北岸繞山行地勢漸高境界愈狹過哈拉蘇小站轉入深谷午後一時至巴里穆歷視一週一時十五分開車三時至博克圖按圖歷視站上食堂候車室各辦公室機車庫司機車隊宿舍護路軍營

房路警第二段署及警士宿舍學校醫院工廠等處視俱樂部及機車庫時局長言未到任以前俱樂部無人管理會員祇有十三人到任以後極力整頓現已增至九十人又言修理機車在先修理時間不加限制以致工料諸多耗費現在預定時間使其完工工料異常節省每有不到期即行交工者一洗從前拖延之弊當即加以獎勉此站為興安嶺東第一要地建設甚為齊備四時十五分開車由興安嶺側盤旋而上五時十三分入興安嶺隧道二十分出因係夜行隧道俟歸途視察五時三十五分至伊列克特六時二十五分至烏諾爾七時五分至免渡河皆小站少停二十五分開車八時十五分至牙克什九時十五分至扎勒木特十時十分至哈克十一時至海拉爾係夜間皆少停四十五分開車

三十一日早五時起六時早餐七時三十分至扎蘭諾爾四十五分至煤礦近處停車八時乘馬車到礦廠乘升降機降入煤井歷視各處工人採掘情形

又察驗礦質及出火礦區計在內巡視三十分時間出井後撮影旋至電燈廠消防室及平地採煤區域兩處視察九時五十五分歸車十一時開行在飯車內召集局長及承辦煤礦謝結斯代表人詢問一切問答附左

督辦問　謝結斯從何年起承辦此礦

經理　從一千九百十八年承辦

局長　承辦此礦原係謝結斯中途停止後曾另易二人承辦其一千九百十八年與謝結斯訂立合同乃係第二次承辦

督辦　謝結斯第一次承辦後已易二人前賬想皆清結從一千九百十八年至一千九百二十年此兩年中轇轕已辦清否

局長　一千九百十八年至一千九百二十年兩年中所有轇轕已於今年五月一號以前結清今年五月一日續訂新合同其新合同期限定爲兩年

督辦　現在作工共有華人俄人各若干

經理　中國工人有三千名俄國工人有四百名
督辦　現在已開採者共有幾處
經理　共有四處兩處在井内兩處在地面另有一井專爲吸水之用
督辦　一日能出煤若干
經理　以一個月計算井内兩處可出煤一百二十萬鋪特大約每日可出煤四萬鋪特（鋪特俄權名合中國權二十八斤半）地面兩處因托土尚未竣工故出煤尚少
局長　所謂每一個月出煤一百二十萬鋪特係指平常工作而言若將來能加工作可出煤一百五十萬鋪特但出煤過多則有草率之弊故限定一百二十萬鋪特已足敷用
督辦　訂立合同時言明每年出煤若干
局長　一年出煤八百萬鋪特至一千二百萬鋪特
督辦　以現在所出煤數計之是已超過原定之數

局長　如以總數計算比照合同所定已覺超過但現在地面出煤甚少仍多在井內出煤致尙未符合同原定之數照合同嚴格言之每年出煤額最少數爲七百萬鋪特最多數爲一千八百萬鋪特現在所出之煤尙非適中之數

督辦　以七百萬鋪特至一千八百萬鋪特折中計算每月一百二十萬鋪特大概即係適中之數

經理　每月一百二十萬鋪特尙係少數

督辦　所出之煤除供給鐵路應用外如有餘多承辦煤礦人另行出售抑由鐵路出售

局長　照合同言除由鐵路出售外承辦煤礦人亦可出售但每售一鋪特應給予鐵路一分利益現在站上存煤甚多急待出售因久存即成碎末也

督辦　如有餘多出售甚好一則鐵路可得利益二則商民亦甚方便

局長　鐵路上木柴除自用外如有餘多亦係照此辦理

督辦　新合同成立以後承辦人依照合同辦理否

經理　皆依照合同辦理鐵路方面如有命令均已遵行

督辦　承辦人對於礦內保火險方法亦曾照合同辦理否

經理　亦照合同辦理

督辦　頃閱礦內火勢甚烈嗣後應亟求消滅方法

經理　下面之火在從前承辦人手內僅施以掩蓋究非根本消滅之道此後當從根本上設法速爲滅絕

局長　當初與謝結斯訂立合同時言明礦內火災責成謝結斯救滅但迄今四年之久仍未救滅故路局規定每鋪特煤扣錢五分在未救滅之先將此欵暫存局內促伊從速設法伊果能早日將火救滅鐵路雖加以補助亦所情願

經理　現正設法先將下面之火堵截使其不再延燒他處

督辦　工人衛生及待遇中俄皆應一律宿舍尤應特別注意

經理　待遇工人衛生等事查照合同本經理人應盡義務皆已照章辦理并設有病院爲工人養病之所

督辦　工人工資若干每鋪特煤價若干

經理　論日工地上八角地下一元二每日作工以八小時爲限飲食時間在内

督辦　工人宿舍如何

經理　宿舍由承辦煤礦人預備燃料燈油等亦供給

督辦　宿舍若齧集多人最易生病必須添造房屋醫院設備亦不可過於簡陋去冬今春鼠疫以此處爲最烈顯係平時衛生太不研究所致

經理　礦内已設有防疫專員平時衛生亦特别注意

督辦　工價宿舍作工時間飲食衛生等事務須秉公持平辦理其工人所用米麪向由何人賣給

經理　包工人開設商鋪由工人自行購買所定價値比之市面相差有限

督辦　盤剝工人爲包工人普通惡習極堪痛恨工人購買包工人之商鋪物件層層剝削不問可知工人每日雖得八角或一元二角工資實際上所得無幾故難敷用

局長　經理就職甫及兩月於礦內情形容有未盡明瞭之處局長平時曾到礦內視察僅就親目所見略爲陳説工棚內工人所住房舍齷齪不堪每以極小之屋住至數十人且無浴室當時曾嚴屬經理切實整頓并委路局某礦師實行監視另派某工程師隨時查考以求改善所設病院亦極不完備大約刻下已逐漸改良在先病院所用之床概係木質不合衞生現已改用鐵床一半爲包工人所購備一半爲路局所給予最可痛恨者即包工人

之公賣商鋪此項商鋪係其他商人由包工人手內出若干花銷包來刻扣勒索勢所難免每鋪特麵粉竟抬價至三元有餘祇因無人監視以致物價由該商等任意苛索上次視察時已經訂定章程嚴加取締未悉已否實行已屬某工程師注意矣

督辦　所有作工辦法工資數目物品價值工人衛生及一切待遇皆應照章認眞辦理而工資物價兩項尤須公布咸使明曉此後即責成局長派員監視隨時整頓

局長　上次視察後似有改良希望以後仍擬隨時視察

督辦　該地已設有警察如路局對於上項事件不能執行可報告本督辦轉知警察協助

局長　煤井內作工之人應注意一切待遇

督辦　誠然謝結斯委託該經理等辦理此礦原為採掘得法多得利益要

之顧全他人利益則自己利益始能保存若只知貪圖一己利益必致中途僨事利益轉失該經理等如能善體斯意辦有成效合同期滿仍可續訂如有違背合同之處即將承辦權取消

經理　謹遵督辦命令照合同履行

督辦　該經理等辦有成效承辦人對之固加信任即個人名譽亦可因之增高且勞動工人感情最易聯絡施以小惠即足以結其歡心利己利人望該經理等好自爲之

經理　承督辦諭誡各事皆當遵辦

督辦　現在天氣漸冷正疫症發生時期須早爲嚴防不知近來附近一帶曾發生鼠疫否

局長　一個半月以前貝加爾湖地方發生鼠疫已設法預防現在尚未蔓延他處

督辦　鼠疫天氣愈冷傳染愈速務要設法預防

十一時八分至滿洲里按圖歷視站上食堂候車室各辦公室機車庫鐵工廠貨倉俱樂部中小各學校醫院自治會消防隊護路軍營房路警第三段署警士宿舍司機車隊宿舍等處此處爲東省鐵路由俄入華邊界首站有東路與俄國西比利亞路兩車站及中俄税關地當要衝建設完備昔年余鎮呼倫貝爾時巡邊戡界屢駐其地商務最爲繁盛俄亂後商業彫敝市肆蕭條廻非昔比察畢於是夜十一時十分開車轉轅而東

十一月一日午前七時二十分至海拉爾按圖歷視站上食堂候車室各辦公室貨倉俱樂部學校醫院護路軍營路警駐所司機車隊宿舍等處均已修理整潔此處毘連呼倫貝爾副都統牙城余昔都護是邦時閲四載爲黑龍江省西邊重鎮後經政變獨立又以俄亂牽率今已彫敝不堪余便道入城訪副都統某晤談良久見其蒙頑愚陋之狀更甚昔時抑可哀也十一時開

車十二時二十分至扎勒木特午後一時二十五分至牙克什皆小站少停二時二十分至免渡河按圖歷視站上候車室各辦公室路員宿舍護路軍營警察分駐所見警士尚着夏季制服當詢劉處長德權謂邊地嚴寒何以警士仍着夏衣劉處長答稱路局經費困難服裝費至今尚未發給當謂經費困難何嘗不知但須斟酌緩急警士在路綫服務輪軌往來爲中外觀瞻所繫且衣服不能禦寒當此冰雪交加何以責令盡職遂令鐵路局長速行撥款購發以維警務局長答即遵辦五十分開車四時二十八分至依利克特係小站少停四時五十五分至興安嶺視察隧道及隧外防禦工程隧道計長一千四百四十二沙繩（沙繩俄丈名每沙繩合華尺六尺六寸）一九零一年開鑿一九零三年竣工極爲完固興安嶺脊由海面起計高三千三百五十七英尺五時二十分開車六時至博克圖少停八時十分至雅魯九時十五分至巴里穆十時十五分至哈拉蘇皆小站少停

二日午前六時四十分至呼勒呼爾七時十分開車三十五分至佛郎爾基現在之齊齊哈爾站原在此處屋宇甚多後移至昂昂溪此處遂漸冷落少停即行七時四十分至嫩江下車步行視察鐵橋工程尙均完固橋長三百零五沙繩俄丈名注見前八時至昂昂溪歷視站上食堂候車室各辦公室學校醫院俱樂部車庫司機車隊宿舍護路軍營房路警駐所等處均已修理當視察機車庫時集合工人加以訓勉又視察站內街市謂局長曰本站地質概係沙灘街道應加修理緣本站距省城最近常爲地方長官所經過候車室太小宜稍爲擴大局長答言謹遵督辦之意於本站內設一特別候車室十時十五分偕華俄董事局長等乘齊昂鐵路小火車赴黑龍江省城訪吳督軍及各界官紳江省爲余八年前舊治此八年中世局變遷人事代謝盛衰起伏忽往忽來此次天假之緣舊游重到不勝今昔之感承各界官紳在省議會開會歡迎當致謝詞午後五十分仍回昂站

三日早三時自昂昂溪站開車五時五十五分至喇嘛甸子七時至薩爾圖皆小站少停七時五十五分至安達歷視站上食堂候車室各辦公室俱樂部護路軍營路警駐所等處當謂樊巡官曰本站共有長警若干地面安靖否樊巡官答稱本站長警共四十六員名巡官督率晝夜守護尚無事故發生因諭之曰本站爲江省糧食彙集之所事務甚繁無論內勤外勤皆應注意又周行街市傳詢特別區警察某巡長略謂本地有多少商家糧實上市否糧價如何某巡長答稱商家共二百餘戶糧纔上市價尚和平回車後安市商會會董來謁詢問商情甚悉十時開車四十分至宋站歷視一週又閱視路警四十五分開車十二時五分至滿溝歷視一週又至今春商鋪被焚地址路經站旁見堆積糧石甚夥當謂局長嗣後應建築貨倉以免糧石露天致遭損失局長答稱此項糧石多係自行租地暫爲擱置隨即裝載火車運往他處故未建築貨倉復謂局長無妨建一簡單貨倉稍收租價局長云總

因限於經濟此後謹當遵辦一時四十分開車午後二時三十分至對青山歷視站上辦公室消防室路警等處當問糧價上市情形甚悉二時五十分開車四時三分至松花江下車步行視警松花江第一橋此橋長四百四十五沙繩（俄丈名注見前）遂於車中召集隨行各員訓示巡視西路情形意見四時十五分至哈爾濱訓詞附左

本督辦自蒞哈就職以來一載有餘初因路務艱難與中央及三省長官時有商榷事件僕僕道路以致本路全綫未遑巡閲此次巡閲西路哈滿間各站已畢同行諸君異常辛苦華俄人員職責所在固應爾爾而技術部法美兩代表立於客位亦不憚風霜同此辛苦實不勝敬佩之至本督辦對於路事素乏經驗以視法美兩代表及本路同人皆係專門名家殊多愧讓然目所易覩耳所習聞者尚不難知姑就視察所及略爲諸君言之此次巡視西路表面上所最明顯者厥維軌道由哈至滿沿綫皆用沙

石培填俾鐵軌道木得受保護用意甚善惟沙多石少沙易含水腐損道
木乾則崩騰粘滯輪軸終以全用碎石培填爲是至鐵軌道木有損壞者
亦宜掉換其次橋梁隧道松花江嫩江兩鐵橋及兩端防禦工程均甚堅
固整齊與安嶺隧道及兩口防禦工程外面已週歷巡視尚無損壞隧內
雖未實地察驗然此等重大工程可推測其不致草率惟其中如有不甚
完備之處尚宜隨時補修其次沿綫各站路員宿舍司機車隊宿舍俱樂
部學校醫院護路軍營警察宿舍以及街市均整齊清潔機車庫亦皆適
用站上秩序甚好惟各站學校學生雖多俄籍學生皆未習華文華語本
路既在中國境內則俄生當然有兼習中國語文之必要其中國職工子
弟亦應一例收入俾得交換知識同享利益昂昂溪站爲黑龍江省出省
要道站房隘陋街道因淤沙凹凸不平應即增修平治以便行旅而壯觀
瞻其次車輛機車客車貨車均已修理完整亦皆敷用但各車內容如機

車之開駛客車之待遇貨車之裝載在在均關重要現狀如何本督辦不能一一詳視尚望局長隨時詳加考察在在改良大概機車宜慎察出險生變客車宜注重清潔便利貨車宜嚴防損失燒燬務使商旅得保安全身在車中如在家內貨在車中如在棧內名譽日起業務自興其次沿綫各站之名稱各站懸掛之布告亦宜整齊劃一使人一目了然查各站華文名稱太都由俄文轉譯各省讀音不同繙譯各異甚有同一車站標題華文岐出者最足淆亂觀聽又各項布告往往祇有俄文且用直幅繕印懸掛太高殊多不便嗣後應將各站名稱由路局譯一定之音規定站牌格式書以大字華文附譯俄文頒發各站樹立其布告亦應華俄文並用用横幅繕印懸掛適中之處以醒人目而免疑誤以上皆係表面之事而内部之精神則在整頓營業此次巡閱有商務專員隨行凡本路歷年運輸狀況收益數目皆列有圖表以資比較須知鐵路營業發達要在運輸

便利而運輸便利尤在經理得宜如考察各處商情加意乘車旅客運費票價務協其平招待保存皆得其法如是則近悅遠來營業無不發達矣至於維持鐵路之秩序責在鐵路警察值此改組伊始章程容有未完辦理亦或難善前曾派員調查一次此次所帶隨員亦有專司調查警察任務者查路警職務分爲內勤外勤內勤保護財產外勤維持秩序秩序不能維持財產亦難保護二者互相爲用總要兼籌並顧方爲完善整頓之法計有兩端一在章程如何一則用人如何章程不善必須改訂人不稱職必須更換賞罰嚴明服務者乃能知所懲勸而警士之安寧亦當爲之策畫周全第一住處此次視察警士所住房舍有不敷居住者有離站太遠者房少人多勢必礙及衛生離站太遠換岡未免延時現在警士每人外勤定爲六小時之久已覺異常勞苦居處設再偏遠情何以堪第二服裝固在禦寒而觀瞻亦屬要事既欲用其力亦當有以慰其心當此嚴寒

時候而沿綫警察仍穿夏季衣服不但有失下情於觀瞻上亦太失體且冬寒之際露立站岡時間太久饑凍難忍應添建岡樓藉避風雪以示體恤若夫餉糈尤爲重要近來路局財計艱窘致警餉未能按時發放高級職員尚可支持下級職員及警士即無以維持生活本督辦以爲本路各項薪餉無論如何困難惟工人與警士萬不可緩若輩所得無幾非此即不能飽煖用人者如不令其飽煖將何以固其服務之心至六小時勤務亦覺過長當此冰雪交加站立六時固已不易即氣候較暖之時亦不相宜凡事貴在量力不可勉强此層應注意改善又警察權限必須明白劃分近來發生事件動輒歸咎於路警不知路警職務內勤祇在工廠貨廠外勤祇在站台車內其商市及站外秩序之維持則歸特別區警察總管理處剿匪又屬於護路軍權責以內權限不明誤會滋多此又不可不共同注意者也以上爲本督辦對於路務警務所見到者概略言之諸君子

不憚偕行各有偉見尚希直言無隱俾收集思廣益之效一人之智識有限端賴合群策群力以共謀進行此尤本督辦所殷望者也總之立法固求盡善而執行尤在得人沃局長自今春就職以來爲時甫逾半載東路當積敝之餘竟能設法振興到此地步不惟本督辦深所嘉賴當亦爲同行諸君子所共睹仍盼局長積極作去力求完善緣本督辦與會辦董事等均係居於監督地位執行之責全在局長故本督辦對於局長尤抱有無窮希望也

巡閱哈爾濱總站鐵路警察紀略 十年十一月二十日

十一月二十日午前九時三十分蒞路警處由劉處長率領副處長總稽查及各科主任先行謁見行禮畢當致訓詞略謂路警自夏間改組比較去歲創辦之時已有進步雖未十分完備然大體上已有可觀足見該員等籌畫有方異常出力西路沿綫警察業於上月巡視精神上外表上尚有可觀東路沿綫警察亦將於日內巡視該員等應輔助處長盡心辦理勿存自滿之念致墮前功勿蹈泄沓之習甘招咎戾本督辦對於該員等期望甚殷也俄籍副處長係綜核內勤事務俄籍總稽查係管理外勤事務責任上雖各有專屬辦事時切勿存成見哈埠爲本路中心事務繁頤鐵路財產甚夥看守實爲至要不可稍有疏忽要知警察不比他項職務而鐵路警察與普通警察尤有不同之點既須保護各項財產復須維持沿綫各站之秩序有備始能無患防患要在未然警察最易得好名譽亦最易得惡名譽此中消息不可

不知今歲改組以後路警預算計爲百餘萬元値茲鐵路經濟困難之時籌此鉅款頗屬不易甚盼該員等共體斯意各盡職守以求無愧此心也

復旅見全處職員行禮畢當致訓詞略謂路警改組瞬屆半載所有各區各段皆在路警服務範圍之內內勤外勤職務雖各有不同而自己所負責任不可不知東路綿亘數千里所有全路秩序之安全財產之保護胥惟路警是賴對於路事應如家事一般已有之成績保持之尙未完善者改整之總期力求美備庶幾日進有功本督辦西路已視察完畢東南兩路亦將不日視察所有各區各段人員皆要輔助長官實心任事須知盡一分心即得一分效果如影隨形如響斯應本路爲中俄兩國合辦事業服務者亦爲中俄兩國人員國籍雖有不同所辦之事則一無論各區段中俄兩國人員切不可稍存彼我之見必須和衷共濟力保鐵路安全再哈埠總站內勤尤爲緊要俄籍副處長係負內勤專責於保護各項財產應格外小心該副處長在

路服務甚久情形最爲熟悉該員等應恪遵副處長命令掌管一切勿使稍有疏失是爲至囑旋巡視各科辦公室畢在大門外與全體職員共撮一影並巡視內勤第二區俄警當以該俄警等多係舊在軍界服務囑其盡心職守十時二十分赴九十五號房視察第二隊第二分隊當訓示該隊人員略謂警察隊之設所以警備非常遇緊急時應立時出發平時操練實爲必要遂巡視辦公室宿舍一周三十分赴顧鄉屯視察內勤第一區分駐所俄警第一段外勤分駐所及宿舍十一時十五分赴王兆屯視察內勤第一區警察所及宿舍當訓示該區人員略謂區長副區長應和衷共濟勤慎辦事附近柈柴廠應用心守護不得互相推諉爲要三十分赴舊哈爾濱（即香坊）視察內勤第一區第二分駐所及宿舍以該俄警服裝太不整齊囑劉處長注意四十分回行館午餐午後一時四十五分赴總車站視察第一段辦公室當問邇來站上秩序如何有無事故王段長答稱秩序照常無大事故又巡視

第一段華俄警察及官警宿舍畢當訓示該段長警略謂哈埠爲東路總站客貨往來甚繁地位綦爲重要王段長在此辦事有年熟悉俄語華俄警察亦多精壯務要輔助長官盡心職守舉凡秩序之安全財産之保護皆應格外注意東路爲中俄合辦遇事當同心協力切勿存畛域之私警察最要注意者計有兩點一精神上要振奮二表面上要整齊該長警等其各勉之五十五分赴食料塲視察第二區內勤俄警及宿舍當以該宿舍房屋狹隘床鋪擁擠夏令固不相宜冬令亦與衛生有碍囑劉處長速爲設法二時三十分赴軍官街視察內勤第三區俄警及宿舍該俄警本在八站擔任職務因該地尚未覔有相當房屋故暫居於此當訓示劉處長略謂警察服務本極辛勤設因居處不便之故致令往返奔馳不惟躭誤時間亦殊非體恤下情之道應速在八站附近安覔房屋四十分赴總材料廠視察路警第一隊駐在所畢當訓示該隊長警略謂警察隊之設所以戒備非常一旦有警即可

出發平時教練最爲緊要操法不純熟臨時困難應用人心不一致尤難收通力合作之功故教育與操練並重也又以該處尚未設電話消息不靈囑即速爲安設旋赴總工廠視察內勤第四區長警當謂內勤四區專任看守總工廠及三十六棚等處第一消防上要注意第二失竊上要留神該區區長同副區長應認眞督率不可存國籍關念遇事推諉爲要三時赴梯子道西下坎視察內勤第三區華俄官警及宿舍十五分赴道外南西門外視察內勤第三區分駐所警察及宿舍當以該處宿舍過於狹隘囑速知會工程處添蓋房屋以便警察居住又語劉處長以警察宿舍應在勤務附近地點不可過於散漫四時回行館視察衛隊及宿舍十五分集合劉處長阿中將俄籍副處長錫鄭兩科長及各隨員等在客廳訓示訓詞如左

本埠路警已視察完畢前兩日曾派員往各處點驗人數尚屬相符故今日即不再點名哈埠爲東路總站與他站不同他站地偏事少尚易爲力

總站則四通八達衆目共睹以外勤而論每日往來列車頻繁站台秩序端賴警察維持稍有疏忽即易紊亂改組後數月以來總站秩序尚好幸未發生事故以內勤而論看守材料廠貨廠車廠等處職務尤爲重要且以地方分處岡位甚多故內勤官警六百餘人改組後各廠偶彼偷竊雖或不免然損失甚少火險亦未發生此皆各該員格外勤勞督率有方所致但不可遽以此爲已足仍須力謀進步章程有不完善者可以改訂人員有不稱職者可以更換本督辦有統轄之權該員等有進言之責遇事盡可直陳以期斟酌至當教練警察尤不可緩無論內勤外勤皆要施以相當教練外勤觀瞻所繫操法必須整齊而維持秩序安全尤貴有警敏之知識內勤看守一切財產常識在所必具平時不施以教練彼又焉能知其職責所在此於教練上最要注意者也此次視察各路路警服裝太不整齊時已嚴寒冬衣尚未發給何以服務即現着之服亦多破舊甚且

有衣服襤褸形同乞丐者警察優劣雖不專在外表然觀瞻不肅必致累及精神此於服裝不可不注意者也警察居處亦關緊要頃至香坊地方視察見宿舍極小而住人甚多冬令已不相宜夏季必致發生疾病又宿舍與出勤地點距離過遠不惟往返需時奔馳亦太勞苦如在軍官街所住警察其服務地點乃在八站殊非體恤下情之道此等情形沿綫各站駐警時所不免此於居處不可不注意者也人類所最重者衣食住尊卑窮富階級雖有不同而欲自謀安全之心則一也況警察負重要職務尤不可不予以相當之待遇衣食住有一不周即足以礙其職事累其心思近以本路財計支絀警餉不能隨時發放將何以責其振奮此於給養不可不注意者也又視察香坊地方俄警半多衰老警察逐日出勤非年力精壯何以濟事俄副處長久在本路護軍服務舊部失業者多因事贍卹人情之常第偏重情面必致誤公不可不嚴加淘汰也此次巡視本埠警

察外勤第一段頗爲整齊而知識上尙應加意內勤亦有可觀惟第三第四兩區則老弱居多相形見絀矣至警察隊之設以普通路警平常有一定勤務一旦發生緊要事故不易集合有此項警察隊平時聚集一處教練嫻熟遇事一呼即至足以戒備非常並可補助警察所不足擔任其他勤務蓋警察隊係活動性質可以隨時調遣也本督辦聞有主張將該隊之一部分撥歸各站擔負內勤意思雖好事實則乖經數月教練之功方得有此此不可不加以考慮者也總之第一爲教練問題嗣後教練所成立警察能受相當教育實爲根本要着第二爲服裝問題嗣後應斟酌緩急及早預備各季衣服皆要按時更換第三爲居處問題嗣後房屋要謀敷住不可過於狹隘地點要謀相當不可相距窵遠第四給養餉項應按月發放不可拖欠路局經濟困難款項不以時發職員尙可支持警察月餉有限一經拖欠即無以爲生鐵路方面遇經濟困難之時先發給工人

辛工警察亦應照辦以上四點不但哈埠爲然全路警察均當一律以上係就本督辦所見到者約略言之該處長等如有意見盡可陳述本督辦事務甚繁不能時常視察各該主管人員應和衷共濟合力進行本督辦實所殷望

阿副局長稱俄籍內勤警察皆無槍枝赤手空拳服務上異常困難應請督辦設法當謂外勤警察携帶槍械不過爲防意外之變警察隊專司警備非常實有用槍之必要至內勤看護貨料廠所似可無庸荷槍況自解除俄軍武裝以後所有槍枝均歸護路軍總司令部監視本督辦爲警察槍枝問題曾與護路軍商洽數次迄未照辦此事可從長計議惟不必人人有槍爲示威起見無妨酌量給予携帶該副局長又稱督辦對於警察積極整頓不遺餘力極爲佩服但爲執行職務便利起見內勤俄警實有携帶鎗械必要當謂護路軍總司令部所以不肯發給俄警鎗枝者以俄國黨爭不息恐生他

故原無他項意見嗣後彼此相信總可酌爲撥給再者近來路上辦事權限不明屢生誤會最近阿什河站貨廠廠長擬將貨廠鑰匙交付警察請其負責保管當被警察拒絕要知警察職責僅在看護如有偷盜情事警察應即探訪緝捕而保管之責則在路員設置內勤警察看護貨廠已屬例外而該站廠長並鑰匙亦交付警察不但不明權限實屬心存委卸有虧職守幸該站警察不敢接收未致讓成事端此等路員所以敢於爲此者亦有由來路局注意內勤警察不過爲慎重看護起見而廠長揣摩風氣竟爲過當之舉殊爲可惜要知警察祇能服從長官命令不能受他人指揮若准路員任便驅策何以統一事權現在沿綫有千餘名內勤警察未免太多無妨酌減裁減之後路局可添用看貨工人供路員指揮實爲兩便該副局長又稱今日隨同督辦視察路警局長曾屬代爲陳述意見即路員與警察發生誤會皆權利義務不明所致此後凡關於警察方面華文各項章程皆要譯成俄文

以便使俄官警知自己職責所在免得互相推諉再以警察隊操法甚好可否由該隊四百名內撥二百名到沿綫內勤服務尚祈督辦斟酌當謂本督辦對於撥警察隊到內勤服務未嘗不可不過警隊另有用處前已言過一且分撥沿綫內勤用非其材未免可惜該副局長又稱沿綫許多地方匪風甚熾警察服務實有携槍之必要又車輛運載貴重物品亦要荷槍看守始能無慮哈埠有二百名警察隊足資分佈其餘二百名即可撥歸沿綫擔任勤務當謂俟視察完畢再斟酌辦理劉處長稱督辦所批准預算路局仍未照行本月又復扣除當謂本督辦與路局會有命令屬其照撥並無扣除之言何以路局又復變動錫科長稱關於警察各職權預算等問題甚夥俟督辦視察完畢應開警察委員會集合公所公司路局路警處各方面人員詳細商榷劉處長又稱路警處從薪餉內流用款項曾經呈報督辦由董事會通過且增加人數又省款三萬餘元此次路局竟以變更預算不肯照撥莫

明何故於預算數內流用款項考之各國會計皆然且經呈報於手續上尤無不合當謂凡事初經創辦未必盡善不能不留活動餘地流用款項並未超過預算不過就原有之數酌爲變通增加人數而已憶初定警察薪餉爲十四十五十六三等後改爲十三十二十一三等人數既添款項亦省於預算原則上無所違背且此事知會路局已經數月何以遲至今日始行發生異議阿副局長又稱額數變更預算即應改編當謂路局對於預算亦有流用情事酌量變通未爲不可總之以後務將手續規定明白明年預算編製在即正可着手釐訂今日所屬之件皆要切實注意嗣後辦理情形如何應隨時呈報核奪以期盡善該員等尙其勉之五時三十分散歸

巡閱東省鐵路哈爾濱至綏芬河暨至長春沿綫各站紀略

十一月二十九日夜十一時自哈爾濱總站開車公司公所路局路警處各員隨行

三十日早七時至烏吉密少停八時至一面坡少停下車散步便至候車室站長辦公室略爲涉覽因詢駐紮護路軍邢團長本站一帶匪患如何兵士駐紮地點是否合宜及華俄街市情形由該團長逐一答復當謂此次下車爲時甚暫俟回時再爲詳細視察十五分開車九時十分至葦沙河歷視一周見辦公室內有最新搬閘機五架據路員云明年可增至十架該站標識葦字書爲薘字當謂局長各站名稱有繙譯錯誤者有一站數名者未免淆人耳目嗣後應由路局將沿綫各站名稱重新釐訂俾有定稱以一觀聽此站羣山環繞風景甚佳九時二十分開車十時至牙不力少停二十分至石頭河子換乘枝路列車赴鐵路自辦林場視察在車中路局地畝處處長關達

基呈閲林塲地圖及一九一七年至一九二一年歷年採木比較表報告大概情形當與沃局長關處長及各員問答列下

督辦　紅綫以内爲已作區域該區域已砍伐幾年

關處長　已砍伐六年

督辦　合計已作未作地方共有若干晌

關處長　共八萬五千餘晌

督辦　圖上所畫開方有何關係

關處長　無甚關係

督辦　圖上所標識各種顔色如深赭石色淺赭石色深藍色淺藍色深綠色淺綠色等皆係何種木質

關處長　深赭石色者爲栝松即長葉松淺赭石色者爲沙松即短葉松深綠色爲柞木淺綠色爲雜類木深藍色者爲水楄柳淺藍色者爲樺木林場

最緊要者爲交通交通便利木料始易運出此條枝路即專爲林場敷設

督辦　既無大河可以放排當然修築鐵路

關處長　將來尚擬修理小道以求便利去歲本廠爲匪人燒毀木料尚少夏秋間計共運出木柈二萬五千二百一十八古板每古板計華尺六尺六寸高六尺六寸見方枕木十四萬九千四百三十六根方木四萬六千四百二十一根掃帚一萬把路上所用木料由大木以至掃帚斧把等項皆係自行採取向無仰仗於人之事

督辦　成績尚好有時購用商人之木料否

關處長　林場商人願賣給他人不願賣給鐵路因鐵路不肯出高價之故木料愈大者愈願賣與他人以求善價比如大木賣與鐵路能得二十元者賣與他人不祇增加一倍

督辦　本路所需木料不仰仗於人者純係地勢上關係鐵路兩旁如無森

林焉能有此大規模之林場耶

關處長　鐵路自有林場爲平木價起見定一折衷之價有此項價值比較私有林場自不致大有出入又鐵路爲防止私有林場壟斷起見自行僱人砍伐去歲砍伐數目適間已報告督辦知道今年照局長命令執行計擬砍伐大木一萬根枕木三十萬根柈子兩萬古板最近又奉到局長命令令砍伐柈柴一萬二千古板及作橋梁所用木料九千根將來交通便利山內小道修好尚可廣行砍伐運至海參崴出口

督辦　紅綫以內已作區域尚能砍伐若干

關處長　尚可出大木三萬根枕木恐已不易出矣新近奧國擬在本林場訂購徑一尺四五寸長三沙申硬質大木四萬根沙申俄丈名每沙申合華尺六尺六寸

督辦　此項硬質木料大約小者名爲柞木大者俗名青岡柳

關處長　即係此類

督辦　此類硬質木料又作車軸車輻之用

關處長　到林場後可覓此類木質數種呈與　督辦一閲

督辦　林場所出木料以何項爲最多用途如何

關處長　最多者爲栝松所產各項木料皆量材定用大者爲大木枕木小者可劈爲柈柴或燒炭之用松樹根可作車油總之一樹無論大小皆有相當用途路上一年計用炭六萬布特

督辦　竹頭木屑皆係有用之材要在吾人能否利用炭以樺木燒成者不少但樺木質弱不耐燃燒

關處長　中國人喜用樺木炭鐵路方面向不用此

督辦　樺木皮可以出油山內屋頂又可以之代瓦並又作各種器具

關處長　不但出油尙可用化學方法製成藥品言畢呈上一圖爲林場駐兵營房處所

督辦　照圖上七處共駐兵多少已否滿額

關處長　此次所建營房爲張煥相司令所要求七處營房共駐兵三百七十名現在已將到齊

廸董事　北滿森林督辦素所深知倘能如期砍伐利益未可限量未悉護路軍派兵保護以後匪人尚敢爲患否

督辦　吉江兩省森林在中國境内最爲着名在昔閉關時代交通既不便利人烟亦甚稀少故得藉天然之力保存至今名爲樹海現輪船鐵路交通便利又值歐戰以後木材缺乏故歐洲各國有到北滿購木之舉開闢富源供給國外之需亦誠屬兩利之事

關處長　此次交易成功爲本林塲所産木材往海外輸送之第一次

督辦　林塲内所駐軍隊張司令此項計畫予已閲過略知梗概往時森林邃密軍隊不至其地匪人即據爲巢穴累年匪患實基於此嗣後軍隊駐紥

不爲匪人所據當不致再爲患也

關處長　去歲十一月一日起今年十一月止所有各私人林場及鐵路方面共擔之保護經費爲二十二萬七千元鐵路方面擔任者兩萬五千元自今年十一月一日起至明年十一月止護軍索保護費六十六萬元上星期六會議經幾許磋商張司令已允讓步減至三十五萬元據沃局長意見今年鐵路方面可以擔任十萬元至私人林場如寶博夫等祇允擔任十二萬元

督辦　三十五萬元之數是否爲確定之數

關處長　雖未確定但張司令口頭表示此數不能再少查去年林場所出木料共值一千萬元屬於鐵路方面者僅值一百萬元是出產價值與私有林場爲一與九之比例則保護費一項鐵路方面亦僅能擔任十分之一始爲平允

督辦　今歲預定保護費爲三十五萬元一與九之比例祇能出三萬五千元何以鐵路方面又允擔任十萬元

佘副局長　因私有林場不甚暢銷之故祇允出十二萬元鐵路方面不得不多爲擔負

督辦　木材容易向外發售否

佘副局長　不易發售

關處長　雖可發售但無論營業大小須交納營業稅始准出售

督辦　爲營業上利益起見各私有林場必有相當計算其不易向外發售亦總有故

關處長　林場爲極好產業現在已作區域內計有八家所產木材即使暫不發售其價值不致因停滯而受損失

督辦　私有林場既較鐵路林場爲多撥之事實當然多擔保護費用始爲

合理
沃局長　保護林場軍隊三百七十名鐵路不過應攤四萬元現在承認十
萬元實屬不少
關處長　以面積而論私有林塲比鐵路林場大過數倍
十一時五十五分車行至枝路盡頭處關處長以兩旁無可視察請到新建
營房巡視當即往回開行仍繼續談話
關處長　請督辦觀看兩旁木頭營子甚夥
督辦　凡從前伐木打獵挖參人等集居之處皆謂營子言其聚也冬季在
此砍伐工人大約若干
關處長　共約五千餘人
督辦　森林即樹海逐年砍伐得宜可以取之不盡
關處長　在每年二月間山内伐木均已運出鐵路兩旁即見許多木料

督辦　非到冬令不能砍伐夏令發葉之後即不能工作矣

關處長　砍伐時間如督辦所言胥在冬季三個月最好在中國舊歷年前後天氣一暖即難工作又非下雪之後不易運送

督辦　冬令木質結實而脆木質既堅工作亦甚省力

關處長　中國工人所砍樹木樹根餘賸太高俄國工人所砍樹木樹根餘賸較低因中國工人拉鋸立俯其身俄國工人拉鋸時坐在地上之故

沃局長　冬令坐在地上工作衣服易爲雪所浸漬故華工不願坐在地上工作

督辦　每人給予一張皮墊令其坐在地上工作樹根損失或者可以減少

關處長　華工俯身工作已成習慣即給予皮墊恐亦不願奉行嗣後擬驗其工作如樹根餘賸過多即扣其工資十二時五分中途下車閱視營房三處並審視數處木質關處長當陳述嗣後擬選擇林塲所產各種木料作成

木塊呈送閱看三十分登車開行午後一時三十分至石頭河子歷視站上各辦公室警察第四段分駐所陸軍第十九混成旅第一團第二營營部路員宿舍等處此處本一小站緣鐵路自有林場及私人林場運木枝路由此入山故木商木工多在此站居住室廬櫛比儼成村鎮二時開車二十五分至六道河子少停即開過高嶺子萬山合沓路由山中盤回而上四時五分至橫道河子歷視站上食堂候車室各辦公室第四段警察分駐所及宿舍護路軍營機車庫司機車隊宿舍俱樂部學校醫院等處視醫院時詢病人醫院待遇如何答稱待遇甚優治療亦頗注意學校設在教堂之內甚爲狹隘巡視第四段警察署時問冬季服裝已否領到如已領到應速更換嚴寒之時當念服務不易該段長答稱服裝前日領到已經頒給著用制帽今早領到係帶有皮緣者又語劉處長略謂路警處對於服裝辦理過於遲滯殊非體恤下情之道劉處長答稱實因限於經濟未得一律發給沃局長當稱

如以購訂服裝單交到路局路局應即設法發款五時三十分在俱樂部稍憩六時回車九時開行

十二月一日早七時至穆稜早餐四十分下車歷視站上食堂候車室各辦公室學校醫院第五段警察分駐所護路軍營俱樂部司機車隊宿舍等處當巡視票房時見本年六月公布之舊有行車時刻表與新公布之行車時刻表同懸壁間當飭該站站長速爲撤去以免混亂商旅耳目九時開車五十五分至馬橋河十一時二十五分至細鱗河因係小站皆少停午後一時至綏芬河歷視站上各辦公室食堂候車室醫院學校俱樂部機車庫工廠機務工程兩段長辦公室中俄兩國稅關第五段警察署護路軍營教堂等處並往中國街市視察一周此處爲東路中俄邊界首站所有各項建置皆甚完備人戶亦極繁密惟據第五段段長陳述路警宿舍不敷居住有住在車上者車上不能舉火須在車外爲炊既難且險又內勤須建築崗樓十四座

已函請工程處唯至今尚未興修此事亦甚緊要當即面飭局長謂路警宿舍宜急設法車外爲炊易生火患不可任其延緩致有危險之虞局長答稱以前被裁人員非領得勞績金後不能騰出房屋月内勞績金發下路警即可遷徙建築崗樓用費有限工程處當即照辦勿庸用公文往返請示以期敏捷又視中國街市面污穢道路凸凹在邊界站尤爲不宜當飭特别區警察加意修治察畢登車十一時轉轅回開

二日早八時至北林站九時至那果爾皆小站少停閲視新修護軌道岔九時三十分至磨刀石歷視站上各辦公室路警駐所護路軍營當詢該護路軍排長本站駐有兵士若干地方安靜否該排長答稱駐軍隊一連地方尚爲安靜又詢該站站長謂本站附近有市場否有村落否距寧安縣若干里該站長答稱有一中國小市場站之附近種稻田者不少以高麗人居多本站距寧安縣約四十俄里自北林台馬溝皆繞山行自台馬溝至磨刀石兩站

中間有小隧道三處一長一百九十五沙申一長三十五沙申一長七十五沙申（沙申俄丈名每沙申合華尺六尺六寸）十時開車十五分至乜河少停即行過牡丹江（正名呼爾哈河）二十五分至牡丹江站歷視站上各辦公室路警第五段分駐所護路軍營當詢該站護路軍共有若干爲某旅兵士營房敷住否地方情形如何駐紮連長答稱本站共駐兵士兩排隸屬第七旅二團三營九連地方尚無匪患營房亦敷居住又問該站路警本站附近有村落否巡官答謂車站迤西有村名高麗屯計住戶二十餘家多係高麗人旁有中國村落名漢口窪居民亦不甚多十時三十分開車十一時至海林歷視站上各辦公室候車室食堂路警分駐所護路軍營此處距甯安縣（即甯古塔）六十里商務繁盛一路經行自磨刀石下嶺地勢漸平由乜河西過牡丹江至海林以西緣牡丹江行兩岸皆平原村落時見地多墾闢以去甯安縣近也從此以西仍循牡丹江行然已漸狹漸離牡丹江向北行矣十分開車十二時十五分至山石少

停牡丹江流域山皆小樹無大森林至山石漸有大樹午後二時至橫道河子因來時到此天已向晚未及細閱故復詳加巡察赴學堂閱視設備整齊亦甚清潔繼赴公議會該會會長接見當詢以市面如何該會長答稱街道衛生電燈消防等事皆歸公議會辦理並設有學校一所旋赴各處逐閱皆如所言遂赴山林遊擊隊第二隊營房視察該隊劉隊長接見當語以該隊外表雖不整齊然習於山林道路追剿匪人實有特長惟時須注意操練紀律以期成爲節制之師該隊長答稱督辦訓示謹當注意本隊自經張旅長招撫以後剿匪之時居多未暇操練又赴第十九旅步兵第一團團部視察一周自哈爾濱向東過阿什河鐵路皆經山中林木茂密風景絕佳而尤以橫道河子爲最山多大石往往穿空矗立形狀奇特三時三十分登車四時五十分開行午後八時至一面坡停宿

三日早七時三十分下車歷視站上食堂候車室各辦公室俱樂部學校醫院

教堂司機車隊宿舍及附設機車庫路警第四段警察署護路軍第十九旅第二團團部往中國街市巡視一周汚穢凹凸不堪入目此站爲自哈東行第一大站地當要衝商務繁盛設備亦甚完整惟中國街亟須整理十時開車三十分至烏吉密歷視站上各辦公室并巡視路警此處本係小站因近年商務發達新立車站一切設備尚在草創四十五分開車五十分至紅鬍子站少停站名太不雅應即改定午後一時十五分至小林站少停二時十分至二層甸子歷視站上各辦公室畢問站長本站住戶若干站長答稱住戶已漸繁盛沃局長謂不但住戶較繁即地勢亦多平坦二時四十分至阿什河歷視站上食堂候車室各辦公室學校教堂第四段警察分駐所護路軍第七旅一團三營二連營房三時十五分換車赴附近製糖廠廠長接見當詢以每日出糖若干所產蘿蔔敷用否該廠長答稱每日可出糖兩千五百布特蘿蔔今年收成不佳不甚敷用導至工廠視察一過登車四時開行

五時至哈爾濱總站下車回行館少憩晚餐後仍率同隨行各員於夜十一時開車轉赴長春巡閱沿綫各站

四日早八時十五分至寬城子（即二道溝）歷視站上食堂候車室各辦公室機車庫司機車隊宿舍學校醫院俱樂部第六段警察署第六段警察第一分駐所各宿舍護路軍第四旅步一團一營三連駐紮營房等處巡視機車庫時問該廠是否兼管修理沃局長答稱不管修理祇作存放之用並稱機車烟囱內現皆安有鐵網防止噴出火星故火險已逐漸減少巡視路警時見宿舍尚爲清潔敷用院落亦大當囑該叚叚長不必請求遷移該叚長面稱現在最困難者因無崗樓之故警察服務太覺寒苦又宿舍缺少爨室擬請飭下添蓋當諭謂建築崗樓爨室所費有限可由路警處請求路局照辦宿舍內窗戶有單層者不足禦寒亦應一併添置一層以防冷氣侵入回車時見道上停有新式臥車數輛當諭局長應在車上註明中國文字爲何項車及等

第以便華人易於辦認沃局長答稱擬在車之上方照督辦訓示註明查寬城子前爲東路大站地方寬闊人戶稠密自日俄戰後自長春至大連劃歸南滿日人於頭道溝置站寬城子站遂日形彫落自今年極力整頓已漸有起色九時四十五分登車十時開行十分抵長春即頭道溝視察站上各食堂候車室各辦公室此爲南滿鐵路東頭首站東路在此設聯運車站十一時十五分開車回轉午後十二時五分至米沙子站少停四十五分至烏海歷視站上候車室各辦公室消防室第六段警察分駐所等處因問本站運輸情形該站站長答稱有少許糧車因西距寬城東距窰門最近故不能發達一時開車二十分至窰門即張家灣歷視站上食堂候車室各辦公室第六段警察宿舍醫院司機車隊宿舍等處二時十分開車二時三十分至老少溝此處爲第二松花江橋且有輪船聯運關係於東省鐵路枝綫佔險要地位駐紮護軍亦多江橋長三百四十五沙申俄丈名註見前秋間甫經閱過不復巡視少停

即行三時至陶賴昭歷視站上食堂候車室各辦公室第六段警察分駐所護路軍營當詢該軍官本站駐兵若干爲步隊爲馬隊地方是否安靖該軍連長答稱本站駐兵一連係步隊地方近來小有不靖本站站長稟稱站之附近一帶鬍匪頗有騷擾情事當訓示謂本站居松花江南北要衝因地勢上關係每交冬令江冰凍結即匪患發生緣江南急勦則竄至江北江北急勦則又竄至江南出沒無常職此之故但本地概係平原匪人無所藏匿有陸軍常在此地駐紮不至擾及鐵路唯兵係步隊祇能駐守不能追擊不若馬隊之靈活耳三時十五分開車四時至蔡家溝少停四十五分至雙城堡歷視站上食堂候車室各辦公室警察宿舍警察分駐所陸軍第七旅一團團部等處詢該站地方秩序如何梁團長答稱尚爲安謐又問該站糧食運輸情形該站站長答稱十一月份運輸糧石尚少巡視警察宿舍時見房屋尚好因訓示謂房屋不在美惡要在人之清潔與否人能清潔則房自整齊

五時十分開車六時十分至哈爾濱總站

巡閱哈爾濱總站紀略

十二月六日午前八時公司路局路警處各員等在總站齊集當即督率周巡首至中央醫院歷視候診室醫生研究室男外科室女外科室內科室耳目科室小兒科室產科室均甚清潔病人亦甚得所惟地址距車站太近過於喧囂於病人不宜應另擇僻靜地方遷徙八時三十五分至中等商業學校首蒞校長室校長呈上該校圖表二張當問教員若干學生若干講室多少經費如何校長答稱共教員六十三人俄籍教員六十人華籍教員三人男生六百八十二人女生五百三十二人內文學高深者計四十人講室共有三十處每年經費計需二十九萬五千元經常進款爲十五萬七千元本年度預算結至現在已用去二十七萬一千元尚有一部分學費未曾收進沃局長稱該校設置尚爲完備但有缺點兩處其一男女兩校各占樓房一所集舍時不及著用外衣教職員學生往往易受感冒欲免除此項缺點應於

兩校之間築一穿堂其二男女生遇有集合或開跳舞會時缺一較大廳房將以上兩點補足可稱完善督辦對於此項工程如以爲可擬即飭知工程處繪圖估價呈報核奪當謂此事可以辦理復問該校進款究有幾項校長答稱第一項即係鐵路補助費第二項鐵路以外熱心學務者之捐欵第三項爲學生所納學費又問在鐵路服務人員之子弟納學費否校長答稱納費甚少又問納費若干校長答稱鐵路人員子弟高等生每年一百八十元初等生每年一百二十元至一百八十元不在鐵路服務之子弟則每年納費爲二百元至二百五十元又問中學以外有小學否入學年齡如何校長答稱中學外有附設小學入學年齡爲九歲十八歲畢業此外尚有預備班沃局長稱近來哈埠金融緊急擬將學費酌爲核減最高者納一百二十元最少者納一百元將來鐵路人員子弟能達到完全免費目的方好又問以習慣言之該校入學年齡有一定限制否校長答稱本校必須滿足九歲他

處初等小學有七八歲即可入學者又問本校中國北京派來學生已上課否校長答稱業已上課沃局長稱中國學生講室過小夏令不宜衛生此後應設法遷移談話畢校長引導赴男生校舍閱視衆男生排班侍立音樂隊奏樂歡迎學生致敬禮畢魚貫入祈禱室遂赴室內參觀出該室後中國北京派來肄業學生二十名在講室外侍立閱視一周詢該生等經費是否敷用起居是否方便某生答謂經費敷用起居亦頗適宜諸生入講室內當在室內致訓詞略謂

中國政府派學生來商校肄業係王景春博士所發起王君熱心學務極可欽佩諸生入校以後諒已爲時不少值茲國家財政支絀教育經費困難幾有陷於停頓之勢然中央外交內務司法交通等部對於諸生來此求學經費不惜拮据籌措無稍諉卸足見政府熱心教育以期造就有用之才此諸生等不可不勉勵者一鐵路方面重視中國政府之意既爲諸

生預備講室復添聘相當教員適間沃局長又以華生講室較小擬稍事擴充足見鐵路方面歡迎中國學生來此肄業極意優待至爲可感此諸生不可不勉勵者二諸生來自內地當念遠道求學匪易對於各科課程務要發憤攻苦深造有成將來畢業後或爲國家效力或在社會服務則操持有具事業自宏諸生尙其共勗以無負中外期許之厚意焉

次復閱視第六年級第四年級講室圖書室音樂室校醫驗病室各處視圖書室時校長稱本室備有中國書籍爲中國學生參考之用並取出中俄字典一書呈閱覽之許爲完備便利九時三十分校長引導至女生校舍閱視一周衆女生排班侍立氣象靜穆儀節嫻熟當即嘉其校風之好隨歷視化學室植物標本室童子軍附屬小學講室物理實驗室動物標本室圖書室等處均有可觀十時出校十時五分至中俄工業大學校首蒞校長室閱看該校圖表繼視中國學生講室適在授課時間當問皆能直接聽講否校長

答謂有能直接聽講者有勉强者當致訓詞略謂

處茲物質文明發達之時工業效用最著學法律政治各門有時供過於求畢業後多有投置閒散者唯工業一門我國需材孔急而鐵路人才尤爲缺乏該生等既有志於此務要學成致用切勿半途而廢是爲至要

出講室後歷視木科實習室英文講室建築科講室室壁懸有橋梁模型三架隧道模型一具視建築科講室時沃局長謂各班畢業以後始到路上實地練習爲時太晚此後擬在畢業以前即派赴路上練習有此番經驗之後將來即可量材器使不致用非所學也二十分巡視附設工廠三十五分至霍爾瓦特中學校校長接見當問學生若干有附設小學否校長答稱共有學生一千二百四十人內鐵路人員子弟約一千人並有附設小學引導歷視四年級六年級八年級各講室體育室食堂祈禱室圖書室學生宿舍等處沃局長陳述該校房屋狹隘空氣不良光綫亦不相宜擬俟商務中學工

程完竣後該校於後年稍事修理十一時至中俄育嬰堂堂長接見引導歷視縫紉室食堂講室宿舍作皮鞋室裝書册室內有中國幼童兩名詢之知其母爲俄人其一已不能華語矣堂長稱本堂收容私生子及貧而不能養育者唯以經費不充現在祇能收容一百餘人本堂對於中國人一律收容唯中國人多以習慣不同之故不願送來當即訓示略謂

育嬰堂最要之點養育之外尚應有以教之不然成人以後道理不知謀生之術轉失慈善本意該堂之設與人道至有關係該堂長本慈善之懷爲無告貧兒謀幸福實不勝嘉悅之至

沃局長稱將來鐵路擬劃出一小部分工業給予貧兒工作以便自食其力闢地畝處長稱某爲該堂名譽會長查該堂經費每年計需二萬餘元現在房舍尚不敷用將來擬添木科訂書科以求實用十分視畢歸行館午餐午後一時四十分仍蒞哈埠總車站歷視站上食堂貴賓室候車室各辦公室

路警第一段辦公室等處當謂哈埠係屬總站規模要宏闊食堂貴賓室候車站尚嫌偪窄宜加推廣又問三四等候車室是否擁擠路警王段長答稱尚不擁擠沃局長稱該候車室並置有開水筩以便行人又謂各辦公室明年尚擬加修飾以壯觀瞻一時五十分換乘火車五十五分至機車庫歷視辦公室發電機廠修車廠鐵工廠及臥車公司一二等臥車據沃局長稱此項臥車清潔美麗設備完全不但爲遠東臥車之冠即美國亦無此優美臥車視畢二時十五分開車三十分至八站歷視商務代辦處各貨倉十分開行車上歷視撥給中國海關地基各火磨公司各工廠各貨棧五十分至輪船碼頭該處以岸淤水淺已不適用路局正擬挖修回車沃局長呈上修理碼頭圖樣一張並按圖說明江水灘淺之處及修理辦法督辦如以爲可行即擬一報告書呈請核奪當謂碼頭有修理必要嗣後船能進口利益甚多三時二十分開車四十五分至舊哈爾濱站（即香坊）歷視站上各辦公室第一

段警察分駐所柈柴廠該廠廠長接見後沃局長即假設發生火警試驗消防是否靈捷計鳴警鐘後八分時即能放水當即嘉奬極爲敏速唯秩序較差尚宜精練然得此已爲不易矣四時二十分開車三十五分回哈爾濱總站當蒞鐵路局會議廳集合隨行人員略致訓詞詞列左

溯自上月二十九日由哈出發巡閱東路折回以後巡閱南路今日總站亦巡閱完畢茲將巡閱所得撮要言之第一所有路綫敷設鐵軌枕木皆甚整齊平正無朽壞崎嶇之處但沿綫僅南路鋪墊碎石餘有僅鋪沙者亦有未鋪者此事於鐵路最關重要務宜一律鋪以碎石其次各項車輛各站辦公室及附屬於鐵路之村落街市學校醫院俱樂部等處皆修理整齊潔淨煥然一新各站辦事人員亦漸守規則各有秩序回憶歐戰俄亂東路幾經破壞人心散漫工業蕭條紛亂彫殘幾於不可收拾自前年夏間本督辦到任目睹情狀惄焉心傷昕夕焦勞思所以清理而振興之

於是遵照續訂合同召集臨時股東大會組織新董事會經營布置綿歷秋冬於去歲二月改任俄技師沃斯特羅烏莫夫爲局長假以事權責之整頓幸各董事遇事和衷沃局長力負責任爲時甫逾半載竟能振衰起廢頓改舊觀初非意料所及假使本路經濟充裕足資展布猶爲易也乃以積敝之後拮据籌措並顧兼籌沃局長之精力誠有大過人者該局長既具此精力整飭外觀尤望於內部營業力求發展該局長任事以來對於營業亦未嘗不積極進行第因有他種關係未嘗滿志躊躇本路爲歐亞大陸唯一要道與貝加爾路既未正式通車東而烏蘇海濱又復紛爭屢起交通阻礙危險時虞商民咸有戒心營業因之銳減唯有南路路綫雖短運輸一切照常今歲與南滿鐵路聯運會議各項問題多已解決此後力加整理尚可維持現狀是則在該局長之策畫如何耳東西兩綫以有障礙之故雖未能即時望其發達然本路方面所應籌備者不可不繼

續著手俟時機一到即可見之實施甯可盡力以待時切勿遲疑而誤事今屆年終凡明年所應舉辦者該局長諒早籌之有素仍望堅持毅力排除困難節省浮費之財振興有益之事是爲至要至鐵路警察所以保護財產維持秩序亦關重要本年改組以後較有進步然待改善之處尚多如知識缺乏最應注意教練所不日成立務要認眞教練以求成效路警處明年預算編製在即應由局長與該處長妥爲商酌務期事歸實際款不虛糜所尤要者金錢爲萬事根本本路款項支絀以致捉襟見肘常感困難幸本路短期債票交通部已允發行雖爲數不多然有此周轉該局長已不至過於爲難本督辦於東西南三路巡視所得於上次及此次談話中約略見之但不過持其大綱至於詳細節目隨行人員各有專責如有所見可以隨時陳述以便採擇施行爲後日改良張本本督辦年衰識薄自忝督東路以來爲時甚促乃竟得此效果者皆公司董事局監察局

諸君子和協卹勤之力及路局沃局長與所屬各職員齊同振作之工本督辦不勝嘉慰感謝之至沃局長當致答辭略謂對於督辦訓示局長謹代表全路兩萬五千名職工表示謝忱所有技術部各代表董事局各董事陳監察局長劉路警處長皆表示感謝之意半年內所得效果皆係督辦及所屬職員同心協力所促成嗣後謹當本其天良盡心去作對於經費務求節省一方仍擬開闢富源所有地方上商業農業必積極提倡俾使發展以副督辦之盛意督辦又謂該局長所見甚是此後當互相勸勉以求本路無窮進步五時二十分散

巡閱哈爾濱總工廠紀略

十二月十二日午前十一時乘火車赴總工廠車中沃局長呈上比較圖表數張并逐表説明略稱今年路上所用燃料比之去年節省多多去年殘破車輛計有兩千三百四十輛今年修理完整者計五百八十二輛去年燒燬車輛計七百輛今年祇燒燬二十餘輛去年挂有電燈之車四十餘輛今年增有一百二十餘輛又電燈廠經費仍舊電力則已增加機務處經費亦較去年節省矣當囑將各項比較圖表譯好呈閱二十分至總工廠廠長巴士結維赤接見當引導至裝置機車工廠視察一周並試驗電鍍工作四十分視翻砂廠五十分視製造模型工廠沃局長稱從前各種模型用土作成今則改用鐵質故損壞之時甚少廠長稱製造模型最爲緊要模型不良則出品不能適用鋼液鎔在模型型内須用一種白色土質名克亞拉次係購自日本又型内除用白色土外尚應攙以煤末此法甚爲秘密不能輕以告人者

沃局長謂如本路沿綫有產克亞拉次之處即可不向日本購買廠長持克亞拉次一塊呈閱當謂此土亦係一種鑛類本路沿綫時見類此石質未知是否可以調察十二時視察機器鐵錘（錘生鐵之用）當問現在所用生鐵購自何處廠長答稱日本又問購自日本國內抑其國外廠長答稱有出自高麗者有出自奉天者十分視察磨光工廠廠內置有鋼器一件尚未磨光廠長稱此件即係本廠添設鋼爐以後所鑄出者二十分復赴翻砂廠內視鍊生鐵及鍊鋼工作廠內計有鐵爐三座一座係鎔化生鐵者兩座係鎔鋼之用廠長稱鎔鋼爐內需用樹油非鎔至一千八百度或至兩千度不可又稱鍊鋼技師名吉遼夫爲著名之鍊鋼專家由烏拉嶺聘來者吉技師在本國受黨爭痛苦甚烈亟願在本工廠工作盡心職務鍊鐵技師名吉士連闊生爲德國籍對於鍊鐵一門亦極有成績沃局長稱該廠此次添設鍊鋼鐵工作及擴充經費雖用去三十萬元然明年設置完備以後有益本路實非淺鮮即

如生鐵由本廠鍊出比之外間購來者每布特可省一元每年本廠可鍊出十萬布特生鐵即省十萬元矣昔霍氏管理路事時本廠費工料貲出品甚少今則工料無不節省出品較前增加多多該鋼爐設置僅兩星期此後擬鑄一鋼象送呈督辦作爲紀念坐視鎔鋼時間甚久始行出廠當致訓詞略謂

該廠爲中東路總工廠全綫需用各項材料皆仰給於是關係至鉅在先欵多虛擲人浮於事且出品極少腐敗曷可勝言自經該廠長任事以來節工省料成績優良近復設置鍊鋼鐵工作凡本路所需要者皆能自行供給欣慰無既尚望努力爲之以期後效鍊鋼技師吉遼夫學有專長成績夙著此次聘來該工廠擔任鍊鋼職務當能出其所學爲該廠生色不但爲遠東造就鍊鋼人才且進而爲中國南滿各鐵路冶工界之模範本督辦有厚望焉鍊鐵技師吉士連闊夫鍊鐵名家此次隨該廠長到廠擔

任鍊鐵職務當能與吉技師和衷共濟盡心職守尚望積極進行始終勿懈總之該廠分工易事各技師雖有專責而通盤籌畫指揮監督之權則在廠長盼望該廠長與該技師等勿存自滿之心時求進步是爲至要

廠長答稱對於督辦訓示非常感激决爲遠東冶工界作一番事業以往成績甚少此後謹當奮勉進行以無負督辦期許之厚意云云一時四十五分開車二時至總車站當在貴賓候車室内致訓詞略謂

現在工程機務兩部分皆有進步適間視察總工廠節工省料又能多出物品比之曩昔迥不相同此半載有餘時間進步竟能如此之速誠出本督辦意料之外是皆各職員輔助局長盡心職守所致唯車務方面稍有缺憾燒燬商人所運貨物在先屢見不鮮邇來較少仍不能免要知燒燬人之貨物豈但應負賠償之責於鐵路名譽上亦至有關係近於機車煙囱内置有鐵網防止火星噴出尚不知效果如何火險一層此後要特别

注意又機車相撞出險之事太多最近南路又發生此事既爲人命危險復蒙極大損失此亦最應注意者該員等宜常存振奮之心已有之成績保持之現有之劣點改善之鐵路利益自見增進該員等之名譽亦與之俱進也十五分談畢各散

炎徼東省鏡距絲冊

巡閲東省鐵路隨員條陳採擇彙錄總目

關於車務事項

關於機務事項

一客車改用電燈

二添設過道電力通信

三節用機油綿線

四客貨混合車及貨車配置威斯丁停車靰機

五各站添設電燈

六各大站增設長途電話

七頭二等車淨面室厠所應分兩室

遼陽東省鐵路紀略

關於工務事項

一畫一各站名牌
二添築大站第二站台
三添築各站風雨棚
四改良道碴
五檢驗軌條
六校正軌道
七軌道洩水
八添製除雪車
九灣道護軌
十清理巖石
十一添設禦水工程

十二整理各站房屋

十三利用陳廢材料

十四擴充職工體制注意華俄平等待遇

十五擴充大站票房

十六添設各站淨所及厠所應加華文

十七修理機關車庫

十八整理水樓給水設備

關於商務事項

一添設商務調查員

二運貨價章譯成漢文

三改良所懸客票價章

四沿綫酌添旅館

五擴充沿綫醫院

六聯絡商民酌減地價訓練路警

遼閩東省鐵路綱略

巡閱東省鐵路隨員條陳採擇彙錄

關於車務事項

一各站宜添設問事處以便客商遇事諮詢也查本路各項章程悉用俄文站員盡屬俄籍不諳華語客商遇事諮詢每因文言扞格諸感不便應添設問事處酌派華員司理其事便利客商實莫大焉

二各大站宜多闢售票窗口以免商旅購票擁擠之虞查各站售票有以一窗兼售頭二三等各種客票者如遇旅客衆多時間短促難免有擁擠之虞且因擁擠而生紊亂以致旅客口角被竊等事時有所聞或曰售票時間儘可提前即可免擁擠之患不知旅客到站大都在開車前半點左右間有在列車開行一二小時以前到站等候者然實居少數故售票最多之站宜添闢一二窗門以免擁擠而便旅客此事應歸車務工務兩處會同辦理

三客車上之看車夫宜參用華人以便旅客也查本路旅客多係華人每因言

語扞格時與看車俄人發生誤會頗感不便本路客車看車夫向係二人應每車改派通曉俄語之華人一名爲看車夫以便旅客

四各站員司亦應添派華人以便華籍客商也查本路在中國境內往來行旅自以華人爲多本路各站站長及售票員司悉屬俄人不諳華語每因語言誤會時與華人發生衝突宜添用華人俾客商易於接洽

五宜儲備人才以爲異日之用也查我國鐵路人才固不爲少惟於俄文一層則多未研究而此間通曉俄文者則又毫無鐵路知識二者不能兼備殊爲遺憾查本埠商業學校俄文課程頗優不妨就該校華生教以車務專科由鐵路專員教授以備他日之用（此事應由車務教育兩處辦理）車務處副處長唐士淸

六限止軍用車輛及嚴訂代運木柴合同以防冒濫自歐戰以來東路輸運軍隊疲於奔命其損失數目不可以億萬計且各車輛一經運輸軍隊之後即多損壞須重新修理若不嚴加禁止使軍事長官負責長此以往將何以善

其後至日軍佔用車輛亦多亦宜正式致函促其歸還又查東路與各供給燃料公司（即伐木公司）所訂合同關於各公司所用車輛皆不加限制難免無蒙混舞弊情事且車輛經彼等用後損壞較重修理爲艱急宜查明改訂以防冒濫而杜流弊也

七本路職員乘用專車宜加限制查東省鐵路局辦公職員乘用之專車約佔數十餘輛實爲他路所無亦應嚴加限制飭令騰出以便輸運乘客又查沿綫各大站均有鐵路俱樂部及其他公共處所宜於此等地方指定房舍專爲赴沿綫辦公人員居住則可騰出多數車輛亦與鐵路有莫大利益也

八機車燃料亟宜改用煤炭東省鐵路踵俄舊法習用木柴爲燃料蓋以興安嶺及東段鐵路一帶富於森林故因地制宜取木以代煤然今昔情形廻異宜隨時變通以煤代木也夫鐵路爲營業性質凡百設施均以獲利爲主旨盈則取之虧則舍之鈎深索隱務求精核木價果廉不妨取用木價已昂即

宜易煤近日東路附近林場斬伐過多供不應求因之木價大昂自宜應時改用煤炭以節糜費況機車以木柴爲燃料火星飛揚易肇火災東路沿綫此等情事屢見不鮮就此觀之亦宜改用煤炭以杜隱患也且尤有進者物理學者之言曰世界之上以動植礦三物爲主要元素生機互助循環爲用譬如動物吸收者爲養氣呼出已爲炭氣植物則吸收炭氣製出養氣故三物之中尤以動植物爲有密切之關係互爲生息不可獨存苟失其平則紛擾立至天災地異因以發生近來吾國南部多水旱之災西哲推研皆謂濫伐森林所致故歐美各國對於林業培植保護惟恐不盡我國亦明令頒定植樹節以示提倡東省因往昔人口稀少經數千年之蘩滋始有今日之森林爲世界富源若一再斬伐旦旦不息終必有盡絕之一日失保護林業之旨矣甯不可惜聞之熟悉林業者云往昔歐戰以前俄之貝加爾鐵路之燃料亦取給於東路沿綫之林場蓋俄人之意因東路沿綫不在其境內將來

或爲中國贖回故及時採伐以盡其利夫貝加爾鐵路沿綫之森林不亞於東省鐵路沿綫之森林俄人舍近求遠不惜犧牲運費而取之於東省鐵路沿綫之内非亦以森林至可寶貴不肯濫行採伐乎俄人對於其境内之森林知寶之貴之吾何爲不知寶貴之而令人濫行採伐不遺餘力也苟東省鐵路改用煤炭則採伐自減可以保護林業即他日東路與貝加爾烏蘇里各路聯運再通亦不能濫伐吾國境内之森林矣夫木材爲人生日用必須之品已不待言即鐵路所用之枕木亦爲大宗當林木充足之時不加保護濫行採伐以爲燃料苟一旦採伐完盡雖枕木之用亦將不足勢必至他處購買其價必昂如今日之京漢津浦各路皆由他處購買枕木深感困難與其他日因缺乏木材而感困難曷若今日預先設法保護爲他日一留餘地乎然則就東路將來利害言之亦宜加意維護林業即以維護東路將來之利益區區現在木價昂煤價廉倘其小焉者也且參天良材盡行採伐以供

燃料不惟損及將來利益亦難免暴殄天物之譏矣總之用木用煤利害顯然宜速行提議實行耳 機務處副處長鈕因祥

九沿綫各衝要大小站宜添懸黑漆木牌一面以備宣佈臨時發生事項或添掛臨時客貨列車備載華俄文之用如前在一面坡站見張貼俄文告白詢問始知爲是日午後二時增加臨時頭二三等客車一列之佈告查近年本路旅客俄人佔什之二三華人佔什之七八此種佈告與不佈告等且臨時佈告大抵限於鐘點過時即歸無效如由鐵路局通知路警處會合出示既費手續又需時間故不如特設黑漆木牌一旦有事發生即由該站長會同路警段長副段長或巡官臨時用華俄文雙方宣佈不僅便於行旅即於事實時間亦有裨益也 督辦公所科員董蔭青

關於機務事項

一各等客車宜改用電燈以代洋燭而免耗費也查本路各等客車多未裝有電燈公事車亦然夜間則燃以洋燭其燃用數目無從查考因之看車夫役往往濫領積存間有私售於市上者日積月累公家損失頗鉅宜代以電燈以免耗費 車務處副處長唐士清

二注意過道鐵路所經與道路交叉處是謂過道鄉僻往來車馬稀少無甚緊要如過通都大邑車馬如雲川流不息若非佈置安全最足發生危險他姑無論即如哈埠道裡外分界處之過道爲來往要衝每日行人車馬不計其數雖已安設柵欄以爲啓閉然僅以人力究不足恃其啓閉之指令僅憑司機之揚聲匆促間稍一不慎其患何堪設想應仿照京奉京漢辦法於火車去過道若干之距離輪軌藉電流之傳佈通信於司柵員司以爲啓閉之準備較爲安全多矣 工務處華副處長蔡彬懿

三節用機油綿綫夫鐵路爲偉大事業收入既多開支亦鉅其屬於機務一方者燃料之外油綿兩項亦爲大宗乃者路局機務方面固以全力注重節用燃料矣而於節用油綿等物尚未提及漏巵不塞以言營業獲利是猶南轅而北轍也查東省路局關於此項規定極爲疏闊凡各站儲存油綿等物向由工人自由取用予取予求毫無限制職員亦不加以考查故當兩物充足之時取用既易耗費實多盜竊浮支亦所不免實用數目往往超過預算之外一旦存儲無多則又相率核減敷衍遷就而車軸燃燒等事發現矣且此兩項物品向由外國輸入定購不易費欵亦鉅既常感不足之苦即不應如此虛糜宜責成各車廠廠長嚴行監視用途勿令工人自由取用綜核每月行車若干里數須用油綿若干比例核算務期精確而杜浮冒則無虛耗之弊矣　機務處副處長鈕因祥

四各客貨混合列車均宜配製威斯丁停車輙機邇來東省鐵路因車站職員

辦事不慎時發現撞車情事去歲太平嶺一役肇禍最慘爲東路歷來所未有繼此以後猶層出數起皆有成案可稽現時各客車已經配置威氏停車勒機以防危險惟貨車及客貨混合列車尚未裝置一遇站員不慎再發生撞車情事其危險實甚此極應設法速行裝置威氏停車勒機以杜危險也此項靭機需欵較鉅裝置不易論者每有所藉口不肯進行不知東路近因妨止撞車危險起見每運貨列車均以輕載爲主以便易於停車是鐵路運輸力無形中已爲減小營業安望其能發達況撞損或燒燃貨物尚須賠償損失尤鉅耶苟裝設威氏停車勒機則運貨列車可免不易停車之虞得盡力裝載貨品鐵路運輸自易發展亦無損燬之賠償而營業亦可獲利矣至若岡巒起伏之處可建築旁支道乂以備萬一亦防險之一法也

五沿綫各大站除滿洲里昂昂溪安達哈爾濱已設備電燈外其他如海拉爾免渡河博克圖及各小站均未安置似宜酌量添設不僅路客兩便即車站

糧貨站台亦便看守而免偷竊且可少發生火險也公所科員董蔭青

六沿綫各大站宜增設聯絡長途電話本路除哈爾濱至安達及哈爾濱至昂昂溪已設備外以西各大站間均不能直通電話如海拉爾至滿洲里相距不過四百中里而緊急事件必須以電報通知查長春至大連已越一千華里猶可直通電話竊長途電話之設備不僅交通方面爲至要即於軍事上亦有密切之關係似應有從速添設之必要也公所科員董蔭青

七本路頭二等寢台車即睡車洵屬精美堅實爲南滿路所不及惟該車兩端淨面室與厠所共在一處未免有礙衛生嗣後如添置車輛時應加改良將淨面室與厠所分設兩屋以期完善又現在三等客車座位分上中下三層其最上一層在長途旅客被濁氣薰蒸無不頭目暈眩而近道乘車者時上時下均多不適至扶老携幼者尤感不便將來再製新車似應改良構造則諸多便利矣公所科員董蔭青

關於工務事項

一各站漢文名稱如東路葦沙河誤書爲葦沙河烏吉墨河書爲吳几墨河又南路烏海站誤書爲烏海站而行車時刻暨價目表上又書卜海諸多兩歧在昔純爲俄人經營對於漢文本不注意魯魚亥豕固不足怪今既歸中國管理雖出譯音亦應統求一律又東路東站竟有名爲紅鬍子站者非但聽聞不雅且於本路名譽亦有關係亟應更易以除此汚點車站名牌猶商號之匾額不僅表示名稱實爲觀瞻所繫故匾額式樣大小字跡顏色暨懸挂之位置均與旅客有直接間接之感想評判也沿綫各站名牌大小既屬不一字跡又多散亂應由公所飭路局確定各站名稱換製一律匾額分發各站懸挂以正觀瞻 公所科員董蔭青

各站名牌應行改良以歸一律而壯觀瞻也查各站華文站名牌字跡書法極劣且同一站而兩牌之間名稱各異貽笑外人莫此爲甚且各站站名多

係譯音其中名稱多有不甚雅馴者職處前次製訂漢文行車時刻表時所有各站站名譯音力求典雅幾費斟酌始得審定擬請飭令工務處按照漢文時刻表所列站名一律改正其字跡宜大書法宜端楷且於夜間宜加懸亮燈以免旅客誤降或越站之虞其未設站名牌之站亦應一律安設以壯觀瞻（此事應由工務處辦理）車務處副處長唐士清

二大凡各路站台之大小皆以車輛之多寡爲標準茲查本路沿綫各站台之長短除一二三大站外多有不足用者如海拉爾免渡河等大站之站台僅可容客車五六輛將來客貨增加添挂車輛時站台不敷勢必車停台外於裝卸貨物上下旅客均多不便宜查酌情形陸續延長增築又如用木築成之站台台邊多有毀壞不完者如巴里木等站宜改用石條或塞門德土築之既免常修之煩且於旅客升降車時少生危險

沿綫大站雖有貨站台滿洲里站存貨倉房共十二室海拉爾站免渡河站各七室博克圖八室昂昂溪十一室安達七室並

無粮站台若昂昂溪安達對青山等站素爲運粮之大站均無儲粮之所宜築粮台以備粮客存置粮石遮風雨保危險且粮廠亦應集中勿過散漫安達站存粮地帶延長三里餘則易於看管也

查東路各站設備與西路大致相同惟小站如牙不立烏吉密河等處尚無站台曩因客貨無多未經售票因無設置之必要邇來旅客日多運輸漸繁如烏吉密河站客歲運輸量已達五十餘萬布特亟應酌量增設站台以便輸送

滿洲里車站爲本路之起點與後貝加爾鐵路相接連車站位於中間備有特種之形式爲兩路所通用站台雖有橫斷行旅貨物出入之不便然地當兩國邊疆爲兩路聯絡之點其用意亦未爲不是然爲客貨運輸便利計亦當有改良計畫公所科員董蔭青

各站宜添築第二站台以便旅客上下也查鐵路行車有上行下行之分到站時分停左右軌道本路車站建有第二站台者實居少數每遇兩次列車

車同時到站會車時旅客上下殊多不便宜建築第二站台倘以籌款爲難一時不能普及亦應先擇會車最多之站酌量建築以便旅客（此事應歸車務工務兩處會同辦理）車務處副處長唐士清

三各站宜添建風雨棚以便商旅也查本路各站除哈爾濱外多未建有風雨棚以致每値雨雪之天旅客上下時有沾濕衣履及行李之虞且東省天時雨雪頻仍較之他省爲甚宜於各大站站台上建設風雨棚俾商旅於雨雪之際不致有沾濕衣履情事（此事應由車務工務兩處會同辦理）車務處副處長唐士清

四改良道碴沿路所用道碴俱係砂子於形式上似較美觀於實際未盡完善蓋砂子粘附道木不易濾水在夏季容積流水最易損腐道木在冬季積水成冰尤足使軌道隆起且車行砂起尤易粘滯輪軸此次查勘沿路山石甚多採取石子甚易應逐段更換

五檢驗軌條沿路軌條相接處平豎俱現灣形車行因之震動推其原因一因

綑絲鬆動一因道木不勻應由段長督率夫工時時檢驗加緊綑絲於接軌處所墊道木尤宜使兩軌端尺寸相等或可免除此弊工務副處長鈕因祥

沿綫路基大半用砂墊起僅成吉斯漢至免渡河一部分以碎石鋪之然全綫路基多有應行修補之處最甚者以興安嶺至伊利克都烏諾爾至免渡河及海拉爾附近宜隨時修補否則車輛動搖過甚不但於使用年限攸關即開快車亦恐有脫軌之虞

枕木腐朽程度就各車站左近處觀之已多有應行撤換者且路基施工不良與枕木使用年限極有關係如扎蘭屯站位於石山麓下路基本宜用碎石鋪起乃該站路基土石參半路綫兩側又無流水之餘地降雨後枕木勢必易致腐爛也其他各站諸如此類而應行改良者尚不止一二處也

道岔使用程度檢點各站中多有磨損過度按與日本及南滿各路比較應行撤換者已居半數以上此等道岔之良窳與列車之運轉及旅客之安全

有直接之關係苟檢查不慎列車運轉頻繁時恐不免有出軌及意外危險之虞（公所科員董蔭青）

六校正軌道沿路軌道不在正綫之內甚多灣道尤甚應由段長詳勘一過逐漸校正軌條灣曲者亦宜使之平直

七軌道洩水工程關係歲修經濟至爲重要稍事疏忽在夏季爲積水冬季則成冰沿路洩水溝渠未能順坡直瀉者有之蔓草砂土塞者有之一遇暴雨或冰雪融化之際軌道兩旁之水無從宣洩最足損害道基應由段長於該管界內詳爲視察須順道基坡度之高下及其流量之多寡開挖適當之溝渠以最短之時期能洩盡無餘爲度（機務處副處長鈕因祥）

八本路西北部（興安嶺以西）地帶嚴寒每歲雪量較多沿路防雪工事宜周備迅速方不致遺誤列車之運轉途中雖見有防雪柵之設備然不過爲一時之用今後應栽植防雪林（日本多植松栗等樹）不但效用較大且可爲久遠之計又查滿洲

里海拉爾免渡河各機關車庫中皆無除雪車在庫想必向無此種設備按日本鐵路使用除雪車一輛與人工相比較一日間除雪量約當百人之作工而所需費用僅占八九人之工資如此計之以人工除雪不僅遲緩且所費亦不貲也故應有製造除雪車之設備公所科員董蔭青

九灣道護軌沿路灣道俱未安置護軌殊非慎重之道因未置護軌常受輪軸之推擠漸漸失其固有之軌間爲出軌之要點本路四輪車輛常有出軌之險未始非即此原因宜於灣道之上加置護軌以保其適當之軌間也橋梁上亦宜一律安置護軌以免出軌之險

十清理巖石西綫鑿山通道處兩旁坡度甚陡石質類多鬆腐久經冰雪之侵蝕發見裂紋者甚多時有崩塌之虞殘害生命阻礙行車年有所聞爲一勞永逸計應由段長詳視所轄界內如遇巖石之已見裂紋者飭工速爲鑿去開下之石碎爲道碴既可防患於未然又可化無用爲有用也

十一道堤沖刷西路沿山之處流潤甚多每遇發水沖刷堪虞山谷幽坳之處爲尤甚間有已設禦水工程然尚未能普及應擇其衝要者先設防護鞏固道基

十二整理房屋沿路房屋工程無甚疵議於修理上尚欠完善如滿溝站之屋頂破裂甚多殊礙觀瞻亦虞滲漏亟應更換海拉爾站之貨廠站台佈置未盡合宜免渡河之醫院齊齊哈爾之俱樂部室內空氣惡劣均應由段長設法修理改良

十三利用陳廢材料蓋鐵路每年因修理機車及客貨等車除舊換新所餘陳廢材料爲數亦至夥往往一物用之於此已不合宜用之於彼適成良材自應搜集選擇詳考用途以收廢物利用之效其實爲棄材不可利用者則估價拍賣以收微利亦未始於路政無裨益也

十四擴充現在職工體制及注意華俄工人之待遇查俄國鐵路規則對於上

級職員則待遇優異對於工人則蔑視已甚影響所及遂釀政變東省鐵路承俄舊習相沿未改同屬工人有職工日工之分待遇不同有華籍俄籍之別顯分畛域招之使來純緣機遇揮之使去有若犬馬查視沿路各站俄籍工人率居大厦石房華籍工人則伏居土屋長工工資既優又供給房屋燃料日工工資既薄并此無之他若職務升遷率先俄而後華種種差異實難縷述查鐵路工藝亦至有關路政苟無知識完備之工人則鐵路之工藝不能發展或有知識完備之工人而因待遇不同致令心懷怨望不肯盡力服務則鐵路之工藝仍不能發展也東省鐵路機務處之工人在前數月內尚有萬餘今雖陸續裁減仍有六七千人人數既多管轄不易苟無公平之待遇未易收良好之結果也查美國有記名職工體制立法甚善宜仿行之其體制之重要點如下

(甲)各工人均爲職工待遇平等

（乙）登記各工人之年齡服務年限服務成績性質習慣比較存查優者獎之劣者斥革

（丙）因一時營業收縮必須裁減工人時不可裁減名額止宜裁減工作時間令每人每日輪流工作仍按其工作時間發給工資與鐵路經濟亦無虧損

（丁）招集青年學徒令入廠練習備充司機工匠火夫等職遇有工人因年老去職或被斥革即以此項學徒升充之

若照此法行之則各工人之待遇平等自必安心服務而各工人之知識完備鐵路之工藝亦必蒸蒸日上矣

至若開辦華工學校或於沿站俄國學校內別開華人班次令華工子弟亦得入校肄業並請本路局長明白曉示沿站各職員對於中俄工人一律看待勿有軒輕則庶幾此等不平等待遇可逐漸掃除耳　機務處副處長鈕因祥

十五據此次觀察所得沿綫大小各站位置均甚整潔可觀惟車站設備規模褊小溯其原因蓋以初建東路時地方荒落客貨無多以敷用爲止今則荒田漸闢商務發展已大非當日情形則車站大小與旅客便否有直接之關係例如安達車站運粮既多行旅尤夥而車站各室合計其寬大尚不及該站鐵路俱樂部二分之一其狹小不便一望而知又如海拉爾亦爲本路北部中之大站客貨雖不及南部之衆多然本路發展終有希望之可期且尤爲觀瞻所繫乃該站售票室寬僅八九尺長亦不過一丈五六尺旅客不但無休息之地即購票亦勢形擁擠再對青山站客貨運輸數量亦較北部各站繁多而候車室內竟無旅客坐凳之設備其他各站亦大率類此亟應酌量擴充以資適用

十六查日本各車站均設有旅客淨面所此與旅客衛生及時疫傳染上頗有關係應於衝要車站酌量設置以便行旅再沿綫厠所除二三大站及哈拉

蘇小站外其他各站均無華文於中國旅客未免不便亟宜添載華文以資標識

十七沿綫各大站機關車庫多爲扇面形及半圓形除札蘭屯分庫已閉鎖外其他尚敷目下之用惟各庫前之轉車台及台邊構造經年過久多有應行修理之處而其中尤以札蘭屯安達者爲最甚轉車台軌條兩端磨損過劇將有不堪使用之勢亟應撤換否則一旦與機關車輪軸及轉車台有損毁之時則列車運轉上將生莫大之障礙也

本路機關車庫所在地

哈爾濱設有機關車本庫共四十四室

安達站設有機關車分庫共五室北端墻壁上部已龜裂宜加修理

昂昂溪設有機關車本庫共十二室

札蘭屯設有機關車分庫共四室現已閉鎖不用

博克圖設有機關車本庫共二十二室一部分因地盤低沈現有四室在改築中
免渡河設有機關車分庫共五室
海拉爾設有機關車本庫共二十一室
滿洲里設有機關車分庫共二十一室
窰門站設有機關車分庫共五室現已鎖閉
寬城子設有機關車分庫共五室
一面坡設有機關車分庫共五室
横道河子設有機關車本庫共十五室
穆稜站設有機關車分庫共七室
五站設有機關車本庫共二十二室
十八給水設備當鐵路建設之際即爲重要之一端本路除專候開車小站外
其他各站殆皆有此設備水槽之容量自五十六立方英尺至一百七十五

立方英尺而設於磚或石造之塔之上部因氣候嚴寒下部設備暖房器作完全保温之裝置送水管直徑六英寸至七英寸按附近寒度之大小埋設地下自七英尺至三十英尺之間用機械向上部吸水送水管之直徑甚小故送入機關車用水之時間較大雖將來列車增加時有改粗管之必要然目下尚足敷用也

關於商務事項

一各大站宜添設商務調查員以招徠貨運而增收入也查本路沿綫貨物向以粮食木材爲大宗其他各種貨物亦屬不少然客商多有由水路或大車運送者每屆冬令商人亦多有用大車拉運粮木者推原其故或以本路運價高昂或因他種障碍設欲招徠此種運輸須有熟習商務情形人員遄往內地常川調查隨時報告以資參考如以運價過昂不妨酌量低減或有他種窒礙亦可設法蠲除非但便利客商而於本路運輸亦有莫大利益是以商務調查員之設實爲當務之急此事應歸商務處籌辦

二運貨價章匯全宜譯成漢文刊印出售以便貨商也查本路運貨價章匯全悉用俄文華商運貨罔然不識難免站員不從中舞弊亟應譯成華文刊印成册以廉價出售俾運貨華商有所考核又每遇增減運價時除登報外並應刊印淺白單張分散各處俾衆週知再客票上業經刊印華俄合璧文字

而貨票上尚付缺如亦應印成華俄文以便商旅而免舞弊（此事應歸商務處辦理）

三各站所懸之價章應行改良也查各站所懸之客票價章均係長式懸之過高不易看閱宜改用橫式俾旅客一覽無餘至運貨價章亦應印成華俄合璧文字懸於各站俾衆週知（此事應由商務處辦理）唐士清

沿綫各站售票室內之旅客乘車價目表直書過長懸挂太高即目力佳者亦難明瞭況所載站名又多歧異（如東路馬橋河書爲馬家河等）難免旅客疑惑且室內張貼各表均與秩序攸關不可散亂視爲具文價目時刻兩表幅員大小式樣亦應由路局規定統求一律行車時刻表現用者尚有缺點如該表內計售票車站不下七十餘處而添列開到時刻者只十一二站不僅小站未載停車時刻即如南路雙城堡東路阿什河西路對青山等站亦皆闕如彼吉長南滿兩路凡沿綫售票站其停車時刻均列於表內裝以木框外罩玻璃不但壯觀且可經久擇懸室內適宜之壁以便旅客觀覽俾知遵守於秩序上

不無裨益也　董蔭青

四本路沿綫旅客日漸增多而各大站向無適宜旅館行旅每感不便如橫道河子爲東路中之大站風景極佳爲全綫第一每當夏季外人來此避暑者絡繹不絕惜無良好旅館誠屬缺點宜擇沿綫適宜大站建築模範旅館不惟行人稱便即營業上亦可收相當之利益也

五沿綫各大站均曾設有醫院然規模大半狹小診治有限應仿南滿路辦法（長春奉天安東大連皆設有收容外診者之醫院奉天並設南滿醫學校）加以擴充當能收優美之成績本省各處尚無醫院若本路能將舊設醫院加以修改收容外診不僅有關慈善於醫院經費亦多裨益又哈埠爲交通要衝人煙稠密每歲難免時疫發生本站醫院來年既將改築宜擇清潔幽僻地點建築哈爾濱模範大醫院毋分畛域凡來診者悉予收容亦慈善事業應有之設備也　董蔭青

六居今欲圖營業之發展自非先謀振興地方實業無從著手鐵路與商民互

相聯絡俄人建路初旨原屬政治作用駐兵設警儼然自成政府蓋以文言不同商民望而生畏聲息不通感情烏有現在軍警雖撤然內部施設商民仍未盡曉故小本營業者貨物往來慣用大車此非徒運價不合之故亦以彼此隔閡動感困難也應由路局隨時派遣通曉華語人員分赴各站商會將鐵路運貨章程運價及一切施設凡屬便利商民者隨時佈告以資引導鐵路地價應酌加核減吉江兩省荒地甚多即任人開墾有時且畏縮不前雖各站地畝關係市場性質有別然取價過昂亦終未易暢售農商不興鐵路營業間接受其影響通盤籌畫核減租價以資招來一則可以增進地畝收入免致廢棄一則可以發達工商助長鐵路營業路警應隨時教練東省路全線數千里中外乘客往來繁雜維持秩序保護商旅路警之責所關綦重綜觀全路路警一字不識者尚居半數普通知識不足萬難勝任應由各段巡官長逐日分班教練授以警察法令及簡易文字暨俄語每半年考試

一次以資鼓勵人材警察進步不但鐵路財產賴以保護即行車秩序亦藉資整理　秘書王祖培

送開原倅鐘跑絲田

鐵路管理局局長沃斯特羅烏莫夫呈本路上年整理各情形文

爲瀝陳本路年來整理情形恭呈仰祈

鈞鑒事竊查本路幹枝各綫業經

督辦迭次親蒞巡視在案職局各處前以力事整理成效漸著而尤以節流一端爲主本年支出經費與去年相較約減金盧布一千五百萬元之譜爲此特將工務車務機務三處整理情形編具報告備文呈請

鑒核謹呈

督辦宋

局長沃斯特羅烏莫夫

東省鐵路整理報告書

第一章　工務處

比年以來財政困難工程失常而應需物料或則無從購取或則價値過昂因之對於應撥之經費非必需者不發職是之故本年應行整頓各項事件甚多如各站村市房舍街衢自俄國政變以來殆均半就頽廢固非大事修繕不可也

第一節　路綫之狀況　修整路綫工程之重要者厥爲掉換枕木其朽壞者均經逐一檢視掉換養路石子亦已補墊又新換之鐵軌爲澤阿式每俄尺重二四九五封特共長約八十五俄里

本路重大工程有四即興安嶺隧道長約三俄里及嫩江鐵橋又松花江之二鐵橋是也均尚適用

沿綫路員之生活雖因鬍匪猖獗頻感不安仍均克勤厥職中俄工人亦極融

洽住舍等項面積共在二十萬方俄丈以上貨棧約一萬二千五百方俄丈

機車房亦於今歲大加修繕而以博克圖免渡河兩站爲最餘如候車室車守

室司機室倶樂部學校等處亦均修理

第二節　鐵路之整頓　必須舉辦之工程均於預算內劃定經費撥付一九

二一年度預算第三章規定額內職工薪給及常年修繕費爲六百六十七萬

盧布其中購置鐵軌及接板之價估全數百分之二十一又第九章各項臨時

改良工程經費尚有一百二十五萬餘盧布其工程如

甲　巨舍改造小房以便安揷路員

乙　哈爾濱車站與八站糧台間及其他各站路綫添設

丙　南綫加墊石子來年初即可竣工

丁　幹綫臨時木橋一律改爲正式橋樑擬於明年報竣

戊　興安嶺隧道未完工程之補修

已　松花江岸之修整及右岸鑿溝等項工程
庚　安達　宋　甜草崗　對青山　各站租出地段之填墊
辛　本年因運木加多長春站添修木廠及裝卸站台
壬　山嶺區域爲防止列車脫墜已有八站加修道岔
癸　爲防止車輛因閘機損壞出軌幹綫各閘多置有預備閘機
子　爲防止貨物及車上零件之被竊哈爾濱車站地界均設木柵及鐵絲圍護
丑　各大站既實行月台票章程亦有各項設施秩序井然
又山嶺間各站擬依新法置道閘及信號總機關已有三小站訂製

第三節　住舍之改良　路警及護路軍大半已住有路房故住舍問題現已漸告圓滿

第四節　海參崴艾格爾攝立德碼頭工程狀況　該碼頭由商務處幫同經

營興辦各項工程以資改良歲埠運輸

甲　建築油池以便存貯裝運豆油

乙　道岔改爲通行道綫則卸貨較速而轉運亦較捷

丙　來年初將在碼頭另興工程使貨物轉卸速而用費廉

第二章　車務處

第一節　關於載客事項

甲　南綫列車現時最大速率每小時行七十俄里幹綫除山嶺區間外每小時行六十五俄里較前加高在站停留時間則縮減哈爾濱滿洲里間郵車途中用時減四小時二十五分哈長間郵車減五十分客車減一小時四十五分哈爾濱綏芬河間郵車減三小時三十分

乙　客車悮點情事因稽核甚嚴已大減少

丙　客車附掛車輛大加改善客貨混合車所掛之煖車均改掛客車幹綫

郵車掛有裝置電燈之飯車尚有臥車公司之一二三等客車至南綫客車則已全部改用電燈

丁　列車附掛之車輛以旅客人數爲標準以期節用機車力

戊　客車均有衞兵隨同保護

己　凡包用專車者備有兩輛客車附食堂及包房二設床鋪六車內更有廚房電燈衾褥茶俱由萬國公司管理以爲旅客力謀便利

第二節　關於運貨事項

甲　貨車速度之增加依行車稽察章程已大形改良凡經過各站之列車均應遵照時刻表開行至貨車在站因各項事務應多延時刻者對於其所需時間之長短另以時刻表規定之

乙　如列車在站須倒車或修理車輛或機車上水或因其他各項工程應躭延時刻者均另訂詳表嚴行遵守

丙　各段機車之分配以需要之繁簡爲準則如運輸繁多則配以大型機車

丁　倒車用機車數目亦以各站之需要爲標準

戊　貨車廠停車大爲整頓故車輛之損壞亦減貨車廠儲車一萬二千二百輛爲運糧之用

第三節　普通狀况　各站掃除清潔應需傢俱皆已備置哈爾濱滿洲里兩站均設有特别接待室其他各站亦有接待室之設置各站一、二、三、四、各等食堂首重清潔其在大站更務使具飯店之形式

値日車守室亦備有傢俱木器等類

各站均將安設電燈以哈爾濱滿洲里綏芬河長春等大站爲始

第三章　機務處

第一節　人員　中俄職工權利一律平等無國籍之分額內職工大形裁減

一以實地需要額數爲準如附圖第一爲本年與去年各月之比較

第二節　機關車情形

甲　機車之配佈以適用爲主大型之德喀玻得式機車均集中運輸較繁之東南兩路其士字式機車則用於西路

乙　機車廠逐漸著手改良如附圖第二爲本年與去年機車損毀數目之比較

丙　機車之修繕多及時告竣且各車無大毀傷故無須大加修繕如附圖第三

丁　機車所需燃料因稽核頗嚴綦形節約如附圖第四爲本年與去年一千機車里所用燃料比較又附圖第五爲本年與去年一百萬鋪得里所用燃料比較

戊　機車揩油事項施行稽察給獎辦法結果優良如附圖第六爲本年與

去年運貨一百萬鋪得里消費比較又附圖第七爲本年與去年一千機車里之比較

已　工人量才任使材料用得其當故費款大減

庚　機車等類修繕餘剩之物品均歸工廠貨倉儲存然後交由材料處貨廠保存

辛　客車速度增加開到均與時刻表脗合

壬　機車烟筒用美國式以防火患

癸　客車拖帶重量增至二萬五千鋪得貨車則增十分之一自四萬鋪得至四萬四千鋪得或自六萬鋪得至六萬五千鋪得

第三節　車輛情形

甲　客車修理及貨車之三年定期修理昔在總工廠及各段工廠辦理者均移哈爾濱總工廠辦理以期完善而節經費

交修車輛恢復戰前辦法

乙　貨車之三年定期修繕辦理迅捷如附圖第八貨車駛行之時因軸間出火摘卸數目日少如附圖第十一爲總數之比較附圖第十二爲每一百萬車軸里之比較

丙　客車車輛均裝置電燈有尚在裝置中者如附圖第十三一九二零年底全路裝置電燈之車僅四十五輛至本年十月底已增至一百二十七輛

丁　爲客車將來便利計兩軸車均將易以普利馬諾夫斯基式之四軸車

第四節　給水狀況　水樓鍋機均極潔淨爲防止竊盜燃料設有鎖閉箱而使用亦漸節減如附圖第十六爲取水一立方俄丈所用燃料之比較

第五節　電氣狀況　哈埠電綫日加擴充自哈爾濱地包發電之綫漸改由總工廠發電而各站地包悉設電燈之舉亦已擬有計劃及預算電業之發達

如附圖第十七

第六節　經濟之結果　因機車及車輛修善之改善速度及拖載力之加高生產力大形發達而物料則得節用之旨故預算第五章規定之經費實際上業經縮減如附圖第十八

臨時工務處長阿列克散德羅夫車務處長

沃宜託夫機務處長喀林等署名

鐵路管理局局長沃斯特羅烏莫夫呈爲臚陳營業成績請獎出力人員文

爲臚陳本路去歲營業成績出力人員擇尤懇請奬勵仰祈鈞鑒事竊本路一九二一年營業及各項收入情形業經局長於上月詳報公司查去歲列車行程統計比較預算僅超過百分之二然搭載旅客計達二十八萬人軍人七萬八千人運輸貨物四千零七十萬布特行李二十二萬五千布特之多已超過預算百分之四十四雖處此積困之餘整頓耗欵爲數不貲尤能於營業預算項內收入盈餘七百萬之鉅除補特別營業預算之虧數外計盈餘二百五十萬元既無借欵又乏外助而復償還積欠計九百萬元洵非易易實局長初料所不及此外如技術之整頓情形局長曾以第八一零六號公文呈報亦在案凡此種種足徵去歲一年本路營業不無成績可言苟非我督辦鴻猷偉略路員黽勉將事曷克臻此竊以整頓路務端賴佐理之才鼓勵勤能實賴酬庸之典用敢開具各員履歷呈懇轉請中國政府頒給勳章以彰

勞勤而資激勸所有職局辦事出力人員擇尤懇請獎勵緣由理合具文呈請

鑒核訓示施行謹呈

督辦宋

局長沃斯特羅烏莫夫呈

勘誤表

頁數	行數	原文	訂正
八	後面第三行	下車步行視警	警改察
十四	後面第四行	各廠偶彼偷竊	彼改被
二十	後面第六行	最爲着名	着改著
二十六	後面第一行	易於辦認	辦改辨
二十八	前面第十二行	集舍時	舍改合
四十五	後面第十行	濁氣董蒸	董改薰
六十一	後面第二行	車輛修善	善改繕

東省鐵路督辦公所

吁倫見爾
邊孫讀察
執吉書

呼倫貝爾邊務調查報告序

治邊之道。不貴能戰。而貴能守。漢鼂錯論備邊。務徙民實塞。使屯戍益省。輸將益寡。趙充國鎮金城。首策屯田。奏凡三上。其便宜十二事。亦不外貴謀賤戰。先爲不可勝。以待敵之可勝旨哉言乎。旨哉言乎。後之談邊防者。其孰能外之。近世以來。五洲棣通。列强競進。不憚探險拓地。以爲領土。可謂好勤遠略矣。然每得一地。必實行其殖民政策。誠以有人有土。非侈言廣漠。所能坐守。無古今中外。其道一也。我

朝龍興東土。首先征服東海窩集。暨薩哈連諸部。康熙二十八年。復征服羅刹於雅克薩城。定尼布楚額爾古訥河界約。自外興安嶺。以達於庫頁島。無遠無近。悉主悉臣。自時厥後。垂二百年。無一將一卒之守。而邊境安於磐石。罔由威德遐暨。大小畏懷。亦中外時勢未移。得以晏然無事也。迨咸豐季年。俄人乘我無備。進據黑龍江左。及烏蘇里江以東至海濱之地。定瑷琿北京兩約。坐失外興安嶺天險。東北邊界。遂無一不關重要。呼倫貝爾居東北邊界上游。西北迤東。處處與俄爲隣。西南控制喀爾喀外蒙古。東南屏蔽黑龍江省城。東清鐵路。自西

邊入境。貫穿黑龍江吉林腹地。又經庚子之變。客主易情。籌防尤急。光緒丁未冬。小濂奉

命權鎮斯土。目睹殘破之餘。熟計防維之要。以爲行政次第。首在邊務。而籌邊必先實邊。實邊必

資屯墾。明年春。因請

省署奏於

朝變通卡倫章程。以守以耕。通力合作。務使戍卒堅久安之志。後來無失所之虞。擘畫綢繆。規模略具。顧邊荒寥落。憑藉毫無。絕塞孤懸。險度非易。百聞不如一見。知己尤貴知彼。自非實地視察。何以施措咸宜。洎夏時和凍解。水陸可通。檄令調查員揀選知縣齊守謙。測繪員巡檢趙春芳。將弁高等生曲觀海。差遣員府經歷慶祿等。分道詳勘。自五月至十月。凡六閱月。歷千五百里。陸行則疊嶂森林。道路未闢。水行則荒谿絕澗。舟楫難施。以至炎暑蚊蝱。秋風雨雪。靡險弗履。無苦不嘗。乃隨行隨記。隨記隨圖。歸而參互鈎稽。詳繪編輯。又竭五月之力而竣事。計分篇二十有一。而括以十三門。首國界。嚴疆域也。次河流。次山脉。辨形勢也。次地質。次氣候。明土宜也。次物產。著地利也。次部落。重屬人也。皆就固有者言之也。至欲保其

固有。而謀所以布置之。則不能無事於人爲。故次之以卡倫。以植屯墾之基。次之以治所。以立遠大之規。次之以交通。以謀轉輸之利。次之以稅務。以收利權之失。次之以兵防。以銷侵軼之萌。而後終之以俄屯。以見彼族經營之實。籌我國制禦之方。取則不遠。於伐柯。補牢猶及其未晚。既條分而縷晰。庶本末之兼賅。復附益以圖表。發明其見狀。既詳既實。秩如瞭如。舉而行之。推而利之。此其依據矣。雖然。理論者事實之母。才智者幹濟之資。天下事言之非艱。行之維艱。行矣而靡不有初。鮮克有終。古人於此。尚兢兢焉。矧小濂之庸鶩無似。可與圖成功計久遠乎。後之君子。洞觀時勢。熟權利害。尙有以補救而廓張之。幸甚。

宣統紀元閏二月既望暫護呼倫貝爾副都統學部二等諮議官花翎二品銜　軍機處存記道宋小濂序

午卯初至克類木斯克車站換車。遂下車。候由赤塔所來之車。是日天寒。水已凝冰。午初赤塔火車至。遂登車開行。未刻至吉代矣司季克。（吉代即俄言中國人）拉及拉茲得車站。蓋赴滿洲里。中國界東清鉄路。即由此分路。故謂吉代亦司季。東南行二十里許。過黑龍江。（俄人謂此爲石勒喀河再上游即鄂嫩河）橋係石柱鉄梁。申初至阿得力阿挪夫克車站。停三小時。火車至此。盤山而行。曲折高低。不直不平。車行極難。前後用兩機汽車推挽之。且不敢速行。酉刻至邪大羅夫車站。停一小時。據俄人云。此一帶之山名牙布羅斯闊矣。國類。因此山多盤道。華人遂呼曰盤山。戌初至布力牙特。（布力牙特即歸俄國之蒙古）斯克牙站。停一小時。至此則樹木甚少。山勢亦低。二十九日巳初至娑可圖矣車站。停一小時。至此則均平原土嶺。午初入中國境。至滿洲里換車回倫。

五十一 二

之高低遠近。因時促人少。測量器械不全。恐不無少差之處。尚乞鑒諒。

一山河卡屯之名。或蒙古音。或俄音。均就沿邊華民所通稱者而譯之。以期舉而易知。如有與他書稍異者則註明。以備參考。新命名者。統用漢文音義。

一界內物產種類甚多。僅就見聞所及。有關實用。擇其大者要者而言之。其他未聞未見之物。概不採入。

一邊備久弛。在在皆須整頓。故不揣冒昧。於已辦擬辦未辦諸大端。每妄參末議。以陳其梗概。明知一得之愚。未必有當。然以身歷其境。僅就管見所及言之。以竊附芻蕘之意。

目錄

上卷

河流一　額爾古訥河之源委廣遠及港汊。
河流二　額爾古訥河右岸之支流及名稱。
第三
山脉　額爾古訥河右岸各山。及大小形勢。
第四
地質　額爾古訥河右岸平原大小。及肥瘠。並種植所宜。
第五
氣候　額爾古訥河右岸。寒暖度數。
第六
物產一　額爾古訥河右岸山中鳥獸及皮革。
物產二　額爾古訥河及右岸支河產魚種類。並如何捕取。
物產三　額爾古訥河右岸。各項礦產。及已採未採。

物產四　額爾古訥河右岸樹木果品及羊草

第七

部落　界内山中鄂倫春及收籠方法。

下卷

第八

卡倫　邊界卡倫之沿革及見今分設數目。並相距遠近。

第九

治所　界内設治處所。及商塲。

第十

交通一　界内道路之遠近夷險衝要。並應如何開通之處。

交通二　郵車。

交通三　額爾古訥河行船。

交通四　界內應設電綫之處。

第十一

稅務　界內木植羊草牧畜皮張各樣。如何徵收。及數目。

第十二

兵防一　界內土匪及俄匪之闌入。何處最多。並應如何設防。

兵防二　沿邊何處最爲險要。可以屯兵。

第十三

俄屯　界外俄屯之大小疎密。及兵村民村。生產風俗。

附錄假道俄境調查記。

第一國界　天然界綫與人爲界線之沿革。及見今之定界。

先王疆理天下。首在嚴界域辨華彝。蓋國界所在之處。即國權所至之處。亦即國際之所由生。呼倫貝爾。實我東北上游邊防要地。其正西稍北。與東北一帶。均與俄國爲鄰。尤界學家所宜注意者也。然考前代歷史。其地多未隸版圖。唐虞三代之時。地在荒外。其詳不可得聞。七雄之世。稱燕國北有東胡山戎。亦未指其地之所在。至秦幷六國。東胡擾邊。築長城以禦之。凡長城外東北之地。咸目之爲東胡。蒙恬復斥逐匈奴。收河南地。匈奴遂北遷。漢武帝專務拓邊。遣大將軍衛青出塞北征匈奴。至於盧朐。（即今克魯倫河）爲中國兵力至呼倫貝爾之始。當是時。匈奴遠遁漠北。滅東胡分左右部。倫境遂爲匈奴左部。漢桓帝時。鮮卑盛强。盡據匈奴故地。分爲東中西三部。倫境遂爲鮮卑東部。在晉則爲地豆于國。南北朝爲烏洛侯屬地。按
皇朝文獻通考云。烏洛侯即俄羅斯。爲元魏先世所居地。又魏書序紀宣皇帝南遷大澤。方千餘里。厥土昏冥沮洳。謀更南徙。未行而崩。獻皇帝時。有神人言于國曰。此土遐荒。未足以建都邑。宜復徙居。帝衰老。乃以位授子聖武皇帝。詰汾奉帝命南移。山谷高深。九難八阻。於是欲止。有神獸。其形如馬。其聲類牛。先行導引。歷數年乃出。始居匈奴故地。證以圖里琛所記。匈奴故地即今喀爾喀。倫境西與喀爾喀密接。其爲烏洛侯國無疑。至烏洛侯即俄羅斯。實無確據。考俄羅斯性質。的是歐洲種類。且南北朝時。其勢尚未東漸。其以烏洛侯即俄羅斯。恐

非是。北魏南遷通中國。烏洛侯仍居其地。魏眞君四年。烏洛侯國來朝。稱其國西北有先帝石室。室有神靈。是歲遂遣中書侍郎李敞告祭。斬樺木以置牲體而還。所立樺木成林。其民咸神奉之。今額爾古訥河左右岸。延內興安嶺一帶。多產樺木。亦其證也。又四夷傳云。勿吉在高句麗北。室韋在勿吉北千里。地豆于在室韋西千餘里。烏洛侯在地豆于北。去代都四千五百餘里。西北行二十日。有于已尼水。即北海也。蓋當兩晉南北朝之時。此數國犬牙相錯。游牧無常。遞爲雄長。至隋代突厥最强。其始自木杆可汗北併契丹後。拓境日廣。自遼海至西海。東西萬里。自漠北至北海。五六千里。周齊皆畏憚之。後分東西兩部。今俄羅斯西伯利亞部。皆屬東突厥。倫境即其東部地也。唐代突厥衰微。高宗破之。凡僕骨拔野古等。均在今呼倫貝爾地皆爲羈縻郡縣。唐末五代之時。渤海靺鞨種人强盛。西併契丹。盡得夫餘沃沮地。方五千里。建國於室韋山。至宋契丹强。復其故地。改國號遼。室韋之地。盡爲屬國。故有黃皮子室韋。黑車子室韋共二十餘部。今倫境之室韋山。並室韋公特嶺。所由名也。按黑車子善作車帳。其人知孝義。地貧無所產。契丹之先。爲回紇役。後背之。走黑車子。遂學作車帳。今倫境蒙古車之氈帷，尙自作也。又朔方備乘北徼圖說，載契丹東北至嫗厥律，水出大魚，契丹仰食。又多黑白黃貂鼠皮，其人最勇，鄰國不敢侵。蓋即今呼倫貝爾地。又遼道宗曾泛舟黑龍江，即額爾古納河下游又置鎮州建安軍節度，築城曰古可敦。在今克魯倫河北專捍衞室韋、突厥，則倫境之爲遼屬地可知。南宋之時，生女眞越興安嶺而西，其廣吉利諸部，常游牧於呼倫貝爾兩池。今倫城西北三百餘里有東西一帶之界壕，舊圖註謂金源邊堡者，即金人博果勒之所浚也。至元代發祥於斡難河，即今黑龍江上游發源於大肯特山亦名敖嫩河奄有漠北之野，塔塔兒部、宏吉剌部均爲所吞併。跨怯綠憐河之地，即克魯倫之轉音太祖封弟斡赤斤，今倫城北二百五十餘里根河北岸，有故城基，城四面共二千步，內有高土臺一，南北長五十步，東西寬二十五步，破琉璃瓦亂積其中。東西路直貫，爲俄人入山者所踐。西門外有水泊，水清而不見底。相傳宏吉剌氏之所居。後入中原，遂以其地爲嶺北行中書省，治和林，即今庫倫。倫境西與庫倫接壤，其爲嶺北省所統治也可知。至明太祖伐元，拔大都，即今北京元嗣主愛猷識理達臘復奔和林，六傳至坤帖木兒，未幾被弒，鬼立赤篡立，爲可汗，去國號稱韃靼。永樂六年，阿魯台殺鬼立赤，迎元裔木雅失里立之嗣。因殺明使。成祖乃北踰闊灤海。以擊破於斡難河。木雅失里復爲瓦剌所襲。徙居臚朐河。成祖復親征。踰臚朐河。至闊灤海。（即今呼倫池轉音）木雅失里衆潰散。阿魯台降。木雅失里爲瓦剌馬哈木所殺。阿魯台擊破瓦剌。漸驕蹇入寇。帝親征破之。東走兀良哈（即布特哈地）。當太祖之時。置朶顏泰寧福餘三衞於兀良哈。後三衞亦陰附韃靼。常爲邊患。倫境東接布特哈。實亦韃靼之往來游牧地。統觀歷代之沿革。古人皆未身履其地。所書多出傳聞。未必盡確。土人不講文字。又無紀載可考。不過約略言之。然或爲外夷。或爲敵國。或朝貢。或征討。雖遼金元之拓地廣遠。亦大率部落散居。爲諸王封地。從未有如我

朝之混一區宇。實隸幈幪。我疆我理者。我

太祖高皇帝於癸未征尼堪外蘭。此用兵黑龍江之始。天命元年七月丁亥。遣大臣率兵二千。征薩哈連。（即黑龍江）八月丁巳。駐營黑龍江南岸。凡附近黑龍江呼爾哈部。索倫部。諳達琿塔庫喇喇路。（方略云即使犬部）諾羅路。（即鄂倫春又名使鹿部）均相率來歸。十年。太宗命阿賴達爾漢率外藩蒙古諸貝勒。往追茂明安部下逃入至使鹿部。喀木尼堪地方。招集葉雷舍爾特庫巴古奈

土古等及其從役家口來献。凡沿黑龍江南岸之索倫部。遂無不奉正朔稱臣妾矣。按使鹿部。即今額爾古訥河右岸山中之鄂倫春人。所使之獸。俗謂之四不像。其形似鹿。故謂之使鹿部。至順治初年。羅刹（即今沿邊俄羅斯人）始吞併尼布楚地。又東竊據雅克薩築城以居。後。遂屢爲邊患。索倫達呼爾諸部。皆被其侵掠。康熙二十一年。始命將出師數旛撻伐於呼馬爾河。駐兵相持。羅刹乃懷德畏威。不敢狡焉思逞。二十八年。遂命領侍衛内大臣會同俄使於尼布楚城。議定黑龍江界約。立碑額爾古訥河岸。其第二條云。將流入黑龍江之額爾古訥河爲界。河之南岸屬中國。河之北向屬俄羅斯國。此即天然界綫之屬於呼倫貝爾東北者也。但查額爾古訥河見今之流域。其大勢係北流入黑龍江。有東西岸。無南北岸。而約内言南北岸者。或以將近黑龍江處。河水微曲而東。故曰南北岸與。雍正五年。議定恰克圖界約。第三條内云。查羣敖拉之卡倫鄂博至額爾古訥河岸蒙古卡倫鄂博以外。就近前往兩國之人妥商設立鄂博爲界。復查是年議定恰克圖東西鄂博案内有云。由布爾古特依山南巴彥梁起。至東邊額爾古訥河源。阿巴哈依圖（即阿巴該圖）山分界。共立鄂博四十八處。但倫境所設之地約文則均未載明。復查是年所定之阿巴哈依圖約。共立鄂博六十三處。自查罕敖拉卡倫鄂博至額爾古訥河最高處之中國卡倫在此附近一帶。設鄂博五座於舊有鄂博之塔爾郭達固向北草地上。設第五十八鄂博舊有卡倫之查罕烏魯向北貼近沙羅鄂拉嶺。設第五十九鄂博舊有鄂博之塔奔托羅海向北。貼近博羅托羅海嶺。設第六十鄂博舊有卡倫鄂博之索克圖向北附近嶺上。設第六十一鄂博舊有鄂博之額爾庫里托羅海向北。附近之最高處設第六十二鄂博額爾古訥河之右岸正對海拉爾河之中間。在阿巴哈依圖嶺之凸出處設六十三鄂博。此即人爲界綫　屬於呼倫貝爾正西稍北者也。今查塔爾郭達固。即塔爾巴幹達呼山在倫城西北四百五十餘里高四十餘丈。孤峰特出。石均黑色。上有鄂博二。爲倫城西北國界之起點。山下地勢漸窪。其西南即喀爾喀界。南距五里許。有界牌。中書滿蒙文字。係倫境與喀爾喀分界處。聞此界牌十年一換。光緒三十二年。經總管車和札會查換立。所書之字即某人於某年月日會查所記。其北即俄境薩拜嗚省界。惟符舊界約云。於舊有鄂博之塔爾郭達悶向北草地上設第五十八鄂博今在草地上之鄂博無從查考即暫以此山頂之舊有鄂博爲界擬在此添設卡倫一處由此東行五里俄界內有水泡名下巴爾（按蒙語下巴爾多泥也）縱橫約一方里旁有俄屬布拉牙特人游牧之牛羊羣布拉牙特與外蒙古及倫屬之新巴爾虎旗人同　同種自明代已隸俄國再東十餘里即俄鐵路沙爾松東站站西里許有俄村一約十餘戶東南二十餘里即查罕烏魯又名查罕敖拉（按蒙語查罕白也敖拉山也）在倫城西北四百餘里高八十餘丈西北距塔爾巴幹達呼山約五十里東距鐵路六里許南距東清鐵路首站之滿洲里七八十里查罕敖拉新設卡倫在該山之陽相距約三四十里爲滿洲西北最大之山相連數峰山石層疊其北高山頂上舊有鄂博二北距三百八十步微低山頂上有新立鄂博二因舊鄂博之平石上題字數行文曰呼倫貝爾副都統宋派委員某於某年月日勘界至此東南距五里許極高山頂有俄人所立之木架然舊界約則云於舊有卡倫鄂博之查罕烏魯向北貼近沙羅鄂拉嶺設第五十九鄂博今則沙羅鄂拉嶺鄂博無從查考矣復由此東南行二十餘里即俄鐵路馬七也夫斯基

車站。站南三里許。鐵路旁有俄人所立之木標。上釘雙頭鳥鐵牌。中書俄文。爲鐵路入中國之起點。蓋此站在中俄交界之區。東清鐵路。與西伯利亞鐵路。應在此處聯接。乃兩鐵路汽車來往交換處。則不在於此。而在南去四十里中國界內之滿洲里站。站北十餘里有東西邊壕一道。甚長。即舊地圖所註之金源邊堡。詢之土人。謂爲金太祖所築。再由此過鐵路東二十餘里。即塔奔托羅海。（按蒙語塔奔五也托羅山也）在倫城西北三百六十餘里。西北距查罕烏魯約四十餘里。此山並列五峰。中峰漸高多石。附近西北微高山頭。有分界鄂博二。近南極高山頭。有俄人所立之木架。東南十數里。即舊鄂博。山中有鄂博二。山不甚高多石。迤西南里許。即滿洲里車站界壕。再東三十餘里。越數峰。即索克圖。又名蘇克特依。在倫城西北三百五十餘里。山勢頗高。周圍皆山嶺環抱。近北微低山頭。有鄂博二。爲分界處。山之陰有小樺樹若干株。山南有小泉二。泉水甚王。此處舊有卡倫。刻已作廢。由此而東。皆山嶺相連。東距二十餘里。即額爾庫里托羅海。又名額爾德尼托羅海。（按蒙語謂寶貝山也以山石多綠黑色故名）在倫城西北三百三十四十里。山不甚高。中有鄂博二。爲分界處。再由此東南行。

三十餘里。即阿巴哈依圖。又名阿巴該圖。在倫城西北三百一二十里。山不甚高。與西北邊界各山。皆山脉相連。分界鄂博在山頂之中。近東南。額爾古訥河南岸微高山頂。有俄人所立之鄂博。上立十字架。偏東有小亭一。北距四五里。即俄屯阿巴該圖。南與我界新設卡倫相距十餘里。由塔爾巴幹達呼山至此共一百八十餘里。所立鄂博各山。共計有六。其無鄂博之空地。即以各鄂博相對之直線約計。由阿巴哈依圖折而東北。則以額爾古訥河爲中俄國界。河之東岸爲我屬。河之西岸爲俄屬。但額爾古訥河之上游。即海拉爾河。海拉爾河由東南來注。流至此分而爲二。一沿東岸流。一沿西岸流。下游至十餘里。又合而爲一。中間淤爲一洲。長約十餘里。寬三里許。羊草豐茂。其西岸之水。較東岸之水。約寬二丈。俄人欲侵佔河洲之地。遂指沿東岸者爲正流。沿西岸者爲支流。光緒三十四年秋間。因刈羊草。曾相爭執。至今尚未確定。額爾古訥河由此折而東北流。四十餘里。傍我岸有一水泊。名薩布特諾爾。再東北流五十餘里。有新設防邊之孟克西里卡倫。對岸俄屯。名開拉蘇台。再北流九十里。右岸即新設防邊之額爾德尼托羅輝卡倫。對岸俄屯名都埒以。再北流八十里右岸。即新設防邊庫克多博總卡倫。對岸俄屯。名四大列矣粗魯海十。再東北流五十里右岸即新設防邊巴圖爾和碩卡倫。對岸俄屯。名那維矣植魯海圖。再北流五十餘里右岸即新設防邊之巴雅斯胡郎圖溫都爾卡倫。對岸俄屯。名卓爾果里。再北流五十餘里右岸。即新設防邊之胡裕爾和奇卡倫。對岸俄屯。名布拉。再東北流五十餘里右岸。即新設防邊之巴彥魯克卡倫。對岸俄屯。名伯爾今斯克。再北流六十里右岸。即作廢之西伯力布拉克卡倫。對岸俄屯。名別勒布得雷。再北流二十里。即新設防邊之球爾特依卡倫。對岸俄屯。名汽羅布新斯克。再北流八十里。即新設之吉拉林設治局。西南對岸俄屯。名臥牛槐。西北對岸俄屯。名敖洛氣。再北流五十里右岸。即新設防邊之莫里勒克卡倫。對岸俄屯。名一勺嘎。再北流八十里右岸。即新設防邊之畢拉爾河卡倫。對岸俄屯。名畢拉。再北流七十餘里。即新設防邊之牛爾河卡倫。對岸俄屯。名瑪林巴西洛夫。再北流七十餘里右岸。即新設防邊之珠爾干河總卡倫。對岸俄屯。名烏奚洛甫。再北流十餘里右岸。即新設防邊之溫河卡倫。對岸俄屯。名葛其雅。再北流九十

十二

餘里右岸。至擬設防邊卡倫之長甸。距對岸俄屯魯畢約三十里。再北流一百五十里右岸。即新設防邊之伊穆河卡倫。對岸俄屯名烏留賓。再東北流九十餘里。至擬設防邊卡倫之奇雅河口。對岸俄屯名穆赤堪。再東北流二百里右岸。即新設防邊之永安卡倫。對岸俄屯名一各大其。再東北流八十餘里。至額爾古訥河口右岸。即新設防邊之額勒和哈達卡倫。對岸俄屯名因克了廓。按此處應有界碑。今已無存。由塔爾巴幹達呼山東南至阿巴該圖。折而東北至額爾古訥河口。延長一千五百餘里。開國至今二百餘年。不但屬於天然者。尺寸未失。即屬於人爲者。其山嶺鄂博。亦尚能循名而責實。惟沿邊俄民往往有越界之事。康熙二十八年。在尼布楚所定條約第二條有云。將額爾古訥河南岸眉勒爾喀河口。（即莫里勒克之轉音）所有俄羅斯房舍。遷移北岸。嗣後雖將房舍遷移。而我界尚無居民。越界之俄人。仍難時時查禁。乾隆二十五年。由塔爾巴幹達呼山至布魯河設立卡倫十二。（名目章程詳後卡倫章內）以防俄人越界。光緒十年。因防俄人越界挖金。復由布魯河以北至額爾古訥河口。設立卡倫五。越界之事。乃因之而稍息。庚子之變。俄人乘釁而起。驅逐我華人焚毀我卡倫。盤踞我金礦。安設水磨。墾種荒地。河中之魚。山中之草木鳥獸。均一任其取携。三十二年。經前任蘇副都統。復設卡倫十一處。僅由查罕敖拉至珠爾特依。以蒙人坐守。彼時經前巡撫程公將吉拉林金廠收回。三十三年。復報稱俄人在吉拉林南北一帶越墾居住。經蘇副都統派蒙員前往驅逐。根株仍未淨盡。是年冬宋副都統權鎮斯土。越明年春。咨請省署。變通沿邊卡倫。坐卡蒙兵。一律撤換。招募農民爲卡兵。興辦屯墾。以實邊境。復訂立俄人越界刈草伐木納稅章程。其越界安設水磨墾地挖金。一律禁止。沿邊之主權利權。逐漸收回。溯查俄人越界之故。一原於彼界山童土瘠。牧養牲畜。需用材木。非仰給於我界。實無以爲生。一原於我界之草木豐茂。物產富饒。向爲彼族所艷羨。一原於我界空虛。如入無人之境。一原於蒙人愚弱。以小利餌之。即任彼所欲爲。有此數因。積久遂成爲相沿之習慣。加以庚子亂後。我沿邊一帶之地。彼直視爲已有。今令其照章納稅。實亦非彼所情願。然猶不得不從者。誠恐我一律封禁耳。設使不令其納稅。亦不准其越界。彼實有性命之憂。不惟力之所不能。且亦勢之所不必。當此世界大同。各國均有交通之便。其優勝劣敗之比例。不在乎邊禁之寬嚴。專在乎邊備之疏密。與實業之興廢。我誠能完整邊備。振興實業。對於內可爲一極大之殖民地。對於外可爲一最近之交易場。國界既不至內蹙。主權人不使外溢。於當今時勢。庶幾得之。

謹按陸路邊界。雖各設鄂博。然年久失修。且新舊參錯。恐多疑誤。水路雖有河流。而港汊歧出。中間淤洲。屬此屬彼。往往爭執。易生界務交涉。亟應咨明外務部。照會俄使。兩國派員會同照約查明。陸路重立界碑。水路立案聲明。以垂久遠而免轇轕。

第二河流一　額爾古訥河之源委廣遠及港汊

額爾古訥河之上游在倫城西北三百二十里逼近阿巴該圖山西即海拉爾河下游蓋海拉爾河由東南來注至此遂分二派一支流繞阿巴該圖山南向西南流爲達蘭鄂洛木河流至六十餘里入呼倫池而止其正流則由阿巴該圖山西向東北流即爲額爾古訥河水道曲折一千七百五十餘里至額勒和哈達卡倫西北流入黑龍江唐書稱爲室韃河南北朝時稱爲完水元史名也里古訥河又名也兒古訥河秘史謂之額而古訥河然唐書謂室韃河源出呼倫池會典及水道提綱則均稱額爾古訥河上源爲克魯倫河今查克魯倫河匯鄂爾遜河流入呼倫池即潴而不流達蘭鄂洛木河由海拉爾河入呼倫池亦潴而不流彼以額爾古訥河源出呼倫池克魯倫河爲額爾古訥河上源者蓋未見達蘭鄂洛木河水流之方向謂達蘭鄂洛木河非由海拉爾河流入呼倫池係由呼倫池流入額爾古訥河也豈不誤歟其所以與海拉爾河同源異名者緣河流至此作大轉折形如人曲腰以手遞物額爾古訥蒙古語謂以手遞物也故名由額爾古訥河上游北

流三百七十餘里至庫克多博。水勢尚不甚大曲折甚多。水流亦緩寬不及十丈。深處亦僅及丈。由庫克多博再東北流三十餘里。有根河自東南來注水勢漸大然寬處僅十丈餘。水深尚不及二丈由此再東北流四百九十餘里。有牛爾河（一名貝子河）自東南來注兩岸皆山嶺夾峙又地勢高下迴殊河水驟大而急寬處約十五丈深處約三丈餘。舟行至此。無論上下均極險難由此而下匯衆河之水奔流浩蕩貫入黑龍江直有一日千里之勢。其港汊則海拉爾河轉爲額爾古訥河之處分爲二汊中隔一洲。一沿東岸流。一沿西岸流。北流三十餘里復合爲一。河洲之地長約二十餘里寬十里許。再北流四十里右岸有水泊一。名薩布特諸爾。縱橫約一方里。再北流六十里至孟克錫里卡倫東南三里許。有二水泊相連縱橫約二方里。水含鹼質卡倫之北我岸有一河汊北流六十餘里復合而爲一此汊之水時深時淺。間有間無其寬處有與正河等者淺處有與地平者。俄人謂此爲老河故道想亦意度之詞。非查明劃分終多轇轕。再北流四十里至阿魯哈當蘇山東近右岸有一水泡。名洪吐諸爾。再北流五十餘里。額爾得尼托羅輝卡倫北岸有一河汊寬僅丈餘。再北八十里庫克多博卡房北。近右岸有相連水泊三處。再北流二十五里。巴圖爾和碩卡倫南有二水泊。再北流二十五里至俄屯挪維矣粗魯海圖對岸我界有一河汊。寬約二丈餘。北流五里許復合而爲一。再東北流五十里。巴雅斯胡郎圖溫都爾卡倫北。近俄岸有一河汊。北流二里許。復合而爲一。再東北流七十餘里。巴彥魯克卡倫北。近俄岸有一河汊。北流三里許復合而爲一再北流六十里。珠爾特依卡倫南相連有河洲三洲中之地均不甚寬近卡房東逼俄岸。復有一河汊西北流二里許復合而爲一再東北流三十里。我岸有一水泊。縱橫約一方里。新命名曲水泡。再東北流一百一十餘里眉勒爾喀河入額爾古訥河之水。分二汊。莫里勒克卡倫。即在河洲之中北逼俄岸。相連復有二小河洲。再東北流一百五十餘里。俄屯魚立牙之南。逼俄岸有一河汊。北流二里許。復合而爲一。河洲之地柳叢甚茂。再東北流一百一十餘里。當珠爾干河入額爾古訥河之北。相連有河洲三。洲中之地。柳叢甚茂。再北流五十餘里。當庫魯干河入額爾古訥河之處。相連有河洲四。洲中之地均不甚寬。由此而下則兩岸之山相距甚狹。水勢甚大。雖間有河洲皆水漲則沒。水落則出。至入黑龍江處。復分二汊，一東北流十里許入黑龍江。一西北流五里許入黑龍江。河洲之地。亦有柳叢。

謹按河中港汊洲渚。屬中屬俄。向無明文。往往各執一說。易生交涉。應由兩國派員會同查明。以河水較大能航行者爲額爾古訥河正流。繪圖立案。永遠爲據。免生界務轇轕。

河流二　額爾古訥河右岸之支河及名稱

額爾古訥河。由阿巴該圖北流。至庫克多博三百餘里，右岸並無支河。由庫克多博東北流三十餘里。始有根河。發源於伊克呼里阿林。西北流四百五十餘里入額爾古訥河。根河亦名旱河。元史謂之犍河。秘史謂之刋木連河。元初合答斤等十一部立札木合爲局兒罕於此。水寬十丈深一丈五尺。距河口三十餘里。有新立官渡。渡船二隻。此渡口爲華俄商旅必由之路。俄人販運烟酒。避彼國禁。今皆由此潛越。華人販運烟酒。並入金廠作工者。亦必由此渡河。統計華俄來往各車。日有十數輛。爲沿邊扼要之區。再北流二十餘里。巴圖爾和碩卡倫南。有特勒布爾河。發源於內興安嶺之西。匯喀布勒河諾勒霍諾河。曲折西流。二百九十餘里。入額爾古訥河。水深二尺。寬四丈。再東北流九十餘里。近巴雅斯胡郎圖溫都爾卡倫南。有一小河。寬五尺餘。自東南山內流入額爾古訥河。再東北至胡裕爾和奇卡倫南。有胡裕爾和奇河。自東南來注。水不甚寬。再北至巴彥魯克卡倫南。有珠魯克圖河。近北復有約羅奎河。皆自東南來注。河水均不甚寬。再北六十餘里。近西伯力布拉克卡倫北。有小河自東南來注。再北至珠爾特依卡倫南。有珠爾特依河自東南山內來注。寬五尺。深半尺。珠爾特依卡倫北。即布魯河。自東南來注。寬不盈二丈。再北鐵現山南。有色木特勒克河。自東南來注。寬五尺。深一尺餘。再東北至吉拉林。有哈拉爾河。即占拉林河源出內興安嶺北麓。曲折西北流。一百九十餘里。入額爾古訥河。水寬一丈。深一二尺。再北至平泉子南。相連有三小河。河水均不甚寬。來脈亦促。自東南山內來注。再北至莫里勒克卡倫南。有小河。俄人名爲都一次。其北即眉勒爾喀河。俄人名爲木尺干。源出內興安嶺北麓。曲折西北流。一百九十餘里。遂分二汊。一正西流。一西南流。皆入額爾古訥河。舊卞倫房即在河洲之中。水寬約五丈深二尺餘。再北至俄屯阿拉公斯克對岸。有二小河。自東南來注。其北即遜河。水勢甚小。再北復有小河。俄人名爲繞爾納過夫克。再北有額爾奇木河。畢拉爾河。畢拉克産河。古爾布奇河。均自東南山內來注。水勢甚小。來脉亦促。再北有吉林子河。寬五丈深二尺。自東南山內來注。對岸即俄屯之繞登科。再北有阿木毗河。俗名安皮戸河。寬二丈深一尺。自東南山內來注。對岸即俄屯之魚立牙。再東北即牛爾河。俗名貝子河南距牛爾河卡倫十二里。發源於內興安嶺之西北麓。曲折西北流五百餘里入額爾古訥河。寬八丈深處約一丈五尺。河水清澈。與額爾古訥河匯流十餘里。猶清濁分明。再北有小河名阿巴河。阿巴河之北。復有二小河。皆自東南來注。再北即珠爾干河。新設總卡倫於此。河寬二丈深一尺。自東南來注。對岸即俄屯五西羅甫。再北至孫元寶店相近有四小河。自東南來注。稍大者名庫魯千河。再北至溫河卡倫。有小河七。均自東南來注。逼近卡倫之北即溫河。寬四丈深一尺餘。發源於內興安嶺西北麓。曲折西北流二百一十餘里。至卡倫北里許入額爾古訥河。再西北二十里有烏瑪河。發源於內興安嶺西北麓。曲折西南流二百餘里。入額爾古訥河。再西北有大吉嘎達河。小吉嘎達河。札克達奇河。再東北復有小河八。均自東南來注。再北至伊穆卡倫。有伊穆河。發源於內興安嶺西麓。曲折西北流二百八十餘里。經卡倫北入額爾古訥河。寬二丈。深一尺。再折東北至額爾古訥河口。復有二十餘小河。其有名者曰畢拉雅河。曰托羅爾河。曰奇雅河。曰奇乾河。奇乾河發源於內興安嶺西北麓。曲折西北流一百五十餘里。入額爾古訥河。水寬二丈。深一尺。曰墨河。曰博羅舒斯洛甫喀河。博羅舒斯洛甫喀河發源於內興安嶺西北麓。曲折西北流二百八十餘里。經額勒和哈達卡倫之北。入額爾古訥河。河寬十丈。深五尺。再北即黑龍江矣。

第三山脈　額爾古訥河右岸各山及大小形勢

額爾古訥河兩岸。上游則邱陵起伏。下游則山石崢嶸。其在我岸之山。皆以內興安嶺爲正幹。東北與布特哈墨爾根愛琿各界。亦即以此山脊而分。由凱河（凱河在倫城正東三百餘里）發源之處。土人始以內興安嶺呼之。西與額爾古訥河源。遙遙相對。興安嶺西所出諸水。皆會札敦河以入於海拉爾河。再北起頂曰綽羅爾山。在倫城東三百五十餘里。高一百五十餘丈。長四十餘里。西分一支。行一百五十餘里。至胡裕爾和奇河發源處。再西直臨札敦河東岸。正幹仍北行六十餘里。起頂曰吉勒奇克山。在倫城東三百八十餘里。高一百一十餘丈。長一百三十餘里。西麓爲海拉爾河發源處。再北行七十餘里。至哲爾古勒依河源。（又名珠爾特依）起頂者曰雅克嶺。在倫城東北四百七十餘里。高一百一十餘丈。長一百六十餘里。正幹仍北行一百三十餘里。峯巒突起。羣山排列者曰依克呼里山。在倫城東北八百九十餘里。高二百二十餘丈。長二百八十餘里。爲興安嶺起頂最高之處。山西之水。流入額爾古訥河。正幹稍西仍北行。至舊布魯卡倫。再轉而東行一百一十餘里。至伊穆河發源處。再北行六十餘里。至奇乾河發源處。則亂峯雜沓。森林茂密。直達於額爾古訥河口。按此數山爲內興安嶺幹脈。額爾古訥河襟帶於其西。黑龍江橫貫於其南。儼擅天險之勢。其逼近額爾古訥河右岸各山。皆其餘脈也。當海拉爾河轉爲額爾古訥河處。在左岸者。曰阿巴該圖山。迤西曰額爾德尼托羅海山。曰蘇克特依山。（一名察克台山又名索克圖山）曰塔奔托羅海山。曰察罕敖拉山。曰塔爾巴幹達呼山。皆沿西北國界者也。在右岸者。曰室韋格特山。（又名室韋公特嶺）迤西相連數峯。曰達罕德勒山。迤北曰海拉圖山。曰哈拉呼蘇山。（蒙語黑石也）在額爾德尼托羅輝卡倫以北者。曰額爾德尼托羅輝山。迤東曰三多奈山。曰霍克溫都爾嶺、曰巴德爾山。以上諸山。皆土山帶石。相連如波濤之起伏。無高峯峻嶺。再北當庫克多博總卡倫以東。沿根河南岸者。曰龍頭嘴山。曰慶吉勒山。曰奇雅爾班山。其高處陡起三峯。國語曰依蘭哈達。高一百一十丈。長二十餘里。迤西曰尼克圖魯山。曰溫都爾肯。（蒙語微高也）沿根河北岸者。曰庫里葉爾山。（又名苦列兒山）迤西曰那敏山。曰那魯特台山。曰綽博克托山。附近巴圖爾和碩卡倫以東者。爲新命名之小泉山。（因山下有泉故名）高四十餘丈。長二十餘里。再北突起一峰。當巴雅斯胡郎圖溫都爾卡倫東北者。曰巴雅斯胡朗圖溫都爾山。（蒙古語去皮虎高山也。）高八十餘丈。長十里許。再北當巴彥魯克卡倫東。曰巴彥珠魯克山。（巴彥蒙古語富也珠魯克數之六也）附近卡倫正北。孤山墳起者。曰等級台山。再北沿色木特勒克河北岸。石多黑紫色者。為新命名之鐵現山。（因石含鐵質故名）由吉拉林而下。以至於額爾古訥河口。沿岸皆懸崖絕壁。不可躋攀。當奇乾河之北。衆山環抱。有一孤山特出於羣峰之外者。為新命名之永安山。西北即永安卡倫。再北沿岸有石色如赤霞者。為新命名之紅土崖。再北沿岸有壁立千仞者。曰金剛峰。再北有怪石蹲踞於河岸者。曰臥虎石。當額爾古訥河口。數嶺相連。嶺上平坦者。曰渾特山。由渾特山而東。即為黑龍江南岸矣。

第四地質　額爾古訥河右岸平原大小及肥瘠並種植所宜

額爾古訥河右岸千餘里山嶺綿亘間有平地或在河灣或在山曲或在坡陀非陸地所可比例由塔爾巴幹達呼山至阿巴該圖山陸路共一百八十餘里沿邊均係山嶺雖間有平地沙石相雜不堪耕種者十居八九惟阿巴該圖近臨河岸土脉甚腴由阿巴該圖山渡河至額爾古訥河右岸之庫克多博總卡倫沿岸均有平地長共三百餘里寬或三十里或二十里十里五里不等逼近河岸者土雖黑壤然低下受水僅宜羊草爲極善之游牧場近山麓者則係高原厥土黃沙草短不茂不堪耕種至庫克多博以東沿根河左右岸長三百餘里寬百里或五十里膏原沃壤厥土黑墳微帶沙性水旱無虞爲極善之殖民地附近庫克多博總卡倫以東有前經俄人越墾之田三十餘垧今雖荒蕪然驗其麥根之肥壯則其地之腴厚可知再北行三十里至巴圖爾和碩卡倫沿岸有平地一區縱横約二方里草不甚茂土質中下再由此東行二十餘里越數嶺至新命名之小泉山溝中寬約一里長百餘里土質肥美溝東南有俄人前墾之田約千餘垧再北三十里沿

岸有平地一區。土質肥美。長十餘里。寬二里許。對岸即俄屯挪維矣粗魯海圖。再北五十里。至巴雅斯胡郎圖温都爾卡倫。沿岸有平地一區。中有沙石。草不甚茂。再距此十餘里。東南山溝内。有新命名之黄花嶺。土質肥美。花草暢茂。面積約百餘里。此嶺與小泉山溝相連。約距二十餘里。再北至胡裕爾和奇卡倫。沿岸地勢平坦。土質肥美。草甚豐茂。長十餘里。寬三里許。再北至巴彦魯克卡倫。沿岸皆漫岡。岡上之地平坦肥美。惟近卡之地土不甚厚。中有沙石。再北至西伯力布拉克廢卡倫。近卡之地土薄。草枯不堪耕種。再北至珠爾特依卡倫。沿岸皆漫岡。土厚色黑。草亦豐茂。近卡之地。寬闊平坦。長十五里。寬五里。皆膏腴土地。再北至新命名曲水泡。沿岸皆漫岡。土質肥美。從前半爲俄人所竊墾。今已荒蕪。周圍原立木柵。以阻牛馬蹂躪者。尚在。近泡之地。則皆下隰。土厚草茂。長四里。寬一里。再北至鐵現山山内之地。土厚草茂。縱横約百餘里。再北至吉拉林河口。沿岸之地平坦肥美。長十里。寬二里。再東南距河口三十里。至吉拉林溝中。土地肥美。長四十餘里。寬二十餘里。前多俄人竊墾。今已荒蕪。周圍木柵尚在。再北至新命名平泉子。沿岸土地肥美。縱橫約四方里。中有俄人從前竊墾之田。再北行八里。沿岸有平地一區。內有小房三處。爲前俄人越界墾種時所築。對岸即俄屯之盧溝。再北至莫里勒克卡倫。沿岸之地平坦肥美。長六里。寬二里。迤東山坡內復多沃壤。從前半爲俄人所竊墾。再北行二十里。沿岸有平地一區。土質肥美。縱橫約六方里。對岸即俄屯阿拉公斯克。再北行二十四里。沿岸有平地一區。縱橫約六方里。土質肥美。聞此處向有卡房一間。今但有房基可考。並無名稱。房南有小水溝長十里。俄人名繞爾納過夫克。中產羊草甚茂。地極肥美。對岸即俄屯西連普。再北行四十里。至畢拉爾河卡倫。沿岸有平地一小區。縱橫約一方里。土質肥美。再北行四十里。至吉林子河口。迤東土嶺上。平坦肥美。可以耕種。縱橫約八方里。再北行二十里。至阿木毗河口。沿岸有平地一區。土質肥美。縱橫約六方里。迤東土岡上。地亦平坦肥美。寬四里。長十餘里。中有俄人從前已墾之田二區。再北二十四里。沿岸有平地一區。土厚草茂。縱橫約二方里。聞此向有廢卡倫房。今已無存。舊圖所謂廢卡倫房疑即在此。對岸即俄屯之瑪林巴西羅甫。再北牛爾河口。左右有平地兩區。縱橫約四方里。內有俄人從前墾種之田。周圍木栅尚在。詢聞此河上游平甸頗多。且皆肥美。再北八里。即新命名河甸子。土厚草茂。縱横約二方里。再北十里。沿岸有平地一區。長二里。寬五十丈。再北十五里。沿岸有平地一區。松樺成林。縱横五方里。再北二十三里。至珠爾干河總卡倫。沿岸平坦肥美。長約十里。寬二里。土厚草茂。墾種牧畜均無不宜。再北六里。沿岸有坡地一區。縱横約二方里。土質肥美。內有俄人從前已墾之田數十垧。再北四十里。至孫元寶店。沿岸有平地一區。縱横約四方里。再北十八里。至新命名之松甸。長約二里。寬半里。土地肥美。松林茂密。再北四里。沿岸山溝內有平地一區。土厚草茂。長約三十餘里。寬一里。再北行四里。至新命名之孤松河。沿河口南有土岡。平坦肥美。長約三十餘里。再北六里。沿岸有平地一區。縱横六方里。再北行四里。至溫河卡倫。沿溫河左右岸之地。皆可墾種。但不甚寬闊。再北行八里。沿岸有平地一小區。縱横約一方里。再北行十里。至烏瑪河口。北岸有平地一區。長約十數里。寬一二里不等。羊草甚茂。再北六十里。沿岸有平地一小區。縱横約半方里。再北十八里。至新命名之長甸。寬三里。長五里。土厚草茂。近甸土岡亦平坦肥美。再北行四十二里。至伊穆河卡倫。沿岸之地。平坦肥美。長十里。寬五里。再北十五里。沿岸有平地一小區。縱橫約半方里。再北三十里。至新命名之樺甸。此甸樺樹最多。雜以松樹。茂密可蔽天日。縱橫約四方里。再北行十里。沿岸有平地一區。縱橫約三方里。再北八里。沿岸有坡地一區。延長約五里。再北行九里。沿岸有平地一區。土厚草茂。縱橫約四方里。再北行三十里。至穆赤堪河。土人名爲奇各雅沿岸有平地一區。土厚草茂。縱橫約四方里。再北十餘里。至奇雅克河口。沿岸有坡地一區。縱橫約二方里。再北二十餘里。沿岸有平地一區。松林茂密。縱橫約一方里。再北十餘里。沿岸有坡地一小區。縱橫約半方里。再北八里。至新命名之上方甸。寬二里。長四里。土地肥美。草木茂盛。再北十二里。至新命名之中方甸。長五里。寬二里。平坦肥美。草木茂盛。再北六里。沿岸至新命名之下方甸。土質肥美。縱橫約四方里。再北六里。至新命名之永安卡倫。近卡之地。平坦肥美。寬五里。長六里。羊草甚茂。再北十五里。沿岸有平地一區。縱橫約一方里。再北行六里。沿岸有平地一區。寬半里。長二里。再北十四里。沿岸有平地一區。寬半里。長一里。內有木垛房一間。無人居住。因命名曰一間房。再北行十里沿。岸有平地一區。縱横約三方里。再北十四里。沿岸有平地一區。長二里。寬半里。再北行五里。即至額爾古訥河口。之額勒和哈達卡倫。近卡之地。平坦肥美。寬五里。長十里。内有俄人從前墾種之田。今已荒蕪。僅有華人菜園數畝。考額爾古訥河右岸自根河以下。雖平地無多。然有則皆可墾種。且沿岸山中復多可墾之地。因山嶺崎嶇。松樺叢雜。爲時過促。未能徧履查勘。至種植所宜。蒙人向不知稼穡。種類無從考驗。第查俄人越墾之田。則以麥爲大宗。鈴鐺麥最居多數。緣鈴鐺麥收穫最易且豐。專以飼養牲畜。銷售甚廣。陸路可運至聶爾沁斯克札窩荅。及滿洲里海拉爾等處。水路則由額爾古訥河黑龍江可運至黑河愛琿等處。其次則小麥蕎麥。其他穀類尚無種者。蓋天寒難收故也。俄人所種之田。並無隴畔。惟於初夏時。以犁翻土。即將麥種散播於田中。不用肥料。亦不耘耔。直待秋成時收穫。則沿邊土地之肥美與彼族農學之無進步。均可概見。沿邊雖云天寒。然如百二十日可熟之穀。則尚相宜。粟蜀黍稷三種。試種之或可收成。菜蔬則有白菜。大頭白菜。葱蒜韮黄瓜馬鈴薯芹菜雲豆等。凡此皆沿邊居民並俄屯今所種植者也。

第五氣候　額爾古訥河右岸寒暖度數

額爾古訥河口在京師偏東五度有奇。北緯五十三度三十分有奇。南距熱帶四十度有奇。北距寒帶僅十七度有奇。加以興安嶺横亘南北。深山幽谷不啻雪窖冰天。寒度較京師實增數倍。至三月間。猶冰雪堅凝。且多烈風。居此者仍著皮衣。四月草始萌芽。間復降雪。去年四月初旬。忽降大雪。厚至三四尺。各蒙旗牲畜多爲凍斃。五月間始如京師暮春天氣。至六月則驟然溽暑。當午炎熱。與京師無異。蚊蝱蠅蚋人畜苦之。惟朝暮則凉如深秋。一日之間。氣候不齊。故邊地居民。雖三伏亦備綿衣。山陰之地。掘至五尺餘卽凍。陰嶺冰雪有經年不化者。七月則凉風襲人。漸見早霜。八月則草木黄落。甚至降雪。九月即見大雪。水結薄冰。十月河冰已堅。暢行無阻。自是以往。雖晴日往往霏雪。窗冰凝結。終日不消。室内須置洋式大火爐。滿燃木柴。方可禦寒。出則寒風割面。鬚眉皆冰。行路者身衣重裘。且有皮帽手套皮襪等物。仍難恃以無恐。去年二月。有朱某者。隨設治委員前往吉拉林。途次受凍。將脚指爛斷。聞去冬卡兵。復有將足凍損者。墮指裂膚之苦。古人言之。今日見之矣。夏至晝極長。日出寅初三刻十三分五十四秒。日入戌正初刻一分六秒。晝長六十四刻二分十二秒。夜長三十一刻十二分四十八秒。冬至夜極短。日出辰正初刻一分六秒。日入申初三刻十三分五十四秒。晝長三十一刻十二分四十八秒。夜長六十四刻二分十二秒。昔人有云。漠北之野。夏至前後日入煑羊胛未熟。即天曙。唐書載薛延陀地夜不甚暗。猶可博奕。今六月間調查沿邊之時。雖子夜無燈。尚能辨字。足證前言非妄。但初曉時。則滿河烟霧。相距丈餘。即不能覩物。日出後始烟消霧散。天晴則然。天陰則否。

謹按沿邊氣候雖寒。然自四月至七月。則草木暢茂。發育甚速。俄人耕種二麥皆可收穫。於農事固無妨也。

第六物產　額爾古訥河右岸山中鳥獸及皮革

額爾古訥河右岸。山谿深邃。豐草長林。綿亘千里。其物產之裕。鳥則有鵰鴈鴇鸛土鶴水鴨。水鴨產額爾古訥河食魚千百爲羣味美可食俄人常用槍擊取之　飛龍色似雌雉而極小每隻可半斤重兩翅下及腹毛有大白點兩股有毛眼圈毛色紅肉潔白以數片置湯中煮之湯立淸爲本省貢品因避飛龍字樣貢單內改書樹雞其實樹雞另一種也　沙雞其形與飛龍略等惟短尾味美可食。烏雞其形與家雞等全身黑色故名可食。樹雞較飛龍大似雌雉略小因常棲止樹上故名味美可食。翠雀山鴿山雀等。其他鳥類尚多。因不常見。無從詳杳。獸則有虎熊豹狼獾堪達爾犴堪達爾犴似鹿而大角可作決拾　馬鹿茸甚大鄂倫春獵得售與俄人轉售華商價甚昂　獐狍野猪黃羊黃羊產於額爾古訥河上游草地內　紫貂產於鄂倫春山中　狐狸分草狐沙狐二種　猞猁灰鼠產於各山林中　水獺產於牛爾河　旱獺產於土嶺草地內穿穴而居春暖草生始出穴覓食至秋末則閉穴深藏蟄蟲類也　白兎毛潔白細長而豐厚惟革太薄脆不適於用土人呼爲天馬非也等。其皮革則以邊地天寒。毧毛豐厚。貂皮毛紫黑色。多白鍼。較之榜哲所產者尤佳。惟價值甚昂。每張值俄盧一百五十元至二百元。每年皆由俄商收買。華商向無販運者。捕貂之人。亦惟鄂倫春一種。所得之貂。售與俄屯烏溪羅曾者。每年約三四百張。賣與博格羅夫者。每年約三百餘張。猞狸皮毛亦佳。惟色稍遜。每張值俄盧十五元至二十元。灰鼠毛黑紫色。勝於他處所產者。京都所稱索倫灰者即此。每張值俄盧三百文至四百文。猿皮每張値俄盧二元至三元。旱獺出數最夥。俄人多用以製皮帽皮斗篷等件。每張値俄盧一二百文。其他皮革價値並每年所得若干。無從查考。獸類復有山中鄂倫春所使者。彼名曰沃利恩。即鄂倫春之轉音俗名四不像子。角有數歧似鹿。蹄分兩瓣似牛。身長色灰似驢。其頭則似鹿非鹿。似牛非牛。寬額而長喙。毛甚豐。能負重百餘觔。鄂倫春人訓畜之用時以木擊樹。聞聲即來。飼以苔。用畢則縱之使去。即游行山中。附此以備博物家參考云。

物產二　額爾古訥河及右岸支河產魚種類並如何捕取

額爾古訥河魚類甚多。右岸之根河牛爾河博洛舒斯洛甫喀河魚類尤夥。其著名者則有澌魯即鱘魚。連子魚細鱗魚白魚鯉魚黃魚（黃魚產於牛爾河大者稱四五十斤）鮎魚拉鮎（拉鮎身長似蝦二甲六足似蟹）蒙人尚不知捕取。加以沿邊地廣人稀。銷售甚難。漁業遂無人講求。惟右岸俄屯或垂釣或設梁。梁中置柳條筐。魚從此經過。即陷於柳筐之中。額爾古訥河左右岸並博洛舒斯洛甫喀河均有之。或於河岸水淺之處。插立木柱。橫繫柳條筐。筐口甚小。中置魚餌。羣魚見餌即貫行入吞。人乘其不備。驟將柳條筐取出。亦間有以網捕取者。捕黃魚則用七八寸長之鐵鉤。乃能得之。

二十四

物產三　額爾古訥河右岸各項礦產及已採未採

額爾古訥河右岸各山皆發脉於興安嶺。連峯疊嶂。蘊蓄深厚。礦產極爲豐富。其已開及採有苗脉者如札賚諾爾煤礦。係租與中東鐵路公司開採。共煤洞十四。編列十四號。有明洞暗洞之分。內有七號及十號十一號尚未開挖。其餘有已作畢者。有正在開作者。於光緒二十九年工人不戒於火。將煤燒然。連及第五號煤洞。至今火尚未熄。現在第九號。及第十二號。十三號。十四號。正在開挖。作工者共二百餘名。中俄參用。晝夜分爲三班。每人工價羌錢六角。明洞出煤用人工。暗洞出煤用機器。有中國煤稅局一處。每煤千觔收銀一錢二分。計自光緒三十四年正月起至十二月底止。共出煤二萬萬餘觔。收銀二萬餘兩。察罕敖拉煤礦。在察罕敖拉卡倫東數里。因去年九月間見旱獺由地內穿穴所出土中有煤質。卡弁王凱勝遂命卡兵採探。深至丈餘。仍係碎煤。至三丈餘。煤塊有如拳大者。然未至正礌。煤質尚鬆。嗣因水勢上湧。遂至停工。擬今春仍復開辦云。新命名鐵現山之鐵礦。因此山之石均係黑紫色。較他山之石甚重。且山內有俄人舊燒之石灰窰。其中有將石煤流化成鐵質者。其爲鐵礦無疑。但惜無人開採耳。吉拉林金礦。庚子變後。係經俄人竊採。經前巡撫程公始將金廠收回。由商人龔泰山承辦。嗣因資本告匱。遂致廢輟。光緒三十四年。派同知用補用知縣卞調元前往試辦。設治兼辦金礦。遂遞官辦。此廠在設治局西。名小西溝。距局八里。作工者約百五十人。均先挖碃。（碃如井形。蓋工人諱言井。井與淨同音。故名碃。）橫五尺。縱一丈。深不等。以見金砂爲度。金砂厚薄亦不等。有半尺厚者。有二三尺厚者。亦有挖至極深不見金砂者。見砂之際。即將砂取出。或上木簸。或用水溜將砂石淘汰淨盡。其金即沉於底。大者如豆粒。小者則目力僅能見之而已。每人每月交官金俄權一瓜力克。（每瓜力克即華秤一錢一分八釐）除官金外。每人每日勻算之。其金尙可値俄盧三四元或一二元。但其金亦必須官中收買。不准私行外賣。聞吉拉林山內。產金之處尙多。惜資本太少。未能徧採。吉林子河金礦。在吉林子河上游。名巽班。光緒二十四年前。有華人在此私淘。嗣後復有俄人接採。此金廠係在山溝之中。寬一里。長約十數里。已作之碃眼甚多。砂堆層疊。觀其形迹。似近復有人淘汰者。中有破木垜房二間。其金苗之旺否。則無從查考。阿木毗河金礦。俗名安皮戶。爲昔時已作之官金廠。溝長八十餘里。寬里許。中有木架房四處。常有華人在此私作金者。人少力薄。皆淘汰昔時已作之殘砂。詢聞每人日得之金。僅値俄盧二三百文。烏瑪河金鑛。在烏瑪河上游。有昔時已作之官金廠。目今已廢。吉格大河上游。有昔時已作之官金廠。今已廢棄。奇乾河金鑛。長四十餘里。寬約三里。歸漠河金廠管理。從前甚爲著名。聞此金廠昔時産金甚旺。每人每日所得之金。有至十數兩之多者。刻已挖殘。歸商人江姓者包辦。作工者共七十餘人。皆淘汰昔時已作之殘砂。並無挖碃者。除交官金之外。每人每日尚可得俄盧一元餘。可見昔日産金之旺。雖屢淘汰。亦不能淨盡也。沿邊一帶鑛産甚饒。其已經發現者。惟煤金二鑛。而金鑛之未經發現者。尚不知凡幾。私作者。皆貧苦流民。固無力廣爲採探。商辦者。亦資本過微。每致半途而廢。官辦則從事鋪張。金鑛未開而已多賠累。否則籌欵維艱。任事者恐後難銷算。不敢放手作去。此沿邊一帶之礦産。所以永未振興也。查沿邊俄界金廠。其開辦之初。皆先用礦師探苗。測其地面之土厚若干。金砂厚若干。金綫寬長若干。金砂重若干。可出金若干。用工料若干。一一預算決算。然後開辦。雖費大資本。亦所不惜。若不稱大作。則租與商人包辦。故賠累者少。其作法係將產金之處。用運土機器吸水機器將地面土石全行剷去。其中但餘金砂。然後將金砂取出。上大溜淘汰之。金即沉於溜底。故其出金之時。每日有至數百千兩之多者。較中國之挖磧實爲勝之。我國礦學尚未發明。一時無礦師可聘。然久在金廠作工者。觀山形水勢。其產金與否。亦能知其梗概。爲今之計。似宜招徠此等人。令其入山覓採。官給衣食。彼出勞力。派一精明篤實之專員。以督飭之。俟其採有金苗。驗其稱作與否。或官辦。或商辦。或但用人工。或兼用機器。用資本若干。得餘利若干。均可酌量財力而爲之。惟採苗之人。必須予以特別利益。然後可以示鼓舞而勵將來。抑或限於財力。官不督採。亦應明定採金章程。通示沿邊之人。如有能自備食糧覓採者。准其領票入山徧採。採有金苗。報官開辦。照章納稅。予以專利期限。至期限已滿。如何接辦之處。再臨時酌定。總期有礦必開。地無棄利。即可藉以招民實塞。復可資以擴充餉源。於邊務實不無裨益也。

物產四　額爾古訥河右岸樹木果品及羊草

額爾古訥河右岸山川盤亙，草木豐蔚。木則由巴雅斯胡郎圖温都爾山中即有樺樹，至吉拉林以下則松樺交加，至額勒合哈達以上則松多樺少。樺分黑白二種，其白者皮可製油，且可作筐筥等器。松則有意氣松、黃松（土人呼爲樟子松）等類。意氣松其細葉似柏，冬則彫落，故亦名落葉松。黃松則其葉如鍼，其實可食，冬夏不彫。登高一望，黛色參天，森林之富，誠邊境一大利源。果則皆係天然，木本有刺梅、山杏、杜李、都實、牙格大，草本有高麗果、脫盤等類。味美者惟高麗果、脫盤。其牙格大、都實二種亦稍可食，枝幹均不高。牙格大貼地生，葉長圓而厚，經冬翠色不彫。都實叢生，葉長圓。高麗果生草間，甚低，覓採不易。斜角寬葉。脫盤紫幹，斜角寬葉。牙格大其實較櫻桃稍小而色赤，其味酸而甘。都實之實比牙格大稍大，其色黑紫，類山葡萄，其味酸而甘。俄人以此二者釀酒。高麗果其實如桑葚而色紅，其味甘芳。脫盤色紅，顆粒攢簇成果，熟則脫蒂而落，故名脫盤，味甚甘美。俄人用糖或蜜錢收藏，視爲上品。草則以羊草爲大宗，皆產於沿邊河岸、河洲、山溝之內，由阿巴該圖至吉拉林所產尤饒。爲俄屯牧養牲畜者所仰給。惟每年所產之數。無從詳查。

謹按沿邊樹木羊草。爲俄民所仰給。歷年伐割牧畜難以數計。自光緒三十四年。定章收税。不准越界私取。以開辦之初。尚多疏漏。已收俄盧一萬四五千元。將來稽查日密。亦邊境一大進欵也。

第七部落　界內山中鄂倫春及收籠方法

鄂倫春實亦索倫之別部。其族皆散處內興安嶺山中。以捕獵爲業。元時稱爲林木中百姓。國初謂爲樹中人。又謂爲使鹿部。

太祖高皇帝用兵黑龍江。招服諸囉路。諸囉即鄂倫之轉音

太宗之世。命阿賴達爾漢率外藩蒙古諸貝勒往追茂明安部下逃人至使鹿部喀木尼堪地方。招集葉雷舍爾特庫巴古奈土古等。及其從役家人來獻。又柳邊紀略云。使鹿部大約在使犬部之外。崇德元年五月。阿賴達爾漢追茂明安部下逃人至使鹿部喀木尼堪地方。獲男女二十九來獻。至今未通朝貢。無由見其國人。但聞其使鹿如使牛馬而已。又異域錄云。伊聶柏興俄人呼城曰柏興之俄羅斯呼索倫爲喀木尼堪。又呼爲通古斯。俱畜鹿以供乘馭。馱載。其鹿灰白色。形似驢騾。有角。名曰鄂倫。今按鄂倫春所使之獸。彼族名曰沃利恩。即鄂倫春之轉音。俗名曰四不像子。即此也。形質詳物產章內所謂喀木尼堪。亦沃利恩之別名。此可見鄂倫春命名。即以使鹿之故。又朔方備乘云。鄂倫春者。索倫達呼爾類也。黑龍江

以北。精奇里江以南。皆其射獵之地。其衆夾精奇里江以居。似與索倫爲近。其隷布特哈八旗爲官兵者。謂之摩凌阿鄂倫春。其散處山野以納貂爲役者。謂之雅發罕鄂倫春。（按摩凌阿雅發罕滿洲語猶言馬上步下也）雅發罕鄂倫春有布特哈官五員。三歲一易。號曰諳達。歲以徵貂至其境。其人先期畢至。奉命維謹。過此則深居不可蹤跡矣。蓋開國之初。彼輩已相率內屬。後因羅刹擾邊。屢被侵掠。亦有逃歸羅刹者。康熙二十三年。將軍薩布素公奏稱夸蘭大鄂倫春等。抵羅刹地方。遣宜番造其居開諭之。取其鳥槍二十具。並鄂倫春留質之子三人至。康熙二十八年。平定羅刹。立碑定界。鄂倫春乃得帖然無事。與木石居。與鹿豕遊。永爲中國沿邊深山之野人。然其所居之地與俄爲鄰。終不免與俄互市。黑龍江外紀云。俄人之鳥槍。常於莫里勒克處售之鄂倫春。又云。俄商舊與鄂倫春互市地名齊凌。轉爲麒麟。因有麒麟營子之號。後將軍傳玉。搜獲逋逃無算。乃禁互市。又魏源云。有不編佐領之使鹿部。名曰奇勒兒。乃知齊凌麒麟均爲奇勒之轉音。今查奇勒口在額爾古訥河口東南。距河口約十里。沿黑龍江南岸。爲鄂倫春與俄人來往交易之區。此口係一山溝。寬不及半里中有華商新修之木棨房一間復查鄂倫春係內興安嶺土著之民趫悍過人排鎗每發輒中俄人亦頗畏之耐寒畏熱時以出痘爲患初歸布特哈總管派員鈐轄號稱諳達同治初年吉林省屬馬賊猖獗將軍富明阿公奏調鄂倫春人五百前往一戰而定同治十年將軍特普欽公奏於內興安嶺內外分爲五路以備調用光緒元年將軍豐紳公奏調鎗隊五百人每歲三月間調集內興安嶺旺山一帶操演四十日犒賞銀兩布匹遣歸六年將軍定安公奏增挑鎗隊五百人合計千人每歲由將軍特派協領一員會同布特哈總管屆期查操八年將軍文緒公奏設興安城副總管一員建城於嶺內之太平灣有武帝廟有軍器庫有公備倉其奏設興安城總管略曰查鄂倫春一帶牲丁久居山內二百年來未濡教化幾同野人向歸布特哈總管轄治所捕貂皮輒爲諳達諸人以微物易去肆意欺淩不啻奴畜在當時山深地闊尚不爲苦近因江左盡歸俄界僅有江右山場捕獵愈稀實屬不敷餬口且有逃歸俄境以資生者前任將軍挑練千名犒賞布銀專歸諳達教管略寓收撫之意而明歸諳達教管則權勢益重而受制益苦浸成仇敵之

勢。誠恐激生事端，滋起邊釁。計久遠，非編旗設官，列城置戍不可。該牲丁鎗法極準，人亦勇鷙，性與索倫相近，同爲國家赤子，本無貴賤之分，及時收輯，足期强兵固邊之效。曾飭派查操協領會同布特哈總管入山，宣布

皇恩。該牲丁感激流涕，願即歸伍當差，以免諳達欺凌。擬請就原挑千名，分設佐領管轄，月給餉銀一兩，歲貢貂皮一張。設總管銜副總管一員，總理其事，以下各官均照布特哈城章程辦理云云。然彼等心性顓愚，一飽無求，言語亦不易通，例操之外，往往伏而不出。建城以後，歲餉積存，幾無人領。太平灣雖爲五路適中之地，而城署均處窪下，工費萬金，歲未踰紀，已坍塌不可居，總管遂寓於喀爾塔爾奚站。有美意無良法，不能不爲始事者惜。至光緒二十年，黑龍江將軍奏收籠鄂倫春，將原設興安嶺城衙門概行裁撤，所有鄂倫春分歸黑龍江、墨爾根、布特哈、呼倫貝爾四城管理。黑龍江上下游分二路，墨爾根、布特哈、呼倫貝爾各爲一路。每路專設協領一員，以資收籠。其歸倫城管理者，即托河一路，兩佐。均予限三年，何城先行收籠足額，早得實效，即由該城副都統專摺奏請獎敘，帶領引

見請

旨錄用於三年成效後將鄂倫春人帶出山場就近由副都統齊集教練務期熟諳風化俾可濟緊急之需此鄂倫春歸倫城管轄之始也無如地廣山深尋查不易相沿既久視爲具文鄂倫春既不知管理者爲何人管理者亦不問鄂倫春盡居何地復何有於收籠而額爾古訥河右岸山中之鄂倫春僻處荒邊聲息阻隔尤漫無統屬日用所需及獵得皮張均須向俄境購取銷售往來既稔遂受俄人籠絡潛入俄籍光緒三十四年夏派員調查沿邊並令入山調查鄂倫春究竟使鹿使馬戶口若干有無入俄籍者以資收籠聞珠爾干河總卡對岸俄屯烏溪羅甫其商人常與鄂倫春貿易擬由此處入山詢之俄商云彼等居處無常當此大雨時行（時在七月中旬）道途泥濘草木叢雜人馬均不能行彼等與俄商貿易有一定之地一定之期去此華里五百餘里有山名頗可軸爾復三百里有木梁房一間爲交易之定地俄歷十月二十前後卽華十月初十前後爲交易之定期過此以往則蹤跡難尋矣又云彼等已半入俄籍歸伊格那紳俄屯長所管其頭目居額爾古訥河

下游之奇勒口內。其入俄籍。因從前彼等牲畜均行倒斃。山獸亦少。貧乏不能自存。遂出山至沿邊俄屯傭工。因粗知俄國語言文字。遂由此變服制而入俄籍。後又詢之俄屯屯長。並沿邊華人所云。皆同。時以相離太遠。未便冒進。旋至額爾古訥河口。用俄人引路。溯博洛舒斯洛甫喀河往尋鄂倫春蹤跡。入山東南行百餘里。於層巒疊障中遇三人。貿貿然來。貌似蒙古。而衣俄服。一老兩少。問俄人知爲鄂倫春。見面似有退避之意。俄人呼之始至。遂相對與俄人語。亦不解所言之爲何。後據俄人云。彼等所居之地即在目前山內。導行數里至其地。所居皆以雜毛毡或樹皮爲之。形與蒙古包等。入其室。婦孺衣服亦與俄人同。席地坐談。問其頭目所在並名字。答云無定所。頭目有二。一俄國人。一鄂倫春人。鄂倫春人名過爾答過夫。聞前數日往俄境矣。又問其於何年入俄籍。戶口若干。皆答不知。又問其在此係長居係暫居。答不日即遷。蓋彼等隨山逐獸。原無一定住所。又問每年所得皮張若干。則云多寡無定。查此地共鄂倫春三家。彼二家家長一名沃西力沃司克。一名各拉西木。男女共十五人。因將所携之風梨洋酒等分賞彼三家。諭以賞賜之意。且勸以仍歸中國。觀其意似解不解。直若犬馬之不與人同類者。而其名字則皆取俄國語言。頭目又無從尋覓。遂復由故道反回至俄屯博格羅夫有素與鄂倫春交易之俄商云。鄂倫春之入俄籍者。分二沃洛特。即華言兩旗 一為根得及力司克矣沃洛特。其頭目名飄得爾格為力勸為池。幫辦名國爾大國羅夫。一為娑羅國恩挪司刻矣沃洛特。其頭目名飄得爾泥克拉牙為池。幫辦名司及班牙克為池。二旗共百七十餘戶。雖歸俄籍。亦僅割髮變服制而已。至俄民所有之權利義務。彼等均無關係。每人年給俄屯俄盧三元。此錢亦非國課。蓋因彼等養生送死。均必至俄屯教寺。請教士誦經。故給此錢耳。每年均於俄歷六月初一日。其頭目來交此錢。並率鄂倫春買賣貨物云。該商所稱鄂倫春頭目之名。與入山所調查者不同。未知孰是。

謹按鄂倫春人。係我屬部。且居我境。以屬地屬人之義言之。均不准私入外籍。今以無人管轄之故。受外人籠絡。私入俄籍。久恐為患邊疆。急應設法收籠。其收籠之法。查明戶口。擇其頭目。給以官階。使之有所統屬。勸令仍歸華籍。按年春季派員進山

稽查賞賚宣布

朝廷威德。如有甘心向外。不肯再隸華籍者。即以俄人論。查明驅逐。不准仍居華界。以杜後患。

第八卡倫　邊界卡倫之沿革及現今分設數目地名並相距遠近

沿邊卡倫始於雍正五年郡王策凌伯四格侍郎圖理琛等會同俄羅斯使臣薩瓦勘定疆界並設卡倫五十九處屬於呼倫貝爾者十有二曰察罕敖拉（亦名察罕烏魯）曰蘇克特依曰阿巴該圖曰孟克西里曰額爾得尼托羅輝曰庫克多博曰巴圖爾和碩曰巴雅斯胡郎圖溫都爾曰胡裕爾和奇曰巴彥魯克曰西伯勒布拉克曰珠爾特依輪派倫城蒙古官兵戍守每卡駐防官一員兵各三十名兩卡之間均立鄂博卡倫官兵每日巡查三月一更遇有俄人越境及偷盜牲畜者歸總卡官通報辦理乾隆二十五年重行整頓復派總管一員佐領二員每月巡查一次每卡設蒙古包四個共四十八個每年需用補修銀九十六兩由本處稅項開銷此十二卡倫皆沿國界而設名之曰外卡倫雍正十一年因外卡防守多疎時有俄人越境復於外卡以內設十五卡倫以資聯絡曰庫里多爾（朔方備乘作庫勒都爾當即距庫克多博二十里之特勒布爾河）曰特勒墨勒津（朔方備乘作特爾墨勒津一作特爾墨勒音）曰特尼克（朔方備乘作特尼河）曰崇古林（朔方備乘作崇古林谷口一作沖固嶺山溝）曰依拉該圖（朔方備乘作阿爾噶圖谷口一作阿爾噶圖河口一作阿爾垓圖山溝）曰哈濟（朔方備乘作墨

（爾格河即倫北六十里之莫勒各爾河）曰沙拉鄂蘇。（朔方備乘作路喇鄂索谷口一作鍋蘭鄂索河口一作咯喇俄索山溝）曰薩勒奇圖。（朔方備乘作薩奇勒圖一作薩爾奇特山一作薩爾奇圖山）曰翁昆、（朔方備乘作渭拉里河翁昆開拉里河即倫境之海拉爾河）曰溫都爾循勒蘇。（朔方備乘作溫都爾額埒蘇）曰烏蘭剛阿。（朔方備乘作烏蘭昂阿一作烏蘭綱安）曰布拉克圖。（朔方備乘作布拉克圖舍哩）曰莫貴圖。（朔方備乘作摩該圖一作墨會圖）曰托洛郭圖。（朔方備乘作托勒輝圖一作托洛會圖）曰烏爾圖布拉克。（朔方備乘作鄂勒圖舍哩一作俄爾托布喇克）均與各外卡倫相距一二百里不等。名曰內卡倫。咸豐七年。因與外卡相距太遠。恐稽查難周。奏明向國界就近遷移。與外卡倫相距各三四十里不等。以便互巡。內裁去三卡。改作三台。共存十二卡倫。另立新名曰西伯爾昂阿。曰邁罕圖。曰查勒奇昂阿。曰色格勒吉舍哩。曰郭爾畢舍哩。曰阿魯呼都克。曰西里呼都克。曰布木伯諾爾。曰悃勒特格。曰昂爾山布拉克。曰烏噶拉吉布拉克。曰達西瑪克布拉克。每卡駐守官一員。兵二十名。兩月一換。每月派佐領一員往巡一次。嗣因奉行日久。內卡倫漸皆廢弛。舊址均無從查考。光緒十年。因防俄人越界挖金。由黑龍江城於倫境珠爾特依卡倫北。沿額爾古訥河岸。增設卡倫五座。曰莫里勒克。曰牛爾河。曰溫河。曰伊穆河。曰額勒和哈達。歸黑龍江城副都統管轄。派官兵駐守。

國界之在倫境者．前後共設外卡倫十七座．至庚子之亂．卡倫皆被俄人焚毀．官兵盡行逃散．沿邊之主權利權．一任俄人攘竊．而無能過問．至光緒三十三年．經前任蘇副都統．始議規復舊制．重設卡倫十一座．從查罕敖拉起．至珠爾特依止．而珠爾特依迤北之卡倫．仍復闕如．每卡駐守官一員．每月支餉銀三兩．領催一名．兵八名．每名月支餉銀二兩．由倫城戶司所存草稅項下開支．官兵亦均由蒙人派充．兵單餉薄．不惟不能守邊．反藉以盜賣木植羊草．甚且有受外人一臠之飽．而爲守牧牛羊者．蠢此愚蒙．罔識國體．夫亦何怪其然．光緒三十四年冬．宋副都統權鎮斯土．見邊防之廢弛．實由於蒙人之愚弱．到任伊始．即咨商省署．經營邊務．詳定章程．將卡倫蒙人一律撤換．改招農民充當卡兵．仿古人屯田之意．爲經久之謀．由塔爾巴幹達呼山起．至額爾古訥河口．共設卡倫二十一座．沿舊名者十有五．曰查罕敖拉．曰阿巴該圖．曰孟克西里．曰額爾得尼托羅輝．曰庫克多博（設爲總卡倫）曰巴圖爾和碩．曰巴雅斯胡郞圖溫都爾．曰胡裕爾和奇．曰巴彥魯克．曰珠爾特依曰莫里勒克．曰牛爾河．曰溫河．曰伊穆河．曰額勒和哈達．新設者六．曰塔爾巴幹達呼山。曰畢拉爾河。曰珠爾干河。設爲總卡倫曰長甸。曰奇雅河。曰永安山。舊卡倫報廢者二。曰蘇克特依。曰西伯力布拉克。於三十四年夏相繼分設。現未設者。僅塔爾巴幹達呼山。長甸。奇雅河。三處。於倫城設邊墾總局。以提綱挈領。又設滿洲里邊墾局。吉拉林設治委員。以分任稽查。開辦數月。從前俄人之任便越界取携自如者。皆爲斂迹。卽有所需。如伐木刈草等事。亦皆請命於我。遵章納稅。主權利權。已稍收回。從此一意經營。不難漸臻充實。至卡倫所在。並相距遠近。均詳圖表。詳細規則。備載卡倫章程。

第九治所　界內設治處所及商場

倫境沿邊荒凉空曠向未設治今既經營邊務與辦屯墾不能不擇要設治爲經久之計以地勢論之第一爲滿洲里滿洲里地當邊要爲東清鐵路入境首站且已開作商埠俄蒙往來又以該處爲衝途時有交涉現已奏設臚濱府次則吉拉林吉拉林爲沿邊適中之地原有金礦聚集流民時起爭端且地土膏腴從前俄民時有越墾亟應招徠墾戶逐漸實邊現已奏派試辦設治委員定名爲室韋廳然吉拉林地勢較小不過就金廠爲暫時根據將來室韋廳仍應於根河北岸擇地移設方爲得勢次則珠爾干河距吉拉林過遠道路亦多阻隔現設總卡官經營邊墾俟將來人民漸多再行設治次則額爾古訥河口爲倫邊之終點距珠爾干河尚五百餘里且與黑龍江會流地勢最爲險要日後亦當設治其可設商場者除臚濱府已開作商埠此外如庫克多博爲蒙俄華人來往通衢現已招有商人十餘戶逐加提倡可以漸臻繁盛吉拉林內有金廠且與各俄屯密邇相接現已有商人十餘戶將來墾礦振興商業亦不難起色一珠爾干河並額爾古訥河口爲

鄂倫春人等出入之區。皮張最爲大宗。向歸俄商收買。以皮易貨。不論價值。一任俄商愚弄。俄商將皮張運至俄京。或運至外洋各埠。得利數倍。由此致富者甚多。我苟設法將鄂倫春收籠。即於此二處立市招商。以便交易。既免爲俄所羈縻。利權亦不至外溢也。

第十交通　界內道路之遠近夷險衝要並應如何開通之處

經營地方。首重交通。交通不便。則發達難期。陸路尤爲交通之首務。倫境沿邊一千五百餘里。其有道可行者。則由塔爾巴斡達呼山至吉拉林。共七百餘里。無高山大嶺。其中雖間有險阻之處。然稍加脩補。即可成爲周道。其未經開通者。則自吉拉林至珠爾干河。三百五十餘里。山嶺已多。僅有荒僻小路。可容人行。向無車馬蹤跡。由珠爾干河至額爾古訥河口。五百五十餘里。則連峯疊嶂。深林密箐。山石崢嶸。壁立河上。求一綫崎嶇亦不可得。行旅往來。非假道於俄。不能飛渡。致受俄人多方挾制。而莫可如何。於此而欲謀交通。非將我岸道路開通不可。然山多樹密。工程浩大。鉅欵恐未易籌。爲今之計。應先派員詳細查明。易脩者若干處。難脩者若干處。將附近各卡易脩之處。責成各卡倫卡兵隨時脩治。其難脩之處。另僱人夫開脩。邊境人民尚少。不必驟開大道。但脩一人馬能行之路。有河之處。查看水勢大小。或修木橋。或造渡舟。可資馱運。可通郵遞。便可暫濟目前。俟邊民漸多。籌欵較易。再官民合力。開修行車大路。以目今吉拉林至額爾古訥河口。夷險通算。

約不過三萬金，可以蕆事，此實無可再省者。其沿邊衝要之途，舍滿洲里鐵路外，以庫克多博爲最。界外各處俄人之來華境者，均由此渡額爾古訥河，越界循根河而上至色格勒吉舊卡倫，以達海拉爾城。又可由根河經布特哈界庫魯格卡倫至墨爾根、黑龍江城，以赴俄界之阿木爾省。華俄人由海拉爾販運私酒，並赴華俄各金廠作工者，亦必經庫克多博。其次則珠爾干河總卡倫、額爾古訥河口兩處，爲俄人越界入山與鄂倫春交易之處，亦關緊要。

交通二　郵車

俄境各屯皆備有郵車，彼族名曰博其圖。由國家資助，民間承辦，除傳遞文報外，來往商旅均可僱用。挨站换馬遞送，冬令於河上駕駛冰橇，每一日夜可行三四百里，最爲捷速。我境亦宜仿行，自庫克多博起至額爾古訥河口止，每卡由官給馬八匹，自備冰橇兩輛，詳定章程，以便遵守。用款不過數千金，官民均稱便利矣。

交通三　額爾古訥河行船

陸路要矣。水路不通。則運輸仍屬遲滯。而國際河流之航權。盡爲外人所握。亦非計之得也。額爾古訥河。係中俄公共之水。乃俄人輪舟激駛。上下相連。左右岸均有船照。以識水道。由額爾古訥河口。可上達至吉拉林對岸俄屯臥牛槐布拉等處。我則片帆絕影。沿邊往來載運。皆仰給彼族。往往受其要挾。如僅恃陸路。夏秋之際。山水漲發。卡倫運糧中途阻滯。貽誤良多。揆時度勢。航路實不可須臾稍緩。所慮者。額爾古訥河下游兩岸均係懸崖絕壁。水大溜急。風船可順水而下。不能溯流而上。非輪船難以爲力。輪船復需欵甚鉅。加以沿邊地廣人稀。除載運沿邊卡倫糧餉外。貨物實屬無多。開辦之初。必致賠累。此招商集股。所以每裹足不前也。如責成各卡倫公共辦理。亦實力有不足。統籌全局。是宜由省城另籌鉅欵。合吉江兩省。立一輪船公司。派熟悉船政之人。專理其事。以松花江黑龍江爲正路。以額爾古訥河嫩江爲支路。一氣貫注。化板爲活。邊腹各地商墾。均易振興。於行政軍事。亦多裨益。其利誠非一端。則開通全局者在此。即開通倫境者在此也。

交通四　界內應設電線之處

水陸交通。而消息不靈。遇事亦多延誤。沿邊俄界。於距界八十里之維窩荅。有電報局一處。可通國內消息。有華界鐵路電線。可通國外消息。其沿邊未設電報之處。皆有郵政局。以通消息。我界則沿邊文報。向由卡倫傳送。道路遼遠。異常遲滯。方今整頓邊防。遇有緊急之件。必多貽誤。謂宜於倫城內設電報局一處。由倫城至省。尚可暫借俄電。由倫城至沿邊一帶。均自行安設電線。由倫城至庫克多博總卡倫。暨吉拉林珠爾干河額勒和哈達。各設一電報生。其滿洲里新設之臚濱府。仍暫借俄電以達於倫城。至額爾古訥河口以東。逼愛琿轄境者。亦請一律興辦。如此則上下銜接。內外相通。邊荒數千里。麻木不仁之病。可立轉爲靈活矣。

第十一稅務　界內木植羊草牧畜皮張各稅如何徵收及數目

國家籌欵營屯重在實邊而不重在言利。沿邊初辦屯墾。正當力從寬大。使各省人民。聞風趨赴。以植繁庶之基。豈宜驟言徵稅。作目前之計。但邊荒寥落。防守久疎。我界物產。如草木等類。向任俄人伐割。無人過問。彼界村屯日密。所產草木。又不足供建築炊爨牧畜之用。越界取携。已成習慣。一旦驟予封禁。絕其生計。必出全力以爭。我界經營伊始。豫備未周。稽查既難嚴密。盜伐實所不免。操之過急。恐生重大交涉。而俄領馬那金及駐倫外部官吳薩諦復殷殷向我懇求。暫允俄民越界伐木刈草牧畜。因咨明省署。與之詳定稅章。並訂明一年一定。以示操縱在我。爲一時權宜之計。俟我邊地日闢。邊民日聚。再當酌量情形。隨時封禁。由光緒三十四年五月起至十二月底止。共收羊草牧畜稅俄盧一萬五千餘元。木植稅尚未報齊。據各卡稟稱約已收有二三千元。皮張均係山內鄂倫春所獵。稽查最爲不易。前飭珠爾干總卡倫與俄商訂一簡便辦法。近據稟稱自光緒三十四年十月起至宣統元年二月止。有俄商六家包納稅項。俄盧二千元。本年察酌情形。另行定章辦理。統核上年半年內。共收各項稅欵。不下二萬盧布。事經初辦。爲時已晚。不無疎漏。本年自春季辦起。將來卡倫設齊。稽査周密。收欵當不止此。似此辦理。主權利權。兩無所失。國際邦交。均能兼顧。而取之俄民。於邊荒招墾。亦毫無窒礙。且化無用爲有用。是亦籌欵之一大宗也。收稅章程附後。

俄人越界割草章程

第一條　俄人越界割草。本與兩國約章不合。在應禁之列。因兩國和好。界內各草甸。亦尚未開墾。上年從權暫准納稅領票。越界割草。今將上年章程。重行酌訂。以便遵守。

第二條　吉拉林大溝自口門起。暨溝內各小溝。並有華人領地之處。及各溝內已經華人承領之草甸。各局卡附近在華五里以內之草甸。與各局卡界內經華人領墾地方。並距奇乾河烏馬河礦務局附近二十華里以內。均不准俄人割草。其餘各地方距額爾古訥河二十華里以內。從權暫准俄人報明領票割草。如二十華里以內。實無羊草。或並無好草。由局卡查明。方准在二十華里以外割草。惟不准出卡倫稽查範圍之外。以致照料不及。

第三條　既從權暫准俄人越界割草。應即繳納草稅。每草一布特。納草稅羌錢一各。別零一文。每十布特加收票費羌錢一十文。計十布特共應收錢十二各。別票費在內。其割草領票期限。仍自本年五月初一日爲始。

第四條　各屯割草須先由各屯長報明割草姓名。指明何處。由吉拉林設治局。滿洲里邊墾局或庫克多博珠爾干河兩總卡倫暨阿巴該圖珠爾特依額勒和哈達三卡官處查明該處無華人承領無別項窒礙。方能允許。允許之後預計割草若干布特。照章交足全稅。發給草票。方准刈割。割完將草堆積成垛。小以五布特爲一垛。大以五十布特爲一垛。以便局卡派差查驗。若草垛過多。不能挨查。酌量抽查一二垛。餘即類推核算。如恐分兩不能恰合公允。可將草垛先用華尺丈量。後用俄秤稱之。以冀得其均平。其所割數目。如不足票內之數。前交稅欵概不退還。仍照草票數目換給運票。方准拉運。倘所割之草。較草票數目加多。即按加多之數補足草稅。方准發給運票。統限至華歷十二月十五日運完。未經點驗以前。若私行運走。局卡未得臨時查穫。事後即按照票根人名草數向俄屯長追究。照原領票照草數加罰稅錢一半。若已經點驗不領運票。即行拉運者。查出將草入官。

第五條　所割之草。或因路遠。或因無雪。或因河氷未堅。以及遇有意外事故。屆期不能拉運或已運而未經完竣者，准其展限，審量地方情形，至能運出時爲止，惟須報由各局卡查明情形，核准後，方准照辦，然祇准展限拉運，不准將已割未運之草，就地喂養牲口。

第六條　如查無華官所發草票，私自越界割草，將所割之草入官，並將私自割草之人交就近俄官照竊盗例懲辦，其在漠河、奇乾河所領草票，吉拉林設治局、滿洲里邊墾局及各卡倫概不承認。

第七條　俄人割草，如本人不能自割，僱有把頭，須將把頭姓名註明票内，以便稽查，如查其名票不符，即將羊草入官。

第八條　割草地方既經指定某處，於票内註明，即須在某處刈割，割完時聽候查點，如執此一票，又另在他處照數割取一份，查出將兩處所割之草一併入官，並從重議罰，如其原指草甸實在割不足數，准其報由局卡查明允許，方准擇地另割，並將另擇處所註於票内，以備查驗。

第九條　各處草廠有寬長至五六十里，統爲一地名者，俄人等若先後領票割草，共指一處應。由領票局卡。派差按領票先後。以次劃定界限。並由本人自立記號。以免爭執。

第十條　割草無論人數多寡。均須註明票內。過界時攜帶此票。以便稽查。並不准私帶槍械。如須攜帶獵槍或手鎗自衛者。每票一張。祗准兩桿。均須報明局卡。於票內註明。違者查出將鎗械扣留入官。

第十一條　俄人已割之草。歸本人自己看守。如有火燒丟失。及牛馬牲畜踐食。於局卡無涉。所交稅欵。不能退還。其割草時。只准搭蓋小窩棚。以避風雨。不准蓋房居住。割草事畢。即歸俄屯。

第十二條　准俄人越界割草。原爲敦睦起見。兩國人民。須益形親睦。不得因割草有爭執。行强情事。違者將草票追回。既在中國境內。應由局卡拏交就近俄官懲辦。

第十三條　以上各條。係指宣統元年割草而言。明年准否割草。仍須查看情形再定。且專指呼倫貝爾轄境。至額爾古訥河口而言。自黑龍江即阿木爾以下。係愛琿轄境。與此章無涉。

第十四條　以上各條，譯成俄文，黏連華文之後，發給各俄屯，以便俄人有所遵守，如有應需核對質証之處，以華文爲主。

俄人越界牧畜章程

第一條　俄人越界牧畜。原非兩國約章所有。因兩國和好。上年從權暫准納稅領票越界牧畜。以敦睦誼。今將上年章程。重行酌定。以資遵守。

第二條　各屯越界牧畜。每牛馬駝一頭。每月納稅俄洋十三個別。票費一個別。共十四個別。其不食乳之小馬牛駝。在二歲以下者。每頭減半。其食乳之小馬牛駝。免稅。山綿各羊。每月納稅羌錢三個別。票費半個別。其不食乳之羊羔。減半。食乳者免稅。牧放日期。均自本年章程訂定宣布之日爲始。

第三條　俄人越界牧畜。須由屯長在吉拉林設治局滿洲里邊墾局或庫克多博珠爾干河兩總卡倫暨阿巴該圖珠爾特伊額勒和哈達三卡官處。報明俄戶若干。共有牛馬駝羊若干。按照第二條章程。交足草稅票費。方能發給執照。准越界牧放。其牲畜名色數目。併註票內。此票應每羣呈領一張。俾資查驗。以一個月爲限。牧放不滿一月者。亦按一月收稅。限滿即將原票呈繳。下月如欲接放。赴局另領。其牲畜數目。照上月如有增減。隨時報明。計於票內。凡牧畜之人。必携帶牧畜執照。呈由局卡驗明。始准其越界牧放。如經局卡查無執照。即將牲畜扣留入官。若有執照。其牲畜數目與票照不符。按少報牲畜數目。照應納草稅補交外。再罰兩倍。

第四條　沿額爾古訥河各溝。距河十華里以內。凡無華人墾種之荒。及無卡倫之處。均可牧放。惟不准在十華里之外。其吉拉林大溝自口門起。及溝內之各小溝。並奇乾河。烏馬河二十華里以內。留作金廠自行牧畜之地。亦不准俄人越界牧畜。違者將牲畜入官。至沿額爾古訥河各溝。凡有華人墾種青苗菜園及有卡倫之處。四面各五里以內。均不准牧放。以免有碍種植。其有林木之處。及已刊林木將生小樹之處。皆不准牧放。違者每牲畜一頭。罰俄洋一圓。

第五條　牧放牲畜。如有踏損華人青苗菜園情事。准華人先將牲畜扣留。到設治局邊墾局或就近卡倫報明。由局卡酌量踏損之多寡。與就近俄屯長議定價值。責令牲畜本主賠償。其扣留牲畜看養費。須由俄人計日算繳。倘不認賠償。即將牲畜扣抵被損之人。

第六條　牧畜之人。帶有執照。可以時常往來。其牲畜須自行照料。如有丟失傷亡。與局卡無涉。如求局卡幫同尋查。可以酌允派人。以示敦睦之意。

第七條　越界照料牲畜之人。祇准搭蓋小窩棚。不准蓋房居住。並不准私帶槍械。如須攜帶獵槍及手鎗自衛者。報明局卡。在牧畜票內註明。每羣祇准帶二枝。不准多帶。違者將鎗扣留入官。

第八條　俄人牧畜地方。如有華人在彼牧畜。須互相照料。以敦睦誼。不得彼此爭執。若華人所放牲畜。跑入俄人牲畜羣內。或俄人牲畜跑入華人牲畜羣內。均須聽其尋找。不准隱匿。如果有心隱匿。無論華人俄人。一經查出。除將牲畜交還原主外。每牛馬駝羊一頭。按照所值價錢。由局卡與俄屯長議罰。如有抗違。照相當之數。將牲畜扣留。

第九條　照料牲畜之人。係屬俄人。或係僱用華人。某姓某名。均須報由局卡註明票內。於過界時。呈由局卡查驗。其人與照內姓名不符者。將票扣留。不准過界牧放。以杜未領牧照者。借票通融牧放。希圖取巧。

第十條　准俄人越界牧畜。原爲兩國和好起見。華人俄人應益加敦睦。倘俄人有兇橫行强情事。既在中國境內。應由各局卡倫拏送俄官。認眞懲治。其有關係牧畜兩國人民交涉事件。以上各條未及載明者。報由華官知照俄官和平商辦。

第十一條　第二條所載牛馬駝羊稅錢數目。係專指牧放牲畜而言。與割草無涉。越界割草。另有專章。

第十二條　以上章程。專指宣統元年而言。明年准否越界牧畜。仍須查看情形再定。且專指呼倫貝爾轄境至額爾古訥河口而言。自黑龍江即阿木爾以下。係愛琿轄境。與此章無涉。

第十三條　以上各條。譯成俄文。黏連華文之後。發給各屯長。以便俄人有所遵守。如有應行核對質証之處。以華文爲主。

砍木鑿石章程

第一條　沿邊俄人越界砍木鑿石。本與兩國約章不合。在應行禁止之列。現因兩國和好。暫准納稅領票。越界砍鑿。明年應否照辦。再行隨時酌訂。

第二條　凡華俄人等。欲在呼倫貝爾沿額爾古訥河界內砍木。必須先行指定地名段落里數。暨砍取何項木植。並某項若干。到就近發票局卡。報明經官查驗。必須與華人生計無礙。刊明記號。方准發給砍木票。據應納稅課。即按擬砍數目。照稅則先繳半稅。此半稅無論將來砍木多寡。概不發還。不繳者。不准給票。俟木植砍齊。照所砍數目補繳未交稅欵。如所砍止足原擬數目之半。不再收稅。如未領照。私自砍木。將所砍之木入官。其私自砍木之人。即照竊盜例懲辦。俄人則送就近俄官究治。

第三條　領票砍木者。因先估之數太少。此地所出之木尚多。或欲在就近地方展砍。亦須先納半稅。續領大照。方准再砍。如未續領大照。先行動工。亦爲私砍。照第二條私砍處治辦理。

第四條　木植砍齊。須先到原領票據局卡報明。經官點驗清楚。按數打印記號。交足所欠一半稅欵。發給運票。方准拉運。此項運票。不收票費。限至次年正月十五日運完。倘因道路無雪。或有緊要之別情。躭擱。應先到領票局卡報明。酌予展限。然至遲亦不得逾次年二月底。均須運完。或運至河干。所有木料。由砍木人自己看守。倘有遺失。與局卡無干。其運至河干者。俟開河時。或穿筏。或船運。自開河日起。不得過一月之期。均須運完。其運木時。應由局卡查驗。如無記號。或無運票。或有運票木數與票內數目不符。一經查出。除補納正稅外。仍照應交之稅欵數目。加二倍科罰。

第五條　砍木時。只准搭蓋小窩棚。以避雨雪。不准蓋房居住。將木運畢。即歸回俄屯。

第六條　木稅均按尺寸徵收。用中國官定木尺丈量。大木從小頭鋸口計算。火柴均須堆成古勒。以便點驗。仍以六尺六寸立方計算爲一古勒。

第七條　凡領票砍木者。除照納稅項外。每票一張。應繳票費羌錢一元半。

第八條　凡沿邊俄人領票砍木。一俄屯只准指定砍木段落一處。倘所指地段木植不敷應用。應俟在該處砍畢時。再行指領他處。以便稽査。

第九條　領票砍木者如註明大木。則所砍木植大頭尺寸必須徑在華尺八寸以上者。方准砍伐。不及八寸者。概應留養。不准濫伐。至雜項小木。僅可取作火柴或房椽扁担斧把車轅車弓車轂等項必須小木者。不在此例。

第十條　砍木須先留意。不可損傷小樹。除砍樹之地。放倒壓壞不計外。於運出時。應先開通道路。道路以外之小樹。概不准稍有損傷。違者按所傷樹木。每株罰俄洋二元。

第十一條　剝取松皮。其樹大頭。必須徑在一尺以外。樺皮其樹大頭。必須徑在八寸以外。方准剝取。倘不足此數。濫行剝取者。每株罰俄洋三元。

第十二條　凡砍木時。均須愼防火災。倘有不經心或故意放火燒山者。由就近局卡詳查情形。並視所燒山林多少。分別輕重。罰俄洋十元至二百元。如係俄人。知照就近俄屯長。會同辦理。

第十三條　砍木之人。不准私帶鎗械。如欲携鎗自衛。亦須報明原領照局卡。在照內註明。

四十四

每砍木廠祇准帶獵鎗或手鎗二隻，不准多帶，違者將鎗械扣留入官。

第十四條　砍木須遵踐定界址，不得越界亂施斧鋸，亦不得因砍木有爭執行强情事，違者將先交半稅入官，大照追回，並將越界爭執之人懲辦，俄人則送就近俄官處辦理。

第十五條　凡鑿取石塊，應先將取用數目報由就近局卡指定，與草木道路房屋一切均無妨碍地方，先收半稅，發給准鑿石塊執照，始准鑿取，每票一張，收票費羌錢一元半，限一個月鑿齊，鑿齊時即由鑿石人將石塊堆成立方古勒，報由前領執照局卡點驗清楚，發給運票，始准拉運，運完距發給運票時，不得過一個月，餘照砍木通章辦理。

第十六條　此章係指呼倫貝爾轄境至額爾古訥河口而言，自黑龍江卽阿木爾以下係璦琿界，與此章無涉，此章祇指本年砍木而言，明年仍須查看情形，另行酌定辦法。

稅則列後

大木　各項松木

長華六尺六寸即俄一沙申。徑由一寸至一尺。每寸收稅錢一個各別四分之三。由一尺一寸至一尺五寸。每寸收稅錢一個各別由一尺六寸至二尺。每寸收稅錢二個各別由二尺一寸以外每寸收稅錢三個各別長華一丈三尺二寸。即俄二沙申。照一沙申加倍計算。長華一丈九尺八寸。即俄三沙申。照一沙申加兩倍計算。長華二丈六尺四寸。即俄四沙申。照一沙申加三倍計算。長華三丈三尺。即俄五沙申。照一沙申加四倍計算。徑寸均一律遞加。

雜木

與各項松木長徑尺寸相同。按各項松木稅則。減去十分之三。照七成徵收。

木板　各木均同

長一沙申。厚華一寸。寬華一尺以內。每塊收稅錢一個各別。寬一尺一寸至一尺五寸。收税錢一個半。各別寬一尺六寸至二尺。收税錢二個。各別寬二尺一寸以外。收税錢三個。各別長二沙中至五沙中。均照大木照一沙中依次加一倍二倍三倍四倍計算。厚一寸五二寸三寸者。照一寸加半倍一倍二倍計算。

硬木火柴 松椴樺柞槐黃柏水楢柳

華六尺六寸立方。即俄一古勃。收税錢。二元八角。

軟木火柴 楊柳椴黑楸

每古勃收税錢一元五角。

椽子

長二沙中半。每徑一寸。收税錢一個。各別由一寸至三寸五分爲止。再大即以大木計算。

每戶祇准砍至百根爲止。再多即不准發票。

木炭

每古勃收税二元四角。

車底撐。　每付收稅一角。

全輻車輪。　每二個收稅二角。

車輻條。　每付收稅一角。

車輞子。　每兩輪收稅八個各別。

車軸。　每根收稅五個各別。

車轅。　每付收稅五個各別。

耙犂架子。　每個收稅一角。

木楸。　每把收稅三個各別。

掃帚。任已經砍倒大樹樹枝取用不准伐取小樹　每百把收稅二角。

扁擔。　每百根收稅二元四角。

斧把。　每百根收稅一元。

柳條。　每古勒收稅三角半。

車弓子．　每個收稅五個各別．

松樺皮．　每布特收稅一角．

石塊．　每立方古勒收稅一元．

第十二兵防一　界內土匪及俄匪之闌入何處最多並應如何設防

呼倫貝爾沿邊荒涼空曠人迹罕到向無居民故亦無匪患自東清鐵路開通土工麕聚良莠不齊俄匪其立羯子亦時常闌入混迹各站滿洲里東西沿邊一帶蒙民屢被搶掠殺傷之慘年餘以來已有十餘起邊境既無防兵任其出沒而無如何亟宜於滿洲里迤西迤東擇要屯紮巡防兵隊並於倫城專駐一營為游擊之師庶可保衛邊蒙而無虞擾亂也

兵防二　沿邊何處最為險要可以屯兵

呼倫貝爾為黑龍江西邊門戶外蒙古尾閭有屏蔽省城控制喀爾喀之勢且興安嶺橫絕中間儼如甌脫一旦變生不測首尾不能相顧省城西邊之門戶失即喀爾喀外蒙之尾閭不固沿邊千餘里又在在皆關緊要據險設防厥有三處滿洲里為倫城西邊第一門戶東清鐵路入中國以滿洲里為首站西達俄都東貫我吉江兩省一有兵事由西伯利亞運糧運兵數日可達我腹地急雷不及掩耳惟有束手受縛於此處屯駐重兵外可

截其來路。內可制其歸路。在我得迎頭扼吭之勢。在彼有進退維谷之虞。險要一。額爾古訥河口與黑龍江會流。爲俄國輪船上下往來之孔道。由此溯黑龍江而上。可直達俄境四特列今斯克鐵路。溯額爾古訥河而上。可抵庫克多博以達倫城鐵路。由此順黑龍江而下。可達愛琿三姓哈爾濱等處。彼族現正經營阿木爾鐵路。緊逼黑龍江岸。與額爾古訥河口。僅一江之隔。水陸交通頭頭是道。於此處屯駐重兵。上以杜其來倫之路。下以截其赴愛之途。使之首尾隔斷。於兵事上最爲得勢。險要二。庫克多博爲邊境俄人來倫要道。由此過俄境。可抵紮窩答。以達四特列今斯克鐵路。由此來我境可達倫城。並可由根河山路達墨爾根愛琿及省城等處。應屯勁旅一枝。外以制敵人奇兵。內以固倫城守禦。西與滿洲里遙爲援應。北與吉拉林兼爲照顧。險要三。珠爾干河處額爾古訥河下游。適中之地。上距庫克多博。下距額爾古訥河口。均甚懸絕。亦應屯勁旅一枝。鎮懾沿邊俄人。且爲額爾古訥河口後援。免被敵兵將中間截斷。險要四。設此四險。邊境已甚周密。然後路無兵。仍不足以固根本。水路無舟。仍不足以資策應。再於倫城屯紮重兵。爲各路聲援。

於黑龍江額爾古訥河，製造輪船，編練水師，爲全邊血脈，庶幾掉轉靈活，無懈可擊。此雖爲倫境邊防言，實於全省邊防關繫匪淺。但有人乃能有土，足兵必先足食。倫境地廣人稀，荒田未闢，若必遠調客兵，轉餉內地，勞費過重，難垂久遠。爲今之計，宜先遷民實邊，務農積穀，並及此閒暇，將原有各蒙旗撫循教育，堅其愛國之志，振其尚武之風，行之數年，蒙旗知識漸開，人民漸聚，荒地漸闢，以招兵則有人，以養兵則有糧，然後寬籌餉項，多備器械，嚴挑精練，扼要駐防，進戰退守，在在有資，庶可建威銷萌，慎固封守矣。

第十三俄屯　界外俄屯之大小疏密及兵村民村生產風俗

沿邊俄界村屯共大小四十六處立屯之始即在中國設卡之年惟彼國經營不遺餘力故能星羅棋布雞犬相聞以視我界千餘里蔓草荒烟渺無人跡未免相形見絀俄境皆係兵村彼族名曰嘎雜克（即華言馬隊）與中國之旗籍同其不隸嘎雜克者惟洽羅布其一屯耳男自二十歲即入兵籍至六十出兵籍無事則居家爲民有事則入營爲兵雖無事之時出游必須有票將所游之地所行之事均載明於票內如無事出游至百里外者即爲逃民此法不但有事時招集爲易且可防盜賊之潛匿充兵之時衣帽鞍馬均必自備每月僅給俄盧五百文食糧則由官給與平民異者惟所種之田無賦稅耳日俄之戰沿邊各屯陣亡者甚多至今言及之壯者尙怒髮衝冠怯者直終身不敢言戰矣其沿邊出產草木均不如我境之盛惟有金廠數處產金最旺其居民均以牧畜墾種爲業並隨時漁獵亦有入金廠挖金者至秋初刈割羊草或乘馬或駕車裹十數日之餱糧前往山溝河甸直與內地秋收無異蓋沿邊俄民以牧畜爲營業之大宗牧養牲畜則以羊草爲最要

彼界所產羊草。不足供彼民之用。非取給於華界不可。故當羊草豐盛之時。無貧富無男女均入山割草。屯中幾爲之一空。留以守家者僅老弱而已。其國酒稅最重。稽查甚嚴。華酒入境。如被查出。雖至少必須傾棄。男女均嗜酒。凡禮拜神節之日。即遊息飲酒。終日長昏飲者。且無屯無之。雖重稅不恤。流毒直與中國之鴉片等。每屯置阿得蠻一。（即華言屯長）若千屯設總阿得蠻一。大屯則有稅官。各屯均置公所蒙學堂教堂各一。屯長由屯中公舉。管理一屯之事。即地方自治董事會之會長也。新水亦由屯中公籌。公所爲接待來往官差及會議之處。蒙學堂設教習一員。由本屯自聘。教堂爲婚嫁喪葬誦經之所。中有教士二三名。葬埋則一屯均歸一處。不准自行擇地。婚嫁不用媒妁之言。自行擇配。擇定各請命於父母而結婚焉。其屯名及大小疏密。列表如左。

俄屯戶口里數表

屯名	戶數	口數	里數
沙爾松	一十二	九十	至
阿巴該圖	八十五	五百一十	一百八十里
南林	七十餘		
開拉蘇台	一百六十	八百有奇	九十里
嘎布司該	四十餘	二百有奇	三十五里
都埒以	九十餘	五百有奇	三十五里
四大列矣粗魯海圖	一百二十三	六百五十九	七十里
挪維依粗魯海圖	二百一十	一千有奇	五十里

雒勒闊夫	一百三十	八百有奇	五十里
布拉	五十	五百有奇	四十里
伯爾今斯克	一百三十	八百有奇	三十六里
別勒維矣布得雷	一百三十	七百有奇	一十里
夫多羅矣布得雷	九十餘	五百有奇	一十里
洽羅布新斯克	二百一十	八百有奇	十二里
霍林格	二十餘	一百有奇	三里
果爾布挪瓦	四十餘	二百五十有奇	二十里

洽羅布其	五十七	二百有奇	七里
都布了恩克	二十七	一百有奇	十六里
臥牛槐	一百三十	六百有奇	八里
敖洛氣	二百七十	一千有奇	四里
葛留其	七十餘	一百有奇	二十四里
盧溝	四十餘	三百有奇	八里
一勺嘎	一百七十	五百有奇	八里
巴得耳	四十餘	三百九十有奇	四里

達木蘇	四十餘	三百有奇	六里
阿拉公斯克	一百七十	五百有奇	十里
干馬勒	七十餘	四百有奇	四里
達拉斯	五十餘	三百有奇	十里
西連普	六十餘	三百有奇	八里
木拉其	三十餘	一百有奇	十里
畢拉	四十餘	二百有奇	三十四里
雜布心	四十餘	二百有奇	四里

斐多土	三十餘	一百六十有奇	十里
繞登科	七十餘	四百有奇	十八里
魚立牙	八十餘	七百有奇	二十里
馬林巴西洛夫	二十餘	一百有奇	二十四里
巴西羅夫	三十餘	一百有奇	六里
烏蘇洛普	二百三十餘	一千五百有奇	七十里
馬林	五十餘	一百有奇	七十里
葛其牙	二十二	一百有奇	三十六里

魯畢	二十	一百一十二	六十里
烏留賓	七十三	四百有奇	七十里
穆赤堪	二十六	一百有奇	九十里
一各大其	十二	六十	九十里
四大了克	二十六	一百有奇	七十里
博格羅夫	一百五十	八百有奇	十二里
	統共三千七百三十餘戶	統共一萬八千四百餘口	統共一千四百四十二里
說明	查俄屯戶口係彼族內政未便明查有向俄屯長細詢者有暗中調查者故未能均得一定確數		

附錄假道俄境調查記

戊申調查之役。往時由陸路至吉拉林。由吉拉林則僱覓小舟。以達於額爾古訥河口。歸時以額爾古訥河水大溜急。不能溯流而上。遵陸又無道路。遂假道俄境。於八月二十三日申刻。由額爾古訥河口之博格羅夫俄屯。乘俄人博其多輪船。（即華郵政船）溯黑龍江上游。（即界約所稱石勒喀河）而行。子刻至俄屯波沃羅特那牙。停船一小時。二十四日卯刻至俄屯阿泥及那。停船一小時。午刻至洽婆沃矣新火車站。停船一小時。此處鐵路。詢係新修爲豫備修阿木爾鐵路運材料之支路。沿岸有新修之木板房十餘間。皆係傭工者所居。並無土著之民。二十五日亥初至司特列今斯克。由右岸下輪船。詢聞此處向係民屯。嗣因爲輪船火車來往交接處。商民遂聚集於此。俄商約五十家。華商七家。華人僑居於此者。約五百餘人。作工者居多數。其餘則係小本營生。並無門面坐落。並有在此設花會賭局者。每人均有人票。爲商者有商票。分一二三等。人票則一年按兩季交錢。每季交羌錢一元。該處有武官一員。俄人名爲包果夫泥克。與中國之參將同。裁判官一員。俄人名爲米勒沃蘇及牙稅官一員。其官商居民房屋。均在江右岸。鐵路在江左岸。有火車站房數間。賣食品者數家。沿左岸山坡上。復有新修之房屋一百餘間。不知是官是商。抑係民房。是夜在右岸俄旅館住宿。由額爾古訥河口至此。係逆水南行。約華里七百餘里。沿江兩岸皆係邱陵起伏。松樺叢雜。凡有電報局之處。則必停泊。左右岸均有俄屯。惟不及額爾古訥河左岸俄屯之密。二十六日。聞有兵船數隻。在江中操練。遂往觀焉。計共兵船十二隻。皆係今年新造成者。其色黑綠。首尾俱圓形。外包鐵葉。首置大礮兩尊。有旋螺隨意轉動。兩旁有圓孔數十。係置小礮之處。每船載兵百餘名。以華尺計之。長十九丈六尺。寬三丈六尺。其船塢在距此三十餘里之庫克矣。共新舊船塢二處。在舊船塢造船八隻。新船塢造船四隻。聞今又造新式兵船十隻。因此處船塢難容。遂在黑河製造。亦將不日告成。二十七日午刻渡江。至左岸車站買票登車。申初至庫克矣（華人呼為滿歸）車站。停一小時。鐵路北有未鋪木鐵之支路一條。亦係為阿木爾鐵路運材料者。戌初至聶爾沁斯克車站。停一小時。該處係一郡城。（即國初中俄分界之尼布楚）在鐵路之北。相距十里許。為商賈輻輳之區。二十八日上午卯初至克類木斯克車站換車。遂下車。候由赤塔所來之車。是日天寒。水已凝冰。午初赤塔火車至。遂登車開行。未刻至吉代矣司季克。（吉代即俄言中國人）拉及拉茲得車站。蓋赴滿洲里中國界。東清鐵路即由此分路。故謂吉代亦司季。東南行二十里許。過黑龍江。（俄人謂此爲石勒喀河。再上游即鄂嫩河）橋係石柱鐵梁。申初至阿得力阿挪夫克車站。停三小時。火車至此。盤山而行。曲折高低。不直不平。車行極難。前後用兩機汽車推挽之。且不敢速行。酉刻至邪大羅夫車站。停一小時。據俄人云。此一帶之山名牙布羅斯闊矣國類。因此山多盤道。華人遂呼曰盤山。戌初至布力牙特。（布力牙特即歸俄國之蒙古）斯克牙站。停一小時。至此則樹木甚少。山勢亦低。二十九日巳初至娑可圖矣車站。停一小時。至此則均平原土嶺。午初入中國境。至滿洲里換車回倫。

改訂俄約調查綱目表

詳東三省總督部堂錫

爲詳請事竊於宣統二年二月二十日奉

憲台札飭以中俄陸路通商條約自光緒七年續改以來計至宣統三年已三屆十年修改之期東省交通日廣流弊甚多亟應修改聞俄人關於此事考察調查不遺餘力而我一無預備自應派員妥速預籌除電達外務部外合亟札委札到該道即便遵照迅將有關東省要政各事宜或應删應改確切調查考察以資修改等因奉

此藏道家鏊並稟奉

憲批中俄條約三屆十年未經修改邊境情形今昔迴異利害所關至巨該道等曾

調查表詳文 ■　一一

議務將條約先行研究某條宜修某條宜改或於修改之外另須增添若干事然後
親歷邊境實地印證方爲不負此行等因仰見
憲台按時切勢指示周詳不勝欽佩嗣職道小濂駟與於三月二十日先後到奉會同職道鑅仕福家鏊等籌劃大概分任調查僉事疆於四月初七日到奉復與職道鑅仕福家鏊等詳議調查辦法竊維此次修訂俄約以疆域論東三省固屬關係緊要而西北沿邊一帶亦應逐細詳查藉資統一以事實論雖曰改議陸路通商章程實無異修訂
中俄通商條約亟宜籌及全體未可膠執一端因遵
憲諭通查光緒七年中俄續議通商章程及改定條約作爲調查根據復查咸豐十

年中俄條約暨中法越南邊界通商章程作爲調查參考茲分四類曰界務商務稅務雜務摘其大綱設爲問題註明調查區域責成各員逐欵調查其有思慮不到爲事實所有者准由各員隨事增添庶幾事例詳盡足備改議張本現經約明統於本年八月底報告到奉即以職道鏶寓所充作總事務所爲調查之總機關僉事璽寓所及職道小濂衙署作爲吉江兩省分事務所一俟調查完竣再行集合一次會同研究并恐各員散居各省毫無聯絡特議立爲委員會謹擬章程十六條藉資遵守惟內外蒙古天山南北等處調查報告實非東省委員所能兼及應請

憲台咨請

外務部轉咨沿邊各省督撫大臣將軍都統一律派員會查亦限於八月內按照所擬章程咨部分別報告到奉並咨明駐俄出使大臣駐滬商約大臣公同研究庶幾聯絡一氣不致顧此失彼所有職道僉事等會同遵議調查修訂俄約方法緣由是否有當理合將章程及調查綱目先行繕呈

察核如蒙

憲允再由職道等印刷成冊呈請分咨

吉江行省衙門轉飭司局各道暨稅務司一體遵照爲此具詳伏乞

憲台批示祇遵再職道小濂駟與業已遄回本任此由職道僉事等主稿合併陳明須至

詳者

宣統二年五月初四日　呼倫道道宋小濂

留奉道錢鑅

留奉道于駟興

分省補用道黃仕福

吉林交涉司僉事傅彊

候選道李家鏊

督憲批

據詳已悉所擬調查綱目以原約爲根據而將界務商務稅務雜務析爲四類分别
部居有條不紊於改約大有關繫惟事繁時促又兩國水陸上下數千里該道等旣
見及此必應確切查明方足以資預備三省委員事務所即爲調查機關亦應即時
成立至内外蒙古天山南北等處自非該員等所能兼及應俟咨呈
外務部核咨各該處督撫將軍都統一律派員會查幷咨明駐俄出使大臣駐滬商
約大臣公同研究該道等速將調查綱目表排印成冊即日呈送聽候分咨毋延切
切繳附件存

修改俄約東三省調查委員會章程

第一條　本會係奉東三省　督憲飭設調查東三省與俄國東方各省通商事宜以爲改正中俄陸路通商章程之預備

第二條　本會設總事務所於奉天省城東關大川胡同（原派之錢道鑅宅內）設分所於吉林（原派之傅僉事疆宅內）黑龍江（原派之宋道小濂署內）暨海參崴中國商會（國外調查員所派之調查委員候選縣丞諸維錦處）

第三條　本會委員由三省　督撫憲札派並咨明外務部備案

第四條　本會委員分調查顧問二種調查員又分國內國外二類列其職名職務如左

（一）調查委員

（甲）國內調查委員

奉天營務處帮辦奏調直隸候補道錢鑅調查約章內應行改正各事

東三省蒙務局總辦分省補用道黃仕福調查蒙古哲里牧盟十旗境內各事

試署吉林交涉司僉事傅彊會東北東南西北各道調查吉林境內各事

黑龍江呼倫道宋小濂會同愛琿興東各道調查黑龍江境內各事

駐哈江省鐵路交涉局總辦留奉補用道于駟興會同吉省鐵路交涉局總

辦調查吉江所屬鐵道沿路及松花江沿岸各事

（乙）國外調查委員

奉天調查局總辦侯選道李家鏊調查俄國東方沿邊等省各事

（二）顧問委員

東三省各埠稅務司研究稅則備調查員之顧問

第五條　本會調查委員得因事務之繁簡稟請各本省督撫酌派隨辦及札委各辦事員司分任調查編輯事宜

第六條　本會調查事宜另擬綱目由各委員分別擔任其關內外蒙古及天山南

北暨直隸山西陝甘等省者由東三省總督咨請外務部轉咨各該屬長官及商約大臣駐俄出使大臣派員聯絡調查與東三省調查員互相咨會

第七條　本會調查事宜統限於宣統二年八月底竣事各調查委員應將擔任事宜於限期內報告總事務所並附改正舊章各欵意見書

第八條　遇有隨時應先稟報督撫憲之事歸各事務所調查員酌核辦理

第九條　調查綱目未備各事應由各調查委員依據事實或已意分別增擬附入報告但不得改羼現定之綱目問題

第十條　報告用紙均用有直格能裝訂者為主不得羼雜

第十一條　報告書內應敘各調查員銜名及呈送之月日分次呈送者更應遞編號次

第十二條　報告書式應先敘明所查之綱目及註明原屬某類某欵其係增擬者應註明增擬字樣

第十三條　報告時遇有參考圖表册籍者應分別附送原本或譯本或聲明採於何本

第十四條　調查期限屆滿之時本會調查委員應約期齊集總事務所共同研究編輯總報告書

第十五條　本會各事務所之辦公經費及所委人員應給之薪水川資津貼由各省駐所委員稟請各本省督撫發給支領實用實銷

第十六條　本章程自稟准東三省　督憲之日施行

修訂俄約調查綱目表凡例

一本綱目表係就光緒七年中俄續議陸路通商章程中俄改訂條約及咸豐八年愛琿條約咸豐十年北京續約各款提出設問其他中法越南邊界通商章程有關陸路通商足爲改正俄約之參考者亦復提出加入間有關係通商而爲各約所不載者謹據意見增擬

二某題出自某約某款均於第四欄内註明以便查對凡稱續章者即光緒七年續議陸路通商章程稱改約者即光緒七年改訂條約稱愛約者即咸豐八年愛琿條約稱中越章程者即中法越南邊界通商章程稱續約者即咸豐十年

北京續約無註者均屬本會委員意見

三某題應歸某處委員調查研究者載於第五欄内其爲東三省蒙古天山南北路及新疆直隸山西陝西甘肅等省共同者註明各省字樣餘均指明其地

四本綱目表所設問題如有未備之處得依本會章程第九條辦理

五咸豐十年北京續約光緒七年改訂條約及續議陸路通商章程三種漢譯約文與俄國外部官本所載俄譯大有出入茲特重譯附錄以備調查時之參考

會議修改俄約調查綱目表

第一類　界務

款別	綱目	調查問題	所據何本	何處擔任調查研究
一	交界百里區域	兩國邊界百里照約應以華里計算兩國有無劃定區域其區域分明否	光緒七年續章第一款	各省調查員 國外調查員
二	卡倫	中俄卡倫三十五處（雍正五年條約有六十三處）係在何處起於何方訖於何地現在存廢如何東省交界地方之卡倫一併調查應否補設宜在何處並詳查卡倫制度	光緒七年續章附單	各省調查員 國外調查員
三	界牌	中俄交界之界牌記號有無廢置移設伊犂塔城與俄交界之界牌兩國已特派大員安設究其所定新界是否妥密有無別項關係設立界牌處之形勢及其他之組	光緒七年改約七第第八第九款	各省調查員

		織建設兩國有無區別		
四	西疆邊界	西疆中俄邊界究已劃清否帕米爾問題現象若何所立之界牌是否仍在原處彼此有無看守官之設置	咸豐十年續約第二款	新疆調查員
五	沿江之界	黑龍松花兩江約載以左右岸分界究竟與俄對岸之處區別如何宜查該江有兩岸全屬中國否起於何地訖於何地	咸豐八年瑷琿約第一款	東三省及國外調查員
六	俄地之居住及漁獵權	吉黑兩省對界內中國人居住及漁獵之地照約俄國均不侵佔現在俄界是否仍有華人居住及漁獵之地俄國曾無侵佔之事否近聞有驅逐華人出境之舉事實若何現在有無禁令居住地漁獵地究在何處是否仍能自由移徙或已	咸豐十年續約第一款	國外調查員

調查綱目表 二

		無權漁獵		
七	防守	俄人在喀什噶爾貿易有被卡外人搶奪否有無俄護兵入境滋擾之事現在我能任保護之責否	咸豐十年續約第六款	新疆調查員
八	盜取邊界牲畜	邊界盜取牲畜之罰辦方法現在是否實行照約辦理有無障礙牲畜而外如木石魚草礦產等之盜取如何罰辦	光緒七年改約第十七款	各省調查員 國外調查員
九	逃犯互交	中國罪人在俄國內地私住或逃往該地方官當查找送還聞此款從前尚能照辦自俄國邊地裁判所實行以來多有駁卻者應調查其駁卻之原因能否挽回並購譯其法規	咸豐十年續約第八款	各省調查員

十	重案犯互交	照約犯罪人不可彼此妄拿存留究竟洋文原約是否單指在華而言能否挽回是否實行	咸豐十年續約第八款	國外調查員
十一	游歷護照	越南邊界兩國人民過界應照各國章程領取護照中俄交界是否照行並須聲明游歷不能作爲買賣貨物免稅之憑據否	中越章程第五款	各省調查員各抒意見
十二	會同查辦	邊界查辦事件照約由兩國邊界官會同查辦究竟彼此在何處設有邊界官是何名稱能否辦理允洽應否添設會同查辦之法有無會訊之嫌	咸豐十年續約第十款	各省調查員並抒意見
十三	捕犯方法	邊界逃逸人犯之獲送方法若何應否擬訂會巡章程並彼此合勦鬍匪之法	咸豐十年續約第十欵	各省調查員並抒意見
十四	界官名稱	專管國界之官吏名稱職位及其所在地		各省調查員國外調查員

十五	國界河流	中俄國界江河及其支流若干能通航者若干現在不能通航者若干外蒙古之烏魯克木河（即俄葉尼賽省之葉尼賽河上游在我烏梁海）及黑伊爾特什河（即喀喇額爾齊斯河入俄齋桑淖爾湖）尤宜詳細查明		各省調查員 國外調查員
十六	邊疆匪跡	訪查各處邊界有無會黨鬍匪結合騷擾情形		各省調查員
十七	國際郵電	中越章程載中國官商所寄往來公文書信電報法國郵政電報各局一律遞送並不阻止俄國對於我國此種郵電能否一律遞送送費等次若何電碼應用何種有無阻隔應購譯其郵電章程	中越章程第四款	國外調查員

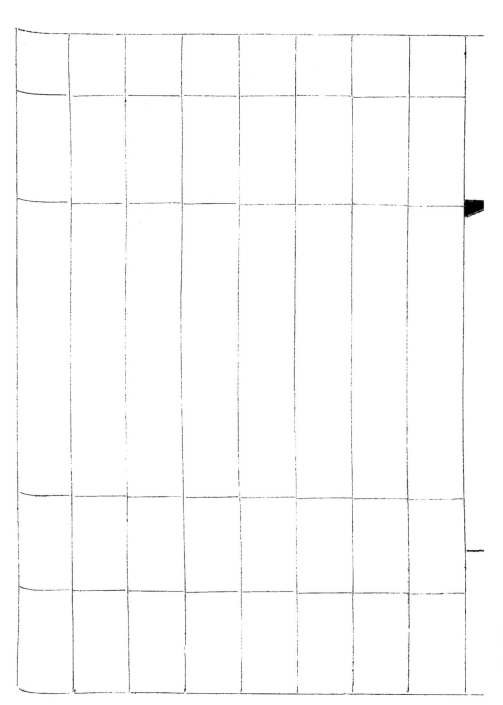

第二類　商務

款別	綱目	調查問題	所據何本	何處擔任調查研究
一	百里貿易			
甲	百里內任便貿易	其物品以何種類爲多適用何國貨幣有無一定市塲我之與彼貿易孰大彼我貿易利益孰多	光緒七年續章第一款	各省分任內外調查
乙	稽查限制	既云任便貿易不應再有稽查限制之法而原條下文又有任憑兩國限制辦理等語有無抵觸之處現在俄界百里內限制方法若何有何定章可查	光緒七年續章第一款	各省分任內外調查
丙	百里內之商埠內地	琿春愛琿滿洲里均屬吉黑兩省與俄交界之處曾與日本訂明自行開放商埠其	光緒七年續章第一款	東省調查員

調查綱目表　四

		商埠地址自必均在百里界綫以內今若仍照俄約認此任便貿易區域則將來之劃分商埠內地界址按照普通條約通商必有種種糾葛應如何設法救濟能否廢除此例概照日約准其一律在商埠界內通商不得任便貿易於其他沿邊之內地		
丁	百里貿易與他國	兩國邊界百里內既許任便通商其他外國商人之在此界內者是否亦得援例琿春百里界綫南接韓境日韓商民之入界貿易者有無拒絕及免稅之例並應調查俄界對於此種辦法如何	光緒七年續章第一款	吉省及國外調查員
二	邊界貿易			
甲	邊界貿易之一	烏蘇里黑龍松花三江沿邊居住兩國所屬人之貿易情形若何有無一定處所並	咸豐十年續約第四款	吉黑兩省及國外調查員

調查綱目表

		其貿易物品及輸送方法		
乙	二 邊界貿易之	三江兩岸之兩國貿易人官員等如何照看利弊如何	咸豐十年續約第四款	吉黑兩省及國外調查員
丙	三 邊界貿易之	恰克圖對街買賣城之貿易情形所設之華官與俄官辦理之實情如何	咸豐十年續約第五款	庫倫調查
三	沿江貿易	沿江貿易有無國防上之妨礙究與百里是一是二	光緒七年改約第十八款	東省調查員
四	三江行船	瑷琿條約之三江行船至光緒七年訂約時聲明如何照辦之處應由兩國再行商定至今日有無商定辦法現今所稱之松花江本非國際江河何以准其行船其中有無傳訛之處應搜集書證並查明現在俄輪在三江之種類數目及其航綫船埠如有行船法規應併購譯	光緒七年改約第十八款	東省調查員

五一

五	水路運輸	國界江流不分凍期內之交通運輸情形彼此兩岸通舟處所若干渡船之設置若何有無建設碼頭之處又封凍期內之交通運輸情形如何		各省各任調查
六	江路貿易	國際江河上之貿易能否與陸路通商同例		各省及國外調查員
七	國際漁業	國際江河之俄國漁業情形華商在國際江河之捕魚區及戶數		各省及國外調查員
八	邊疆航業	國界江內之俄船數目種類及每年平均航行次數		各省各任調查
九	運道			
甲	運道之一	內外蒙古及天山南北路之俄商過路又其過界是否均照卡倫單所定卡倫行走有無繞越情弊所設卡倫及卡倫官有無變更廢置並查明華商入俄之通路	光緒七年續章第二款	各省調查員

乙	運道之二	俄商由恰克圖呢布楚及經科布多歸化城運貨入天津是否由張家口東壩通州	光緒七年續章第三款	庫倫張家口調查員
		行走抑已改由東清鐵道此路絕不運送		
十	進出口違禁物件	進出口禁物是否僅有約載之數所載名目是否概括明瞭我國近已禁止鴉片並	光緒七年續章第十五款	奉省會同稅務司研究
		將嗼啡及藥針等分別禁運入口應否載入約內再外國人在我國內販運鴉片煙		
		土時有所聞應否將違禁物品除不准進出口外併禁其在我國內販賣運售		
十一	進口准帶物件	入口准其隨帶護身鎗或手鎗一桿有無弊害能否取銷此例照各國一律辦法	光緒七年續章第十五款	奉省會同稅務司研究
十二	不准出口物件	不准出口物件僅止中國米及銅錢兩種應否酌加米之外關於民食主要各物品	光緒七年續章第十五款	各省及國外調查員
		尚有何種銅錢以外之地金地銀及金銀幣應否一律禁止俄國進出口之物件若		

		何應將其律令寬送		
十三	通商人數			
甲		居留庫張之俄人數及近十年內之比較	咸豐十年續約第五欵	庫張調查員
乙		喀伊塔三處及左近地方居留之俄商實數是否正當商人商務之實情若何並近十年內之比較居留之久暫	咸豐十年續約第五款	新伊塔調查員
丙		華商經恰克圖入俄之人數及貿易之詳情暨俄國相待如何商人有否所求	咸豐十年續約第五款	庫倫調查員
十四	通商限制			
甲		照約居住兩國通商日期應隨該商人之便不加定限俄國尚遵約辦理否俄國身	咸豐十年續約第七款	各省調查員

		票之例與此衝突否應查明其身票辦法		
乙		照約俄國商人及中國商人至通商之處准其隨便買賣能否實行無阻定有隨便買賣之處否	咸豐十年續約第七款	各省調查員
十五	茶葉	俄人運茶之經庫張出口者年額若干與前十年之比較如何		庫張調查員
十六	稽查			
甲		俄人經恰克圖入華界時是否仍行呈驗本國邊界官員所給之路引及曾否收取驗費		庫倫調查員
乙		關口查驗貨物辦法是否完備現在是否實行	光緒七年續章第三款	各省各自調查

丙		運貨執照是否照約發給送印沿途是否呈驗蓋戳	光緒七年續章第三款	各省委員調查
丁		俄商不准包庇華商運貨物往各口既有明文若經查獲對於俄商如何處治及如	同治八年改章第十二欵	各省各自調查
		何方認爲包庇		
戊		越南邊界兩國船艇上下各道過關由關差上船查驗中俄國界江河之行船兩國	中越章程第十款	各省各自調查
		有無此種辦法		
己		稽查邊界貿易之法各按本國邊務章程辦理應將其章程覓送有無章程外之苛	光緒七年續章第一款	各省各自調查
		勒情形		
十七	內地購貨單照	洋商入內地購土貨照中越通商章程必須請領三聯執照無照則逢關納稅遇卡	中越章程第七款	各省並出國調查員

		抽釐俄商入沿邊一帶及往東三省蒙古天山南北路等內地購辦土貨有無請領三聯票之舉應否分別仿行華商入俄界購貨有無此等單照		
十八	交易方法	俄民在蒙古伊犁塔爾巴哈臺喀什噶爾烏魯木齊天山南北路各城貿易照約得以貨相易並准以各種貨物抵賬現在是否仍舊有無行用俄幣之處以貨抵賬何以清算有無以不動產扣押借貸情事	光緒七年改約第十二款	伊塔新爲調查員
十九	土貨銷場	土貨入俄之銷路以何者爲大宗並舉其每年入口額及各國在俄貿易物類之大概情形		國外調查員
二十	商人勞力	華商在俄之商業地位有無大資本家邊界有力之俄商並各國大商店		國外調查員

廿一	各埠商情	俄之磨口崴伯力里河雙城子商務情形如何並海參崴征稅後之商務情形如何		國外調查員
廿二	金融機關	中俄貿易之金融機關如何		各省及國外調查員
廿三	運輸機關	中俄貿易之運輸機關若何		各省及國外調查員
廿四	商會	俄界內之華人商會其權限辦事章程如何並現在各會之總理姓名籍貫職業		國外調查員
廿五	華商類別	華商在俄營業之種類及近五年內之貿易情形如何		國外調查員
廿六	蒙古天山等處貿易	中國貿易之現情及十年內貿易額之比較		伊塔新調查員

第三類 稅務

一	稅則	同治元年俄國續則至今是否實行可否再用應與光緒二十八年新定之各國總稅則比照查明	光緒七年續章第十三款	奉省調查員研究
二	船鈔	中越章程載水路通舟照海關例收納船鈔俄輪往來松花江自當一律照納現在有無定章並查明松花江俄輪及帆船之種別隻數噸數	中越章程第七款	吉省調查員調查會同稅務司研究
三	陸路稅率	越南貨物入中國邊關照稅則減五分之一何以俄國入中國則收三分減一之稅應否援照酌加並查明華貨入俄之稅率	中越章程第六款	奉省調查員會同稅務司研究及國外調查員調查
四	子口稅率	越貨入內地照各海關例交納子口稅不得援照五分免一之正稅俄貨入內地之	中越章程第六款	奉省調查員會同稅務司

		稅率若何		查明研究
五	留張之稅	俄國運貨至張所有酌留銷售之貨是否照約於五日內報明關口交納進口正稅發給賣貨准單	光緒七年續章第四款	張家口調查
六	三分減一	改運之稅酌留張家口之貨物改運天津等處已納稅者即不再征並由津交還在張多交之一分是使享有減稅利益也然自俄至張亦屬陸路何以留張貨則收正稅全數改運天津通州則又減三分之一若至改運地而繳還何如在起運地繳還之較爲便捷今約爲此應查其故	光緒七年續章第六款	查明稅務司意見奉天調查員擔任
七	復進口之稅	中越章程載土貨出關完過正稅子稅若又運至別關仍交復進口稅入內地仍交	中越章程第九款	吉黑調查員調查會同稅

調查綱目表

		予口半稅俄人販運土貨復進他口及入內地是否照此納稅		務司研究
八	過境之稅	中越章程載中國土貨由雲南入北圻再入中國邊關過境稅則不得過值百抽二之數是中國土貨在外國過境有過境之稅中國貨經過俄境是否納稅稅率若干	中越章程第十七第十二款	吉黑兩省調查員會同稅務司暨國外調查員查明
		抑用押稅之法再查中俄鐵路合同第十款俄貨經過中國界內將貨另裝車輛出中國海關查驗封固至出境時查驗放行不收課稅與越南章程有異應否改正		研究
九	茶稅	茶稅照約應光緒八年內會商酌訂至今有無議定現在茶葉出口數目若干比前十年如何應如何相機改良並釐定稅率	光緒七年改約第十六款	稅務司調查並查取意見奉天調查員擔任

十一

十	內地免稅物件之稅率	免稅物件入內地之稅率約定值百抽二五是否相宜當照各國貨物入內地之通例分別查明	光緒七年改約第十六款	各省調查員調取稅務司意見再行研究
十一	百里免稅	邊界百里內免稅現在俄界是否實行免稅必有憑證必有稽查方法應一一查實舉明若將此例破除於我有利益否	光緒七年續章第一款	國外調查員查明後再行研究
十二	伊蒙免稅	俄人在蒙古地方及各盟貿易照舊不納稅並准伊犂等處天山南北路各城貿易暫不納稅其關於稅務經濟商業各方面上必有極大之影響照約俟商務興旺可即議定稅則廢棄免稅之例現在各處商務興旺否應否廢棄免稅之例酌議相當稅則	光緒七年改約第十二款	伊蒙各路及沿邊各省調查員調查研究

調查綱目表

十三	進出口免稅物件	陸路進出口免稅物件三十二種與中越通商條約相同惟俄約並未聲明外國所產洋人自用及爲數不多三層此次改約應設法删除物種並釋明各物免稅之原因當就中國與各國約款及俄國關章例免暨稅則所免各物件悉心調查	光緒七年續章第十四款	各省調查並調取稅務司意見研究
十四	內地免稅物件	運往內地免稅物件三種有無流弊應否加以聲明	光緒七年續章第十四款	各省調查員調取稅務司意見研究
十五	准進口免稅物件	准進口免稅物件是否僅有此數其國書新聞紙類可否免稅	光緒七年續章第十五款	各省調查員調取稅務司報冊研究
十六	邊界車輛牲口免收鈔銀	中越章程內載兩國運貨車輛牲口免收鈔銀現在中俄邊界一帶通商等處貨車往來有無捐項	中越章程第七款	各省及國外調查員
十七	俄之陸路關稅	俄邊之稅關數目關章及其所在地		國外調查員

十一

十八

俄之營業税

華商在俄之營業種類及其應納之税率

國外調查員

第四類　雜務

一	俄德陸路通商情形	俄與德係屬連境應查其陸路通商情形及其關係條約書類以便比照		國外調查員
二	官警制度	俄之東方官制及其警察制度如何		
三	入籍問題	華人之入俄籍有無特別各件並譯送俄之國籍法		國外調查員
四	締結婚姻	華人在俄之婚姻情形如何		國外調查員
五	管理遺產	華人在俄之遺產管理法如何		國外調查員
六	華工待遇	華工在俄之待遇有無特別禁限		國外調查員
七	華商待遇	華商在俄界是否與他國居留民享同等權利盡同等義務		國外調查員

八	入學人數	留學俄國之學生數及其學校之類別並華人在俄有無專立學校其章程教科書如何		國外調查員
九	俄之殖民情形	俄人在東方之殖民情形如何		國外調查員
十	教務	俄人在中國傳教之實情人數之多寡教堂之數目教士干預詞訟否入教者何種人爲多能否安分信教不爲地方擾害	咸豐八年續約第八款	各省調查員並抒意見
十一	地租	張庫喂養牲畜地及喀伊塔三處畜牧地之幅員若干是否繳納地租	咸豐十年續約第六款	庫張新伊塔五處調查
十二	譯書禁令	俄籍之翻譯出版有無禁限		國外調查員
十三	置產權利	查俄律一千八百九十五年以前准客民在東方置產所置產業不得遺授親屬關		國外調查員

係非淺應查明研究能否設法挽回

十四 交涉行文

甲	吉江邊界事件由將軍與東海濱阿穆爾兩省兵備道（即條約之固畢那托爾）行文體制得當否	咸豐十年續約第九欵	國外調查員
	向例僅止庫倫辦事大臣與恰克圖兵備道及西悉畢爾總督與伊犂將軍道台往來行文辦理邊界之事今之東三省既有俄領事駐紮遇有邊界之事應否再與該各省兵備道直接行文應詳購其領事指南及官制與東三省官制一一比較		
乙	恰克圖事件由交界官與恰克圖部員行文至今是否實行有無不便於我之處	咸豐十年續約第九欵	庫倫調查
丙	邊界大臣文書轉送方法是否仍照約行東三省已有郵政之處例應聯絡應否設	咸豐十年續約第十一款	各省調查各抒意見

調查綱目表 十三

	法改良		
十五 設官	伊犁等十一處照約得設俄領事現在已否全設其權如何有無侵犯本國主權事實及有移設增置否東三省新開商埠之處已否全設我國在俄已設領事若干處應否移設增置	光緒七年改約第十款	各省調查員調查研究
十六 建署	俄之領事官公署已建若干處未建築者是否租賃居住有無設在內地之處我之駐俄領事公署建築租賃情形如何	光緒七年改約第十款	各省調查員
十七 租建	張家口之俄民鋪房行棧現已建設若干其建築之地是否仍由地方官照伊塔通商章程無價給予現在應否議費並加限制	光緒七年改約第十三款	張家口調查

約名 續增條約
又名 北京續約

北京條約譯文異同表

欽別	
據中國官本錄文	據俄文官本重譯
大清國	大清國
大皇帝與大俄羅斯國	大皇帝陛下與大俄國
大皇帝詳細檢閱早年所立和約現	大皇帝陛下詳慎檢閱兩國前定之
在議定數條以固兩國和好貿易相	約應再補約數條以固兩國永久之
助及預防疑忌爭端所以	邦交而期商務發達且可免彼此互
大清國欽派內大臣全權和碩恭親	相誤會之端各派全權大臣如左

王奕訢大俄羅斯國派出欽差內大
臣伊格那替業福付與全權該大臣
等各將本國諭旨互閱後會議酌定
數條如左

一　議定詳明一千八百五十八年瑪
乙月五月十六日即咸豐八年四月二

大清國恭親王奕訢
大俄國御前大臣佩帶寶星少將伊
格那替業福
所派之全權大臣各將本國全權敕
書閱過認作有効酌定下陳各條
如左
據一千八百五十八年五月十六日
即咸豐八年四月二十一日愛琿約

十一日（或作十六日）在愛琿城所立和約之第一條遵照是年伊云月（六月）初一日即五月初三日在天津地方所定和約之第九條此後兩國東界定爲由什勒喀額爾古納兩河會處即順黑龍江下流至該江烏蘇里河會處其北邊地屬俄羅斯國其南邊地至烏蘇里河口所有地方屬中國自烏

第一條及是年六月初一日即華歷五月初三日天津約第九條重加詳定而增固之從此兩國東界定爲由什勒喀額爾古納兩河會流處起下流順黑龍江至烏蘇里河會流處爲止凡黑龍江石岸（即北岸）地爲俄屬地黑龍江左岸（即南岸）至烏蘇里河口地爲

蘇里河口而南上至興凱湖兩國以	中國屬地自烏蘇里河口至興凱湖
烏蘇里及松阿察二河作爲交界其	以烏蘇里松阿察兩河爲界
二河東之地屬俄羅斯國二河西屬	凡二河東岸（即左岸）爲俄屬地西岸
中國自松阿察河之源兩國交界踰	（即右岸）爲中國屬地
興凱湖直至白稜河自白稜河口順	自此兩國界線由松阿察河源起穿
山嶺至瑚布圖河口再由瑚布圖河	興凱湖向白稜河（即多爾河）再由白稜河
口順琿春河及海中間之嶺至圖們	口順山嶺至瑚布圖河口自此以琿
江口其東皆屬俄羅斯國其西皆屬	春河海間之山脊爲界至圖們江爲

條約異同表

中國兩國交界於圖們江之會處及	止
該江口相距不過二十里且遵天津	此界亦東屬俄西屬中國
和約第九條議定繪畫地圖內以紅	兩國界線盡頭處以圖們江入海處
色分爲交界之地上寫俄羅斯國阿	相距二十華里爲度
巴瓦噶達耶熱皆伊亦喀拉瑪那倭	此外遵天津條約第九條核定界圖
帕啦薩土烏等字頭以便易詳閱其	一幅圖內界線旁繪以紅色點記以
地圖上必須兩國大臣畫押鈐印爲	清眉目再標以俄國字頭如阿巴瓦
據	噶達耶日自依亦喀勒木那倭普爾

	上所言者乃空曠之地遇有中國人住之處及中國人所占漁獵之地俄國均不得占仍准中國人照常漁獵從立界之處永無更改並不侵占附近及他處之地	斯特烏等字此圖應由兩國全權大臣畫押鈐印爲據如在以上所指各處有村莊居住華民者俄政府應准其仍在原處安居並准予照常漁獵安設界牌之後兩國界線永遠遵守不得更改
二	西疆尚在未定之交界此後應順山	西界迄未妥定此後應順山嶺之勢

嶺大河之流及現在中國常駐卡倫	大河之流暨中國現有卡倫之處定
等處及一千七百二十八年卽雍正	一界線從末號燈樓名河濱達巴哈
六年所立沙濱達巴哈之界牌末處	卽雍正六年俄歷一千七百二十八年恰克圖條約所立之燈樓也起向西
起往西直至齋桑淖爾湖自此往西	南至齋桑湖爲止自此往南穿伊什
南順天山之特穆爾圖淖爾南至浩	克湖之山名天改利山者或稱吉爾吉島或稱天山
罕邊界爲界	南路華約稱之特穆爾圖淖爾再順此山至浩罕界爲
	止
嗣後交界遇有含混相疑之處以上	嗣後交界問題有所疑難卽以本約

三

兩條所定之界作爲解證至東邊自	第一二兩條所定爲解決之証
興凱湖至圖們江中間之地西邊自	東自興凱湖而至圖們江西自河濱
沙濱達巴哈至浩罕中間之地設立	達巴哈燈樓而至浩罕界應設界牌
界牌之事應如何定立交界由兩國	由中俄政府委派信任專員辦理
派出信任大員秉公查勘東界查勘	應派勘定東方界址專員須於咸豐
在烏蘇里河口會齊於咸豐十一年	十一年三月（俄歷四月）內在烏蘇里河口
三月內辦理西界查勘在塔爾巴哈	會齊
臺會齊商辦不必限定日期所派大	西界勘定之專員應在塔爾巴哈台

員等遵此約第一第二條將所指各交界作記繪圖各書寫俄羅斯字二分或滿洲字或漢字二分共四分所作圖記該大員等畫押用印後將俄羅斯字一分或滿或漢字一分共二分送俄羅斯收存將俄羅斯字一分或滿或漢字一分送中國收存互換此記文地圖仍會同具文畫押用印

會集時期現難指定所派信任勘界大員應按本約第一二兩條繪圖立說詳記界線此項圖說共備四分兩分用漢文或滿文兩分用俄文繕寫各蓋印信簽字為証分存兩國政府交換圖說時兩國專員應立專案各自簽字蓋印即作為本約附條

當爲補續此約之條

四

此約第一條所定交界各處准許兩國所屬之人隨便交易並不納稅各處邊界官員護助商人按理貿易其愛琿和約第二條之事此次重復申明

本約第一條所定界線准予兩國人民自由貿易概不納稅該處交界官長當保護此項貿易及承辦之人此外應將所關愛琿條約第二條指陳之商務重言聲明一併保護之

五

俄國商人除在恰克圖貿易外其由恰克圖照舊到京經過之庫倫張家

俄商除現在恰克圖貿易外有權援舊例由恰至北京營商途中可在庫

口地方如有零星貨物亦准行銷庫	倫張家口原包批發交易
倫准設領事官一員酌帶數人自行	俄國政府有權在庫倫設立領事隨
蓋房一所在彼照料其地基及房間	帶數員帮同辦事用己欵蓋造領事
若干並餧養牲畜之地應由庫倫辦	館
事大臣酌核辦理	蓋造領事館所需地段暨牧塲應與
中國商人願往俄羅斯國內地行商	庫倫長官商允劃用
亦可	如華商願赴俄國營商亦當准予
俄羅斯國商人不拘年限往中國通	俄商有權赴中國營商不論時候但

商之區一處往來人數通共不得過每處不過二百人之數皆須在邊界
二百人但須本國邊界官員給與路俄官處領有執照照上應將帮頭姓
引內寫明商人頭目名字帶領人多名所帶人數運往何處詳細註明
少前往某處貿易並買賣所需及食途中准予商人斟酌情形隨便買賣
物牲口等項所有路費由該商人自川資一切商人自備
備

六

試行貿易喀什噶爾與伊犁塔爾巴喀什噶爾可援伊犁塔爾巴哈台之
哈台一律辦理在喀什噶爾中國給例開場試辦商務

與可盖房屋健造堆房聖堂等地以便俄羅斯商人居住並給與設立墳塋之地並照伊犂塔爾巴哈台給與空曠之地一塊以便牧放牲畜以上應給各地數目應行文喀什噶爾大臣酌核辦理其俄國商人在喀什噶爾貿易物件如被卡外之人進卡搶奪中國一概不管
中國政府應在喀什噶爾劃出足用之地段為建築商場之需一切需用如住屋貨棧教堂等皆當足敷設備並援伊犂塔爾巴哈台之例劃有牧場墳塋之地上陳劃地問題當立即知照喀什噶爾邊務長官遇有繞越中國卡倫入界搶刦喀什

		噶爾俄商之案中國政府不擔其責成
七	俄羅斯國商人及中國商人至通商之處准其隨便買賣該處官員不必攔阻兩國商人亦准其隨意往市肆舖商零發買賣互換貨物或交現錢或因相信賒帳俱可居住兩國通商日期亦隨該商人之便不必定限	華商在俄國俄商在中國所開埸得以自由貿易該地方官員不得稍事阻礙且可隨時入各項市場舖戶行號交易買賣即不論其批發零星現交期交欵項當以信用爲率商人赴各處交易亦不分界限悉聽該商等自便

八	俄羅斯國商人在中國中國商人在俄羅斯國俱仗兩國扶持俄羅斯國可以在通商之處設立領事官等以便管理商人並預防含混爭端除伊犁塔爾巴哈台二處外即在喀什噶爾庫倫設立領事官中國若欲在俄羅斯京城或別處設立領事官亦聽中國之便兩國領事官各居本國所	華商赴俄俄商赴華悉邀兩國政府特別之優待惟監督商人及商人與該處居民等有所齟齬俄國政府可援伊犁塔爾巴哈台例即派領事在喀什噶爾及庫倫駐紮中國政府願派領事亦可于俄京及其他之俄境城市設置

蓋房屋如願租典通商處居人之房
亦從其便不必攔阻
兩國領事官及該地方官相交行文
俱照天津和約第二條平行凡兩國
商人遇有一切事件兩國官員商辦
倘有犯罪之人照天津和約第七條
各按本國法律治罪兩國商人遇有
發賣及賒欠含混相爭大小事故聽

兩國領事應住本國政府發給建築
之屋如欲賃居民屋亦聽其便不得
禁止
兩國領事與各該地方長官交際悉
遵天津條約第二條平行從事
遇有關涉兩國商人之事彼此自行
商允辦理其過失與犯罪之案則遵
天津條約第七條各按本國法規各

其自行擇人調處俄國領事官與中國地方官止可帮同和解其賒欠帳目不能代賠
兩國商人在通商之處准其預定貨物代典舖房等事寫立字據報知領事官處及該地方官署遇有不按字據辦理之人領事官及該地方官令其依照字據辦理

辦各國之犯
商人遇有爭執追償及因商務而起齟齬之事准予自擇公正人秉公調處領事與地方官祗任帮同調和之職不任追償之責
兩國商人在准予營商之處彼此皆能訂立責成之筆據如定貨賃屋租用舖房等事可赴領事館或地方衙

其不關買賣若係爭訟之小事領事
官及該地方官會同查辦各治所屬
之人之罪俄羅斯國人私往中國人
家或逃往中國內地中國官員照依
領事官行文查找送回中國人在俄
羅斯國內地或私往或逃往該地方
官亦當照此辦理
若有殺人搶奪重傷謀殺故燒房屋

局呈請備案作証
凡遇不遵筆據之案領事官與地方
官長設法使彼悉照所立筆據料理
凡遇不涉商務之事如兩造爭端詞
訟等經領事官與地方官長商允核
辦罪者各歸本國法規治罪
凡遇俄屬人民窩藏在中國人處或
逃往內地地方官長一得俄領事之

十

等重案查明係俄羅斯國人犯者將該犯送交本國按律治罪係中國人犯者或在犯事地方或在別處俱聽中國按律治罪遇有大小案件領事官與地方官各辦各國之人不可彼此妄拿存留治罪	報告立刻設法追尋捕到時立即送交俄領事遇華人窩藏在俄人處或逃往俄國者亦一例辦理凡遇重犯之案如命案搶案而致重傷者毆殺有心放火及類此之案須檢察案情若犯者係俄人押送俄國按俄法懲辦犯者係華人或歸犯事

地方官長懲辦或須發往他縣抑省
治地方懲辦之處悉按國法規則辦
理
不論犯案之重大與否領事官與地
方官長衹能設法懲辦本國之犯彼
此皆無權拘留及查辦非本國所屬
之人至於罰辦更不待言矣

九 現在買賣比前較大且又新立交界 兩國商民貿易現已發達界線亦已

	所以早年在呢布楚恰克圖等處所	重訂從前呢布楚恰克圖所訂各約
	立和約及歷年補續諸條情形多有	及附章已有不合之處即交界官長
	不同兩國交界官員往來行文查辦	之交際界務之辦理亦有不合時宜
	所起爭端時勢亦不相合所以從前	之處所商定更章如左
	一切和約有應更改之處應另立新	嗣後東界經庫倫恰克圖者仍歸恰
	條如左	克圖城長與庫倫辦事大臣交涉西
	向來僅止庫倫辦事大臣與恰克圖	界亦仍歸西悉畢爾總督與伊犁衙
	固畢爾那托爾及西悉畢爾總督與	門交涉處其他界務則歸下陳各員

伊犁將軍往來文行辦理邊界之事
自今此外擬增阿穆爾省及東海濱
省固畢爾那托爾遇有邊界事件與
黑龍江及吉林將軍往來行文
恰克圖之事由恰克圖邊界廓米薩
爾與恰克圖部員往來行文俱按此
約第八條規模
該將軍總督等往來行文俱按天津

參照以上第八條所陳意見辦理阿
穆爾或海濱省兵備固畢爾那托爾
與吉黑兩省將軍交涉恰克圖則歸
邊界廓米薩爾與部員交涉上陳之
兵備固畢爾那托爾及將軍交際悉
遵天津條約第二條平行交涉但祇
任各該衙門所關之事爲限
凡遇特別重要之事東悉畢爾總督

	第二條和約彼此平等且所行之文若非所應辦者一概不管遇有邊界緊要之事由東悉畢爾總督行文軍機處或理藩院辦理	有權按管理交界總理衙門交涉之例與軍機處或理藩部行文交涉
十	查辦邊界大小事件俱照此約第八條由邊界官員會同查辦其審訊兩國所屬之人俱照天津和約第七條各按本國法律治罪	凡查辦核斷邊界交涉不論緊要與否悉按本約第八條所陳辦理治罪之法則遵天津條約第八條各辦各國之民按各該本國法規懲辦

遇有牲畜或自逸越邊界或被誘取該處官員一經接得照會即行派人尋找並將踪跡示知卡倫官兵其係逸越尋獲者或係被搶查出牲畜俱依照會之數將所失之物尋獲立即送還如無原物即照例計贓定罪不管賠償

如有越邊逃人一經接得照會即設

凡驅逐或引越牲畜過境之事該地方官長一得附近巡丁報告及指明踪跡即當遣人追尋尋得時須立刻送還遇有不足之數按律追償但不得於原值之外妄行抬價

凡遇逃人出境一經初次報告立即設法追尋所逃之人

一經尋到即將該逃人及彼所有之

法查我我獲時送交近處邊界官員並將逃人所有物件一併送回其緣何逃走之處由該國官員自行審辦解送時沿途給與飲食如無衣給衣不可任令兵丁將其凌虐如尚未接得照會查獲越邊之人亦即照此辦理	物件一併送交該逃人所屬最近之交界官長該管交界官長查明其所以逃越之情節後即歸該逃人本國該管有司裁判自捕到該逃人至交還交界官時該逃人所需飲食皆由承捕者供給不使缺乏遇有所需穿着亦當酌給之承送之巡丁應以仁厚之道待遇不准任意虐待

即未經報告而捕得越界逃人亦一例辦理

十一

兩國邊界大臣彼此行文交官員轉送必有回投東悉畢爾總督恰克圖固畢爾那托爾行文送交恰克圖廓米薩爾轉送部員庫倫辦事大臣行文即交部員轉送恰克圖廓米薩爾阿穆爾省固畢爾那托爾行文送交

兩國總管邊界官長（即指將軍總督而言）來往公文悉由附近交界官員傳遞但收接公文時當出有筆據爲憑東悉畢利總督恰克圖城長所有公文可交交界廓米薩爾轉交部員傳遞庫倫辦事大臣所有公文則交部

條約異同表 十四

愛琿城副都統轉送黑龍江將軍吉林將軍行文亦送交副都統轉送東海濱省固畢爾那托爾與吉林彼此行文俱托烏蘇里琿春地方卡倫官員轉送西悉畢爾總督與伊犂將軍行文送交伊犂俄羅斯領事官轉送遇有重大緊要事件必須有人傳述東西悉畢爾總督固畢爾那托爾等
員轉交交界廓米薩爾轉遞阿穆爾兵備固畢爾那托爾與吉黑兩省將軍來往公文則彼此皆交愛琿副都統轉遞海濱省固畢爾那托爾與吉林將軍來往公文皆由烏蘇里或琿春河交界卡倫官長轉遞西悉畢爾利總督與伊犂將軍來往公

	庫倫辦事大臣黑龍江吉林伊犂等處將軍行文交俄羅斯國可靠之員亦可	文可由駐紮伊犂俄領事官轉遞兩國總理長官遇有特別緊要事件來往公文必須面陳情節者可特派委員轉遞
十二	按照天津和約第十一條由恰克圖至北京因公事送書信因公事送物件往返限期開列於後書信每月一次物件箱子自恰克圖至北京每兩	按天津條約第十一條凡因公郵件來往於恰克圖北京間不論輕重悉按左陳辦理輕件每月來往一次

個月一次自北京往恰克圖三個月	重件由恰赴京每兩月一次由京赴
一次送書信限期二十日送箱子限	恰則三月一次
期四十日每次箱子數目至多不得	輕件由遞限不得過二十天重件則
過二十隻每隻分兩至重不得過中	不得過四十天
國一百二十斤之數所送之信必須當	重件郵遞每次不得過二十箱每箱
日傳送不得耽延如遇事故嚴行查辦	以一百二十斤爲度合俄權四十普
由恰克圖往北京或由北京往恰克	特
圖送書信物件之人必須由庫倫行	輕件郵遞到日即送遇有遲緩嚴行

走到領事官公所如有送交該領事官等書信物件即便留下如該領事官等有書信物件亦即帶送送箱隻時開寫清單自恰克圖及庫倫知照庫倫辦事大臣自北京送時報知理藩院單上註明何時起程箱隻數目分量多少及每箱分量於封皮上按俄羅斯字繙出蒙古字或漢

檢查罰辦承送輕重郵件之信差經過庫倫時應赴俄領事館將該處居戶所有來往信件承發清楚再行前發郵發重件時應將所有箱件開明清單從恰克圖至庫倫郵件發行時其清單應在稅關總理處報告北京則在

字寫明分兩數碼
若商人爲買賣之事送書信物箱願自行僱人另立行規准其預先報明該處長官允行後照辦以免官出花費

理藩部
清單內應註明者如下發郵日期箱件數目通計分量若干每箱分量應於包面註明並用俄碼記清再由俄碼譯出蒙文數目字或漢文數目字亦可如俄商因營商之便以爲必須自備郵便准其舉行以抒官郵之責任

十三

大俄羅斯國總理各外國事務大臣與大清國軍機處互相行文或東悉畢爾總督與軍機處及理藩院行文此項公文照例按站解送並不拘前定時日亦可設有重要事件恐有躭誤即交俄國可靠之員速送

俄商欲設郵便祇須商允該地方官給發允憑

俄外部致軍機處尋常公文及東悉畢爾總督致軍機處與理藩部者平時亦由郵便轉遞但可不拘發行之要期若上陳所指各處遇有格外緊要公文可遣俄國郵便專員承送俄國公使駐北京之時緊要公文亦

	大俄羅斯國欽差大臣居住北京時	可派俄國員承送
	遇有緊要書信亦由俄國自行派員	俄國郵便員在途中不論何處何人
	解送該差派送文之人行至何處不	皆不得阻礙其前程
	可使其躭延等候所派送文之員必	所派遞送公文專員必須俄屬之人
	係俄羅斯國之人派員之事在恰克	郵便員起行前一日應報告者在恰
	圖由廓米薩爾前一日報明部員在	克圖起程經交界廓米薩爾報告部
	北京由俄羅斯館前一日報明兵部	員在北京則經車長報告兵部
十四	日後如所定陸路通商之事內設有	凡本約所訂關乎陸路通商之事兩

彼此不便之處由東悉畢爾總督會同中國邊界大臣酌商仍遵此次議定章程辦理不得節外生枝至天津所定和約第十二條亦應照舊勿再更張

國遇有不便之處不論何時東悉畢爾總督有權商允大清國邊界大臣損益其間但所改仍不出上陳各條之範圍即作爲本約之附件天津條約第十二條所陳應重言固結不得更改

十五

會同商定後大清國欽派大臣將此約條規原文譯出漢字畫押用印交

所有上陳彼此商允各款繕備漢俄文各兩分由中俄兩國全權大臣親

付大俄羅斯國欽差大臣一分大俄
羅斯國欽差內大臣亦將此條規原
文譯出漢字畫押用印交付大清國
欽派大臣一分

咸豐十年十月初二日訂於北京

筆畫押蓋印各執一分爲據
本約各條俟按律施行兩國全權大
臣交換後與天津條約聲聲相應永
遠遵照不得違背
兩國
大皇帝批准本約後各當布告本國
通知以此爲辦事指南之本
耶穌降生一千八百六十年十一月

初二日或二十四日阿力克山皇第

二世之第六年訂於北京

約表 改訂條約

俄京條約譯文異同表

款別	據中國官本錄文	據俄文官本重譯
一	大俄羅斯國大皇帝允將一千八百七十一年即同治十年俄兵帶收伊犁地方交還大清國管屬其伊犁西邊按照此約第七條所定界址應歸俄國管屬	大俄全國大皇帝陛下允將一千八百七十一年即同治十年俄兵暫佔之伊犁疆土交還大清國政府管轄本約第七條所定此疆之西域留歸俄國管屬
二	大清國大皇帝允降諭旨將伊犁擾	大清國大皇帝陛下允將伊犁居民

亂時及平靖後該處居民所爲不是
無分民教均免究治免追財產中國
官員於交收伊犁以前遵照大淸國
大皇帝恩旨出示曉諭伊犂居民

不分何種民教一律保護凡在該處
亂時及亂後有所作爲不論產業及
己身之問題概行免其追究中國官
應將上陳所允各節於交收伊犁以
前遵大淸國大皇帝陛下諭旨出示
曉諭伊犂居民

三

伊犂居民或願仍居原處爲中國民
或願遷居俄國入俄國籍者均聽其

伊犂居民准其仍居原處爲中國民
籍或遷入俄境爲俄國民藉此節應

	便應於交收伊犁以前詢明其願遷	在伊犁交還中國管理權之前詢明
	居俄國者自交伊犁之日始予一年	辦理其願遷居俄國者准其自交收
	限遷居携帶財物中國官並不攔阻	伊犁之日起予限一年中國官員不
		得稍有阻礙其遷居及將動產運回
四	俄國人在伊犁地方置有田地者交	中國政府收回此種管理權之後凡
	收伊犁後仍准照舊管業其伊犁居	俄民在伊犁疆土置有地產者仍享
	民交收伊犁之時入俄國籍者不得	有已產管理之權伊犁居民在交還
	援此條之例俄國人田地在咸豐元	中國管理權時改入俄國籍者不得

	年伊犁通商章程第十三條所定貿易圈以外者應照中國人民一體完納稅餉	援此為例凡俄民之地除按一千八百五十一年即咸豐元年伊犁約章第十三條所劃歸俄商貿易之地外均應按照中國人民一體完稅並承徭役之義務
五	兩國特派大臣一面交還伊犁一面接收伊犁並遵照約內關係交收各	應由兩國政府派委專員前往伊犁一面交還一面接收悉遵本約所陳

事宜在伊犁城會齊辦理施行該大臣遵照督辦交收伊犁事宜之陝甘總督與圖爾克斯坦總督商定次序開辦陝甘總督奉到大淸國大皇帝批准條約將通行之事派委妥員前往塔什干城知照圖爾克斯坦總督自該員到塔什干城之日起於三個月內應將交收伊犁之事辦竣能於	辦理即中國收回此疆設治之權督辦交收伊犁事務爲兩國政府所委陝甘總督暨土爾吉斯坦總督之專責故交收管理秩序兩國專員應叅酌該大臣等所指辦理中國大皇帝陛下批准宣示本約之後陝甘總督委員前往塔什干城咨會土爾吉斯坦總督限以該員抵塔

先期辦竣亦可

之日起三個月內將交收伊犁之事辦竣能先期尤妙

六

大淸國大皇帝允將大俄國自同治十年代收代守伊犁所需兵費并所有前此在中國境內被搶受虧之俄商及被害之俄民家屬各案補恤之款共銀盧布九百萬元歸還俄國自換約之日起按照此約所附專條內

中國大皇帝陛下允償俄國國家銀幣九百萬羅布爲一千八百七十一年以來俄軍佔守伊犁所費之貲暨俄人在中國境內被搶財產所受之虧及補恤俄民陣亾之家属等類之需上陳九萬圓羅布之數應自換約

	載辦法次序二年歸完	之日起按照本約兩國政府商允後
		附之專條如期請償以二年爲限
七	伊犁西邊地方應歸俄國管屬以便因入俄籍而棄田地之民在彼安置	伊犁西境一隅劃歸俄屬爲安置因此案遷入俄籍而棄所有地之民居住
	中國伊犁地方與俄國地交界自別珍島山順霍爾果斯河至該河入伊犁河匯流處再過伊犁河往南至烏宗島山廓里札特村東邊自此處往	中國伊犁省與俄交界應自別珍島山順霍爾果斯河流至該河流入伊犁河匯流處再穿此河向南至烏宗

	南順同治三年塔城界約所定舊界	島山往西至廓里札特村自此向南應按一千八百六十四年即同治三年塔城定約所指之界
八	同治三年塔城界約所定齋桑河迤東之界查有不妥之處應由兩國特派大臣會同勘改以歸妥洽并將兩國所屬之哈薩克分別清楚至分界辦法應自魁峒山過黑伊爾特什河	查一千八百六十四年即同治三年塔城界約所定由齋桑湖向東之界線有不妥處應由兩國政府派委專員會同商改俾臻完善並將哈薩克民族分明彼此定一界限

	至薩烏爾嶺畫一直線由分界大臣	新界能循舊界設一直線穿黑伊爾
	就此直線與舊界之間酌定新界	特什河沿魁峒山逕向薩烏爾嶺就
		中畫一直線作爲新界
九	以上第七第八兩條所定兩國交界	本約第七八兩條所定之界線及交
	地方從前未立界牌之交界各處應	界地方未經設立界牌之處應由兩
	由兩國特派大員安設界牌該大員	國派專員一律安設界牌
	等會齊地方時日由兩國商議酌定	專員相會處所日期應由兩國政府
	俄國所屬之費爾干省與中國喀什	商訂

噶爾西邊交界地方亦由兩國特派
大員前往查勘照兩國現管之界勘
定安設界牌

俄屬費爾干省與中國喀什噶爾省
西界毗連兩國政府亦應派委專員
前往勘界設牌從此據以爲界即一
勞永逸之爲也

十

俄國照舊約在伊犂塔爾巴哈台喀
什噶爾庫倫設立領事官外亦准在
肅州及吐魯番兩城設立領事其餘
如科布多烏里雅蘇台哈密烏魯木

俄國政府在伊犂塔爾巴哈台喀什
噶爾庫倫按照條約已有設立領事
官之權嗣後在肅州即嘉峪關吐魯番城
內亦有設立領事之權其餘如科布

齊古城五處俟商務稍興旺始由兩國陸續商議添設俄國在肅州及吐魯番所設領事官於附近各處地方關係俄民事件均有前往辦理之責按照一千八百六十年即咸豐十年北京條約第五第六兩條應給予可蓋房屋牧放牲畜設立墳塋等地嘉峪關及吐魯番亦一律照辦領事官	多烏里雅蘇台哈密烏魯木齊古城五處俟將來商務發達時俄國政府亦可商允中國政府添設領事館肅州（即嘉峪關）及吐魯番俄國領事遇有附近各洲俄民利益之事責當應該商之請前往作證按一千八百六十年即咸豐十年北京條約第五六兩條應劃地給予建

公署未經起蓋之先地方官帮同租
覓暫住房屋俄國領事官在蒙古地
方及天山南北兩路往來行路寄發
信函按照天津條約第十一條北京
條約第十二條可由台站行走俄國
領事官以此相託中國官即妥爲照
料吐魯番非通商口岸而設立領事
官各海口及十八省東三省內地不

造領事館及設立墳塋牧場等事肅
州即嘉峪關吐魯番亦可援例辦理俄國
領事館房屋未經修造之前該地方
官應帮同租覓暫時必須之屋
俄國領事在蒙古及天山南北支脈
各洲照天津條約第十條北京條約
第十二條得由台站行走及運寄信
件設立國家郵政俄國領事官以上

	得援以爲例	陳各事相託時中國官員即宜妥爲
		帮助
		吐魯番非所開之通商口岸係特權
		准設領事故不得邀中國內地及滿
		洲等處通商口岸向有之特權也
十一	俄國領事官駐中國遇有公事按事	俄國領事在中國因公或與所駐城
	體之關係案件之緊要及應如何作	中地方官或與州治自治各長官來
	速辦理之處或與本城地方官或與	往職內公事利益等應察看請求之

條約異同表　二十五

地方大憲往來均用公文彼此往來	緊要與否從速核准
會晤均以友邦官員之禮相待兩國	彼此來往公牘應按公事信札之式
民人在中國貿易等事致生事端應	至於彼此會晤之秩序及交際之種
由領事官地方官會同查辦如因貿	種悉須照顧友邦官員之禮相待
易事務致起爭端聽其自行擇人從	兩國人民在中國境內因商務或他
中調處如不能調處完結再由兩國	項事故有所爭執歸領事官與中國
官員會同查辦兩國人民爲預定貨	官彼此商允查辦核斷
物運載貨物租賃舖房等事所立字	如因貿易爭端聽其彼此自舉公正

據可以呈報領事官及地方官處應

人調處了結

與畫押蓋印爲憑遇有不按字據辦

遇有調處不了之時經兩國官員會

理情形領事官及地方官官設法務

同查辦秉公核斷

令依照字據辦理

兩國人民爲定貨運貨租賃舖房及

他用屋宇等暨其他相類之事須立

筆據可赴領事館報告備案作證或

赴該地方高等衙門呈請該地方高

等衙門責當按所呈之據爲之備案

		作證遇有不按所立字據行爲之案華官與俄領事官當設法使彼遵據爲理並以有所償値爲度
十二	俄國人民准在中國蒙古地方貿易照舊不納稅其蒙古各處及各盟設官與未設官之處均准貿易亦照舊不納稅並准俄民在伊犂塔爾巴哈	俄屬人民有權按舊章在中國所屬之蒙古及各盟地方不論中國有無衙門概行免稅貿易俄屬人民亦可一律享有免稅貿易

台喀什噶爾烏魯木齊及關外之天山南北兩路各城貿易暫不納稅俟將來商務興旺由兩國議定稅則即將免稅之例廢棄以上所載中國各處准俄民出入販運各國貨物其買賣貨物或用現錢或以貨相易俱可並准俄民以各種貨物抵賬

之權於伊犂塔爾巴哈台喀什噶爾烏魯木齊所屬各城及天山南北支脈各洲至長城為止

此權俟將來商務興旺必須商立稅則之時即行免去其如何辦法經兩國政府商允施行

以上所指各省俄屬人民可運貨物不論何處所產何項製造得運出入

商人交易買賣可用現錢或以貨相易並准其以各種貨物抵賬

十三

俄國應設領事官各處及張家口俄民建造鋪房行棧或在自置地方或照一千八百五十九年即咸豐九年所定伊犂塔爾巴哈台通商章程第十三條辦法由地方官給地蓋房亦可張家口無領事而准俄民建造鋪

凡俄國家有權設立領事館之處及張家口地方准俄民在自置地段內建造房屋及店鋪倉房等或照一千八百五十一年即咸豐元年所定伊犁塔爾巴哈台條約第十三欵由該地方官劃給地段建造亦可

房行棧他處內地不得援以爲例

十四

俄商自俄國販貨由陸路運入中國
內地者可照舊經過張家口通州前
赴天津或由天津運往別口及中國
內地並准在以上各處銷售俄商在
以上各城各口及內地置買貨物運

張家口非俄國准設領事之處而准
俄民置產係屬特權他處內地各省
皆不得援以爲例

俄商從俄國陸路販貨入中國內地
各省者可照舊經張家口通州前赴
天津或由天津運往別口及中國內
地各市場並准在以上各處銷售其
由各該處購買之貨運回俄國者亦

	送回國者亦准由此路行走並准俄商往肅州貿易貨帮至關而止應得利益照天津一律辦理	由此路經運並准俄商前往肅州即嘉峪關貿易惟其貨帮亦至此地止不准再進至其貿易章程應照俄商在天津貿易所有之權一律辦理
十五	俄國人民在中國內地及關外地方陸路通商應照此約所附章程辦理此約所載通商各條及所附陸路通	俄國人民在中國關內外各省陸路通商均遵本約所附之章辦理本約通商各款及所附陸路通商章

條約異同表 二十九 一

	商章程自換約之日起於十年後可	程自奉准換約之日起以十年爲期
	以商議酌改如十年限滿前六個月	期滿得以商改如限滿六個月以前
	未請商改應仍照行十年俄國人民	未經兩國請改仍有照行十年之權
	在中國沿海通商應照各國總例辦	凡俄屬人民在中國航海通商者悉
	理如將來總例有應商改之處由兩	照各國總例辦理如將來總例有應
	國商議酌定	修改之處由兩國會商酌定
十六	將來俄國陸路通商興旺如出入中	如將來俄國陸路商務發達其輸入
	國貨物必須另定稅則較現在稅則	輸出中國貨物有必須將稅則改訂

更爲合宜者應由兩國商定凡進口
出口之稅均按值百抽五之例定擬
如未定稅則以前應將現照上等茶
納稅之各種下等茶出口之稅先行
分別酌減至各種茶稅應由中國總
理衙門會同俄國駐京大臣自換約
後一年內會商酌定

適合時宜之時應由兩國相機商訂
凡進出口之貨悉按值百抽五估計
定則
未改之前應先改茶稅將各種下等
茶按值估計以免從前悉按上等茶
一律收稅之弊
此項估值定稅應由中國政府會同
俄國駐京大臣商允辦理限自換約

		之日起一年期內妥訂
十七	一千八百六十年即咸豐十年在北京所定條約第十條至今講解各異應將此條聲明其所載追還牲畜之意作爲凡有牲畜被人偷盜誘取一經獲犯應將牲畜追還如無原物作價向該犯追償倘該犯無力賠還地方官不能代賠兩國邊界官應各按	按一千八百六十年即咸豐十年在北京所訂條約第十款至今講解各異應將此條聲明其所載追還牲畜之意作爲凡有偷竊趕去牲畜之犯一經破案如無原物即照所失實價向該犯追償凡遇該犯無力抵償原物之價其不足之數自不能向該地

本國之例將盜取牲畜之犯嚴行究治並設法將自行越界及盜取之牲畜追還其自行越界及被盜之牲畜蹤跡可以示知邊界兵并附近鄉長

方官索賠

凡遇趕去或偷竊牲畜之案兩國邊界官應各按本國法律盡力查辦將破竊或越界之牲畜追還原主

其所失蹤跡不但須告邊界巡兵即附近之村長亦當詳告

十八

按照一千八百五十八年五月十六日即咸豐八年在愛琿所定條約應

按一千八百五十八年五月十六日即咸豐八年在愛琿所定之約准兩

	准兩國民人在黑龍江松花江烏蘇	國人民在黑龍松花烏蘇里各江行
	里河行船幷與沿江一帶地方居民	駛已有之船並與沿江居民貿易一
	貿易現在復爲申明至如何照辦之	節悉仍其舊
	處應由兩國再行商定	兩國政府當將此節按所定之約妥
		商辦法
十九	兩國從前所定條約未經此約更改	凡以前中俄兩國所訂各約未經此
	之款應仍舊照行	次改動者仍有全力照行
二十	此約奉兩國御筆批准後各將條約	本約奉兩國御筆批准後各自曉諭

通行曉諭各處地方遵照將來換約	通行全國居民遵照辦理
應在森彼得堡自畫約之日起以六	換約在森彼得堡自畫押之日起以
個月爲期兩國全權大臣議定此約	六個月爲期
備漢文俄文法文約本兩國畫押蓋	兩國全權大臣議定此約備漢文俄
印爲憑三國文字校對無訛遇有講	文法文約本各兩分畫押蓋印爲證
論以法文爲證	遇有爭論之處以法文爲據
華歷光緒七年正月二十六日訂於	俄歷一千八百八十一年二月十二
俄都	日訂於聖彼得堡

約名 改訂陸路通商章程

俄京條約譯文異同表

款別	據中國官本錄文	據俄文官本重譯
一	兩國邊界百里之內准中俄兩國人民任便貿易均不納稅其如何稽查貿易之處任憑兩國各按本國邊界限制辦理	距兩國邊界百里以內准其兩國人民任便免稅貿易其監察貿易之法兩國政府各按本國邊務定章辦理
二	俄國商民前往蒙古及天山南北兩路貿易者祇能由章程所附淸單內	俄屬人民往蒙古及天山南北支脈各州貿易者只准由本章程附條所

指明卡倫過界該商應有本國官所	指之處過界
發中俄兩國文字並譯出蒙古文或	該商等應請本國官長發給中俄兩
回文執照漢文照內可用蒙古字或	文執照並譯出蒙文或回文爲據其
回回字註明商人姓名隨人姓名貨	漢文照內應將貨主帮頭之姓名貨
色包件牲畜數目若干此照應於入	物之種類及包件數目牲畜若干統
中國地界時在附近邊界中國卡倫	用蒙文或回文註明
呈驗該處查明後卡倫官蓋用戳記	一入華界應即將此照呈驗附近之
爲憑其無執照商民過界者任憑中	中國卡倫該管卡官查驗相符蓋戳

條約異同表

國官扣留交附近俄國邊界官或領	爲記
事官從嚴罰辦遇有遺失執照貨主	如有無照擅自越界者中國官長有
應報明附近領事官以便請領新照	權將該商扣留送交附近俄國邊界
一面報明地方官暫給憑據准其執	官長或該管領事官從嚴罰辦
此前行其運到蒙古及天山南北路	遇有遺失執照者該貨主應即就近
各處之貨有未經銷售者准其運往	報明俄國領事官請領新照或報明
天津及肅州（即嘉峪關）或在該關口銷售	該地方官暫領字據以便前行
或運往內地其徵收稅餉發給運貨	其運到蒙古及天山南北支脈各州

三十三 一

執照查驗放行等事均照以下章程
辦理

三

俄商由恰克圖呢布楚運貨前往天
津應由張家口東壩通州行走其由
俄國邊界運貨過科布多歸化城前

之貨如有未經銷售者准其運往天
津肅州即嘉峪關銷售或運往中國內地
亦可
至於徵收貨稅發運給照以及關章
所有等項均按以下所開之章辦理
凡俄商由恰克圖及呢布楚邊境往
天津運貨者應由張家口東壩通州
等處行走

	往天津者亦由此路行走該商應有俄官所發運貨執照並由中國該管官蓋印照內用中俄兩國文字註明商人姓名貨色包件數目任憑沿途各關口中國官員迅速點數查看驗照蓋戳放行查驗之時如有折動之件仍由該關口加封並將折動件數於照內註明以憑查覈該關查驗不	其由俄界經科布多歸化城往天津運貨者亦應由此路行走其運貨執照應由俄國權吏發給中國該管官長印證 照內應用中俄文字將貨主姓名包件數目以及貨物種類一併註明沿途遇有關口中國官員應立即按照運照查驗包數貨物相符印證放

得過一個時辰其照限六個月在天　行

津關繳銷如該商以爲限期不足應　關驗之時如有應將包件折動查驗

預先報明該處官員倘有商人遺失　者仍由該關修整並於照內註明折

執照應報明原給執照之官並呈明　件數目以憑查核各稅關相驗之時

日期號頭請領新照註明補給字樣　不得過兩小時

一面至就近關口報明查驗相符暫　運照限六個月期滿在天津稅關繳

給憑據准其運貨前行如查該商所　銷

報貨數不符查該商係有隱匿沿途　如該貨主以爲期限不敷周轉應光

私賣貨物希圖逃稅情事應照第八
條章程罰辦

期向華官處報明
如有遺失執照者應即將原照號數
日期報明原發執照之官以便補領
副照如遺失在逼近關口之處即報
明該關證實相符給予暫據俾得運
貨前行
如因上陳之事該商所報貨數不符
查係沿途偷賣或希圖逃稅等情則

		該商應照第八款章程罰辦
四	俄商由俄國運來貨物路經張家口任聽將貨酌留若干於口銷售限五日內在該關口報明交納進口正稅後由中國官發給賣貨准單方准銷售	凡俄商由俄運貨至張家口欲留若干在該口銷售應於五日內將酌留之數報明該地方官交納進口全稅發給賣貨准據方准在該口銷售
五	俄商由俄國運來貨物自陸路至天津者應納進口稅餉照稅則所載正	凡俄商自俄國由陸路運至天津之貨應照稅則所載全稅按三分減一

	稅三分減一交納其由俄國運來貨物至肅州（卽嘉峪關）者所有納完稅餉等事應照天津一律辦理	上稅由俄國運至肅州（卽嘉峪關）之貨如在該州完稅應照運赴天津之章交納其辦法悉遵該處定章
六	如在張家口酌留之貨已在該口納稅而貨物有未經銷售者准該商運赴通州或天津銷售不再納稅並將在張家口多交一分補還俄商卽於該口所發執照內註明俄商在張家	如張家口酌留完過進口稅之貨在該處未經銷售准俄商運往通州或天津銷售不再納稅並將所完之三分減一進口稅補還貨主張家口稅關應於發給運照時詳細註明

	口酌留之貨已在該口納稅者如欲運入內地應照各國總例再交一子稅(即正稅之半)該口發給運貨執照應於沿途所過各關卡呈驗如無執照者則逢關納稅遇卡抽厘	如俄商願將張家口酌留完稅之貨運入內地銷售應按中國所定各外國通商總例辦理再交路過稅一分(即半稅)即由該關發給運照以便在沿途關卡呈驗放行無執照者則逢關納稅遇卡抽厘
七	俄商由俄國運來貨物至肅州(即嘉峪關)欲運入內地者應照章程第九條天津運貨入內地之例一律辦理	由俄國運往肅州(即嘉峪關)之貨可援本章第九款由津運入內地之例運入

八	
	俄商由俄國運來貨物至天津除報明酌留張家口之貨外如查有原貨抽換或數目短少與原照不符即將所報查驗之貨全行入官但沿途實係包箱損壞必應改裝者該商行抵就近關口報明如查驗原貨相符即於執照內註明方可免其議罰倘有
內地銷售	由俄運往天津之貨除酌留張家口者不計外如經稅關查出有原貨抽換數目短少與原單不符之事即將所報之貨全行扣留入官如果包件貨物係屬沿途損壞另行改裝經貨主在就近關口報明查驗相符註明單內者自應免議

沿途私售一經查出其貨全行入官	如有沿途私賣者一經查出其貨亦
如僅繞越捷徑不按第三條所載之	全行扣留入官
路行走以避沿途關卡查驗一經查	如運貨繞道不遵第三款所指之路
出罰令完一正稅如係車脚運夫作	行走以圖逃脫關稅之查驗者一經
弊有違以上章程貨主實不知情該	查出應即罰令完一正稅
關應體察情形分别罰辦但惟此辦	如實係車脚運夫所作以致有違以
法係專指俄國陸路通商經過各處	上章程貨主確不知情該關應體察
而言各海口及各省內地遇有以上	情形分别辦理

	情事不得援以爲例其罰令入官之貨如商人願將原貨作價交官准其與中國官按照原貨估價交官亦可	以上辦法專指與俄陸路通商之處而言其他若各海口與內地不得援以爲例其罰令入官之貨如該商願將原貨贖回有權與中國官長商允按照市價估計繳值
九	俄商自俄國由陸路運至天津之貨如由海道運往議定通商各口應按	凡自俄國陸路運往天津之貨如由天津航海運往別處通商口岸應按

	照稅則在天津關補交原免三分之一稅銀俟抵他口不再納稅如由天津及他口運入內地應按照稅則交一子稅即正稅之半照各國總例辦理	稅則在天津稅關補交原免稅銀三分之一運抵他口概不納稅如由天津及他口運入內地均按稅則交一子稅照各國總例辦理
十	俄商在天津販賣土貨回國應由第三條所載張家口等處之路行走俄商運貨出口應交出口正稅若在天津販買復進口土貨及在他口販買	俄商由天津運中國貨物回國應由張家口經過按照第三款所指之路行走其運出之貨應完出口正稅惟在天津所買復進口之貨及在別處

	土貨經津回國如在他口全稅交完	涌商口岸所買之貨經津回國業經
	有單可憑至此不再重徵該商交稅	完納出口正稅有單可憑者不再重
	後在一年限內出口回國將在天津	徵
	所交復進口半稅仍行給還俄商運	如俄商在天津完過復進口半稅之
	貨回國領事發給兩國文字執照註	貨於一年期內運出回國應將所完
	明商人姓名貨色包件數目若干由	之半稅退還貨主俄商運貨回國應
	該關蓋印該商務須貨照相隨以憑	由俄領事官發給華俄文執照即將
	沿途各關口查驗放行其繳銷執照	貨主姓名包件數目貨物種類一併

限期並遇有遺失執照等事均照第三條章程辦理該商應照第三條所載之路行走沿途不得銷售如違此章即照第八條所定章程罰辦沿途各關卡查驗貨物應照第三條章程辦理至俄商由肅州（即嘉峪關）販運該處所買土貨及在內地所買土貨運往該處回國者所定完納稅餉等事均

註明單內送由稅關蓋印須單貨相隨以備沿途關卡查驗至於在稅關繳銷執照之期限遺失執照之辦法均照第三款所載之章程辦理其運貨之路應照第三款所指之路行走沿途不准銷售如俄商違此章程應將該商照第八款所定之法罰辦其沿途關卡查驗貨物之法應照第三

	照天津一律辦理	款所載之章程辦理俄商在肅州（即嘉峪關）買中國貨物並由該處運出回國或由內地運來回國者所有完納稅款均按天津貨物出口定章一律辦理
十一	俄商在通州販買土貨由陸路出口回國應照稅則完納出口正稅其在張家口販買土貨出口回國應在該口納一子稅（即正稅之半）俄商由內地販	凡俄商自通州買貨由陸路出運回國者應照稅則完納出口正稅其在張家口所買之貨出運回國者應在該城按照稅則完納半稅其俄商由

買土貨運往通州張家口回國者照各國在內地買土貨總例應再交一子稅由各該關口收稅發給運物執照其在通州買土貨回國者應在東壩報明收稅發給執照沿途不得銷售應於執照內載明其由以上各處運貨出口發照驗貨等事應照第三條所載之章程辦理

內地所購之貨及內地運往通州張家口之貨出運回國者應按各國在內地購買土貨之總例再交一子稅以上各處稅關應於徵稅後發給運貨執照其自通州運出之貨均由東壩稅關發給執照俄商應赴該關報明納稅發給執照並註明沿途不准銷售字

		樣其由以上各處運貨出口所有發照驗貨之法應照第三款所載之章程辦理
十二	俄商在天津通州張家口嘉峪關販運別國洋貨由陸路出口回國如該貨已交正稅子稅有單可憑不再重徵如祇交過正稅未交子稅該商應按照稅則在該關補交子稅	俄國自天津通州張家口嘉峪關等處由陸路販運洋貨赴俄應將完過進口稅及子口稅之關照呈驗不再重徵如僅完進口稅者該關應照稅則再徵一子口稅

十三	俄商販運貨物進口出口應照各國稅則及同治元年所定俄國續則納稅如各國稅則及續則均未備載再照值百抽五之例納稅	俄商運往中國進口及由中國出口之貨物納稅均應按照各國在中國通商之稅則及一千八百六十二年即同治元年與俄國續定之稅則辦理如所運之貨在各國通商稅則及續定稅則均未載明即應照值百抽五之例納稅
十四	凡進口出口免稅之物如金銀外國	凡免稅之物如金銀錁錠外國銀錢

條約異同表

各銀錢各種麵砂穀米麵餅熟肉熟	各等面粉砂谷米乾餅製成之肉菜
菜牛奶酥牛油密餞外國衣服金銀	奶餅奶油密餞糖果中國衣服珠寶
首飾攙銀器香水胰堿炭柴薪外國	什物銀器香水各種胰子木炭薪柴
蠟燭外國菸絲菸葉外國酒家用雜	外國蠟燭外國菸絲菸捲外國酒麥
物船用雜物行李紙張筆墨氈毯鐵	酒燒酒家用及船用各樣貨物行李
刀利器外國自用藥料玻璃器皿以	公事房備用之物氈毯之類刀剪外
上各物由陸路進口出口皆准免稅	國藥材玻璃水晶等以上各物由陸
惟由章程內載各城及各海口運往	路進口出口皆准一律免稅惟由章

	內地者除金銀外國銀錢行李三項	程內所指之各城及各海口運往內
	仍毋庸議外其餘各物皆按值百兩	地者除行李金銀錁錠外國銀錢三
	完納稅銀二兩五錢	項毋庸議稅外其餘各物均應完納
		子稅按照値百抽二五章程辦理
十五	凡違禁之物如火藥大小彈子礮位	凡違禁之物如火藥大小礮彈礮位
	大小鳥槍并一切軍器等類及內地	火槍螺螄手槍各種軍火器具武備
	食鹽洋藥均屬違禁不准販運進口	器械食鹽鴉片等均屬禁物不准販
	出口如違此例即將所運違禁之物	運進口出口如違禁例私運過境即

全罰入官俄國人民前往中國者每人准帶鳥槍或手槍一桿護身塡入執照又硝磺白鉛須奉中國官發給准單方准俄商運進口內如華商特奉准買明文方准銷售中國米銅錢不准販運出口外國米穀及各種糧食皆准販運進口一槩免稅

將所運之禁物鈔沒入官凡俄民前往中國者每人准帶護身火槍或手槍一桿並應塡注執照之內又硝磺白鉛等非特奉有中國官特許執照方准運入口內華商必奉有特准明文方許收買其中國白米銅錢不准販運出口而外國白米及各種糧食皆准販運進口一概免稅

十六	俄商不准包庇華商貨物運往各口	俄商不准包庇華商轉運貨物
十七	凡有嚴防偷漏諸法任憑中國官隨 時設法辦理	中國官可以隨時妥籌善法以便嚴 防私走偷漏之弊
	光緒七年正月二十六日訂於俄京	俄歷一千八百八十一年二月十二 日